KB164436

헤세의
문장론

헤세의 문장론

헤르만 헤세 지음
홍성광 편역

책읽기와 글쓰기에 대하여

연암서가

편역자 홍성광

서울대학교 독문과 및 대학원을 졸업하고, 토마스 만의 장편소설 『마의 산』으로 박사
학위를 취득하였다. 역서로는 헤르만 헤세의 『데미안』 『수레바퀴 밑에』 『싯다르타』
『환상동화집』 『잠 못 이루는 밤』, 뷔히너의 『보이체크·당통의 죽음』, 쇼펜하우어의
『의지와 표상으로서의 세계』 『쇼펜하우어의 행복론과 인생론』, 『쇼펜하우어와 니체의
문장론』, 니체의 『니체의 독설』 『차라투스트라는 이렇게 말했다』 『도덕의 계보학』, 토
마스 만의 『마의 산』 『부덴브로크 가의 사람들』 중단편소설집 『베네치아에서의 죽음』,
카프카의 『성』 『소송』 중단편소설집 『변신』, 페터 한트케의 『어느 작가의 오후』, 하인
리히 뵐의 『그리고 아무 말도 없었다』, 실러의 『빌헬름 텔·간계와 사랑』 등이 있다.

헤세의
문장론

2014년 3월 10일 초판 1쇄 인쇄
2014년 3월 15일 초판 1쇄 발행

지은이 | 헤르만 헤세
편역자 | 홍성광
펴낸이 | 권오상
펴낸곳 | 연암서가

등 록 | 2007년 10월 8일(제396-2007-00107호)
주 소 | 경기도 고양시 일산서구 호수로 896번지 402-1101
전 화 | 031-907-3010
팩 스 | 031-912-3012
이메일 | yeonamseoga@naver.com
ISBN 978-89-94054-52-0 03850

값 15,000원

책

이 세상 모든 책이
그대를 행복하게 해주진 않아
허나 몰래 알려주지
그대 자신 속으로 되돌아가는 길을

그대에게 필요한 모든 것이 거기에 있지
해와 달과 별.
그대가 찾던 빛이
그대 자신 속에 있기 때문이지

오랫동안 책에서 구하던 지혜
이제 펼치는 책장마다
환히 빛나리
이제 그대의 것이니까.

『시집』

머리말

헤르만 헤세는 1877년 7월 2일 독일 남부 뷔르템부르크 주의 소도시 칼프에서 선교사의 아들로 태어났다. 그는 토마스 만의 도움을 받아 1946년 『유리알 유희』로 노벨 문학상을 수상했으며, 1962년 8월 9일 스위스 루가노 근처의 몬타뇰라에서 사망했다. 그의 시와 소설, 정치적이고 문화 비평적인 에세이는 그동안 전 세계에서 5천만 부 이상 보급되었으며, 그를 20세기에 미국, 일본과 한국 등에서 가장 많이 읽히는 유럽 작가로 만들었다. 그의 글은 그 자신의 삶과 체험을 이해하게 해주는 열쇠의 역할을 하기도 한다. 또한 헤세는 어떤 문필가보다도 책을 많이 읽은 다독가이기도 하다. 그는 수천 권의 책을 읽었고, 그 중 어떤 책들은 여러 번 읽기도 했다.

13세의 나이에 '시인 외에는 아무것도 되고 싶지 않았던' 헤세는 15세의 나이인 1892년 봄 명문 마울브론 신학교에서 달아났다가 퇴학당한다. 그 뒤 3월과 4월에 감화원에서 치료받았고 여름에 신경과 병원에 입원해 있었으며, 심지어 자살 시도를 하기도 하다가 그 해 가을 칸슈타트 김나지움에 들어갔다.

하지만 그곳에서도 채 열 달을 채우지 못하고 학교를 그만두고 말았다. 『청춘은 아름다워라』라는 그의 소설 제목과는 달리 그의 청춘은 결코 아름답지 않았다. 김나지움에 더 이상 다닐 수 없게 되자 그는 조그만 서점에서 견습생 생활을 하도록 에스링엔으로 보내졌다. 소도시에서의 견습생 생활에 따분해진 그는 3일 뒤 그곳에서도 다시 달아나버렸다. 그 후 부모의 손을 잡고 고향 칼프로 돌아간 그는 약 2년 간 별다른 일을 하지 않고 빈둥거리며 보냈다. 하지만 헤세는 그 시기에 할아버지와 아버지의 매우 큰 서재에서 18세기 독일 문학과 철학 책을 읽으며 혼자 상당히 철저하고도 다양한 공부를 할 수 있었다. 그는 당시 괴테, 겔러르트, 바이세, 하만, 장 파울과 헤트너의 문학사를 읽었고, 다비트 프리드리히 슈트라우스의 책 몇 권과 그 밖의 많은 책을 읽었다. 헤세는 16세부터 20세까지 많은 습작 시를 썼을 뿐만 아니라 그 시기에 세계 문학의 절반을 읽었으며, 예술사와 어학, 철학 공부에 끈기 있게 매진했다. 그 뒤 탑시계 공장에서 15개월 동안 견습공 생활을 했고, 그러면서 브라질로 이주할 계획을 세우기도 했다. 그런 다음 여러 곳의 서점과 고서점에 근무하며 틈틈이 습작을 하며 문학의 길을 걸었다.

이 책은 1900년부터 1960년까지의 책과 문학, 작가와 독자, 비평가, 책 읽기와 글쓰기에 대한 헤세의 글을 12권으로 된 전집(*Gesammelte Werke in zwölf Bänden*, 주어캄프, 1987)에서 모으고, 전집에 수록되지 않은 것은 『책의 세계*Die Welt der Bücher*』에서 보충한 것이다. 젊은 시절 헤세의 마음을 완전히 사로잡은 글은 "나는 모든 글 중에서 자신의 피로 쓴 글을 가장 많이 사랑한다."는 글귀였다. 그것은 니체의 『차라투스트라는 이렇게 말했다』의 「읽기와 쓰기에 대하여」에 나오는 글을 불완전하게 표현한 것이다. "나는 모든 글 중에서 자신의 피로 쓴 것만 사랑한다. 피로 써라. 그러면 그대는 피가 정신임을 알게 될 것이다. […⋯] 피와 잠언으로 글을 쓰는 자는 읽히기를 바라는 것이 아니라 암송되기를 바란다. 산에서 산으로 갈 때 가장 가까운 길은 봉우리에서 봉우리로 가는 것이다. 하지만 그러려면 다리가 길어야 한다. 잠언은 봉우리가 되어야 한다. 그리고 몸집이 크고 키가 껑충 큰 자라야 잠언을 알아들을 수 있다."

헤세는 "인간이 자연으로부터 거저 얻지 않고 자신의 정신으로 만들어낸 많은 세계들 중 가장 위대한 것은 책의 세계다."라고 말한다. 모든 아이는 학교 칠판에 처음으로 철자를 그려 넣고, 처음으로 읽기를 배우면서 극히 복잡한 인위적인 어떤 세계에 첫발을 들여놓게 된다. 그 세계의 법칙과 놀이 규칙을 매우 잘 알고 완전히 익히기란 여간 어려운 일이 아니다. 그런데 말과 글, 책이 없이는 역사도 없고, 인류라는 개념도 존재하지 않는다. 옛날에는 대부분의 민족들의 경우 쓰기와 읽기는 사제 계층에게만 허용된 신성한 비술秘術이었다. 그러므로 어떤 젊은 이가 이 엄청난 기술을 익히려고 마음먹었다면 그것은 엄청나고 이례적인 일이었다. 그것은 쉽지 않은 일이었고, 소수에게

만 허락되었으며, 헌신과 희생을 대가로 치러야만 했다. 그런데 이제 이 모든 사정은 완전히 달라졌다. 오늘날은 글자와 정신의 세계가 누구에게나 개방되어 있다. 그래서 오늘날은 글과 책이 특별한 품격, 마법이나 마력을 모조리 빼앗긴 듯하다. 이제 책에는 더 이상 비밀이 담겨 있지 않으며, 누구나 책에 접근할 수 있는 듯이 보인다. 민주적이고 자유주의적인 관점에서 보면 이는 진보이자 당연한 사실이지만, 다른 관점에서 보면 정신의 가치 저하이기도 하다.

그런데 책을 많이 읽은 헤세는 사람들이 책이나 신문을 지나치게 많이 읽는다고 생각한다. 책은 의존적인 사람을 더 의존적으로 만듦으로써 다독으로 부당한 일이 벌어진다는 것이다. "책은 생활력이 없는 사람에게 값싼 기만적이고 대체적인 삶을 제공해서는 안 된다. 이와 반대로 책은 삶으로 이끌어가고 삶에 도움이 되고 유익할 때에만 하나의 가치를 지닌다. 약간의 힘, 되젊어지는 예감, 새로이 원기가 솟는 느낌이 생기지 않으면 책을 읽는 시간은 모두 낭비되는 셈이다." 양서나 좋은 취향의 진정한 적은 책 경멸가나 문맹자가 아니라 오히려 다독가라는 것이다. 그는 아이들에게도 더 많은 책을 선물하는 것이 좋지만 아이들에게 읽을거리를 잔뜩 줘서는 안 되고, 필요나 욕구가 생길 때만 아이들에게 책을 줘야 한다고 조언한다. 헤세에게 중요한 것은 최대한 많이 읽고 많이 아는 것이 아니다. 그는 좋은 작품들을 자유롭게 골라 틈날 때마다 읽으면서 남들이 생각하고 추구했던 깊고 넓은 세계를 감지하고, 인류의 삶과 맥, 아니 그 전체와 활발히 공명하는 관계를 맺는 일이 중요하다고 말한다. 독서는 최소한의 생리적 욕구를 충족시키는 데 그치지 않고 우리 삶에 더 높고 풍부한 의미를 부여하는 데 일조할 수 있어야 한다는 것이다. 결국 아는 것보다는 좋아하는 것이, 좋아하는 것보다는 즐기는 것이 중요하다는 『논어』의 가르침이 설득력을 얻는다.

헤세에게 책을 읽는다는 것은 낯선 사람의 본질과 사고방식을 알게 되고, 저자를 이해하려 하며, 그를 어떻게든 하나의 친구로 삼으려는 것을 의미한다. 또한 개개인마다 자신에게 친근하고 잘 이해되며, 사랑스럽고 소중한 책의 목록이 있는 법이다. 누구나 책의 세계로 들어가는 자기 자신의 길을 발견해야 한다. 인생은 짧으므로 무가치한 독서로 시간을 보내는 것은 어리석고 해로운 일이다. 이때 중요한 것은 독서의 질 자체이다. 독서로부터 무언가를 기대하고, 보다 풍부한 힘을 얻기 위해 힘을 쏟는 것이 필요하다. 헤세는 책에 다가가는 자세를 이렇게 기술한다. "생각 없는 산만한 독서는 눈에 붕대를 감고 아름다운 풍경 속을 산책하는 것과 같다. 우리는 자신과 우리의 일상생활을 잊기 위해서가 아니라 반대로 우리 자신의 삶을 보다 의식적이고 성숙하게 다시 단단히 손에 쥐기 위해 독서해야 한다. 우리는 냉담한 선생님에게 다가가는 소심한 학생이나 술병에 다가가는 건달처럼 할 것이 아니라, 알프스에 오르는 등산객처럼, 무기고로 들어가는 전사처럼 책에 다가가야 한다. 또한 피난민이나 삶에 불만을 품은 사람처럼 할 것이 아니라 호의를 품고 친구나 조력자에게 다가가는 사람처럼 책에 다가가야 한다." 단지 심심풀이로만 책을 읽는 자는 독서한 뒤 읽은 내용을 잊어버려 나중에는 책을 읽기 전이나 마찬가지로 빈곤한 상태가 된다. 그러나 친구의 말에 경청하는 자처럼 책을 읽는 사람에게는 책이 열려 그 자신의 것이 된다. 그가 읽는 것은 없어지거나 사라지지 않고 그에게 남고 그의 것이 되어, 그에게 기쁨과 위안을 줄 것이다.

아무리 돈이 많거나 지위가 높더라도 집에 책이 없다면, 또 책을 읽을 마음과 능력이 없다면 빈곤하고 불쌍한 사람이다. 자녀에게 독서를 강요할 것이 아니라 부모 스스로 책을 알고 소유하며 사랑하는 자만이 자라나는 자녀들에게 독서의 즐거움을 이해하고 깨닫도록 실제적인 도움을 줄 수 있다. 그런 자만이 저속한 작품이나 게임 등에 빠지지 않도록 자녀들을 지켜줄 수 있다. 그리고 자녀들의 어린 영혼에 정신과 아름다움의 나라가 펼쳐지는 잔잔한 발전 과정을 함께 체험할 수 있다.

그럼 어떤 책을 읽어야 할까? 반드시 읽어야만 하고, 행복과 교양에 필수적인 도서목록이란 존재하지 않는다. 그러나 각자 나름대로 만족과 즐거움을 맛볼 수 있는 책은 적지 않다. 이러한 책들을 서서히 찾아보고 이 책들과 지속적인 관계를 맺어가는 것, 이 책들을 외적으로나 내적으로 소유하여 자기 것으로 만들어

나가는 것이 각 개인에게 주어진 자신의 과제다. 이 일을 소홀히 하다간 교양과 즐거움은 물론이고 심지어 자신의 존재 가치마저 훼손할 수 있다. 시대를 막론하고 작가들의 책에 기록된 사고와 본질은 죽은 것이 아니라 살아 움직이는 유기적인 세계다. 모범이 되는 작품을 좇아가다 보면 얼마 안 가 모든 문학에 통용되는 보다 높은 법칙에 대한 감각을 얻게 된다.

그런데 언제 어디서나 책을 고르는 점에선 아직 너무나 심한 타의와 태만이 만연하고 있다. 그런 까닭에 비슷한 가치를 지닌 두 권의 책 중 하나는 전혀 주목을 받지 못하는 반면, 다른 하나는 유행을 타고 수십만 권씩 팔리기도 한다. 이런 일은 해마다 벌어진다. 책이란 잠시 누구나에게 읽혀 가벼운 오락용 대화의 주제가 되었다가 잊혀버리기 위해 존재하는 것은 아니다. 책은 조용하고 진지하게 향유하고 사랑해야 할 대상이다. 그래야 비로소 책은 자신의 가장 내적인 아름다움과 힘을 내보인다.

어떤 책을 처음 읽고 보다 깊은 감명을 받았다면 얼마 뒤에 꼭 다시 읽어보는 게 좋다. 두 번째 읽을 때 책의 핵심이 드러나고, 순전히 표면에만 드러났던 긴장감이 사라지며 내적인 삶의 가치, 서술의 독특한 아름다움과 힘이 효과를 발휘하여 커다란 감동을 주게 된다. 전문가와 권위자의 판단에 대한 무한한 존경은 거의 언제나 잘못된 것이다. 일반적으로 절대적으로 옳은 비평이란 존재하지 않는다. 감탄을 자아내게 하는 온

갓 비평에 주눅들어 귀 기울이기보다 의연히 내면의 요구를 따르며, 유행에 신경 쓰지 않고 마음에 드는 것에 충실하다면 좀 더 빨리 좀 더 확실히 진정한 문학 교양을 얻을 수 있다. 독서도 다른 모든 향유와 마찬가지다. 그러니 진심으로 애정을 기울여 독서에 몰두할수록 보다 깊고 지속적인 즐거움을 얻을 수 있다. 책을 친구나 연인처럼 대우하고, 책마다 자신의 독자성을 존중해주며, 이런 독자성에 낯선 것은 책에 요구해서는 안 된다. 아무렇게 아무 때나 급히 후닥닥 읽어서는 안 되고, 책의 내용을 받아들이기 좋은 시간에, 즉 느긋하고 유쾌한 기분으로 읽어야 한다.

그럼 작가는 어떤 식으로 글을 써야 할 것인가? 헤세는 작가란 추상적 사고를 해선 안 된다고 조언한다. 일반 독자도 그런 점에선 마찬가지라 할 수 있다. 그런 추상적 사고는 결과적으로 예술적 창작을 부정하고 망치기 때문이다. 그렇다고 해서 작가가 자신의 세계관을 지닐 수 없다거나, 사상적으로 철저히 관념론적 철학자가 될 수 없다는 말은 아니다. 다만 추상적인 인식이 주된 핵심이 되는 순간 작가는 예술가이기를 멈추게 된다. 시대를 막론하고 가장 아름답고 감동적인 문학은 사유가의 체념이 창작자를 정화된 냉정한 삶의 관조로 이끌어가서, 작가가 가치판단이나 철학적 근본 문제를 포기하고 순수 관조로 들어갔을 때 생겨난다. '어떤 글을 쓸 것인가'는 결국 '어떤 삶을 살 것인가'와도 관련이 된다.

헤세는 글쓰기에 대한 조언을 청한 어느 풋내기 시인에게 이런 충고를 한다. "자신이 쓴 시 습작이 자신에게 유리하고, 자기 자신과 세계에 대해 보다 명확히 알게 되고, 귀하의 체험 능력을 제고시키며, 귀하의 양심을 날카롭게 해주도록 귀하를 도와준다는 느낌이 드는 한 시 창작을 계속 하라. 그러면 시인이 되건 안 되건 상관없이 귀하는 눈동자가 맑은 쓸모 있고 깨어 있는 인간이 될 것이다. 하지만 내가 희망하건대, 그것이 귀하의 목적이라면, 그리고 시 문학을 향유하거나 창작할 때 조금의 장애라도 보이거나 또는 빗나간 샛길이나 허영심에 빠질 것 같은 유혹, 소박한 삶의 감정이 약화될 유혹이 조금이라도 감지된다면 귀하의 문학이든 우리의 문학이든 일체의 문학을 던져버려라!"

특히 정신분석에 관심이 많았고, 직접 정신분석 치료를 받기도 했던 헤세는 심리학의 본질적인 명제를 둘러싼 지식에 근접한 작가로 도스토옙스키와 장 파울을 든다. 또한 자유와 격정의 시인인 실러는 일찍이 쾨르너에게 보내는 편지에서 뜻밖에도 이미 무의식의 심리학을 말해주는 놀랄 만한 글을 쓴 적이 있었다. "내가 보기에 자네가 어려움을 호소하는 이유는 자네의 지성이 자네의 상상력을 강제하고 있기 때문인 것 같네. 지성이 밀어닥치는 이념을, 마치 성문에서 벌써 그러듯 너무 엄격하게 검열한다면 그것은 좋지 않고, 영혼의 창조 작업에 불리하게 작용하는 것 같네. 하나의 이념이란 따로 떼어놓고 보면 매우 보잘것없고 무척 터무니없어 보이긴 하지. 그러나 그것은 역시 하찮아 보이는 다른 어떤 것과 결합되면 매우 유용한 부분을 이룰 수 있다네. 다시 말해 지성은 이 모든 것을 평가할 수는 없지. 이 다른 어떤 것과의 결합을 자세히 파악할 수 있을 때까지 그 이념을 오랫동안 꽉 움켜잡고 있지 않는다면 말이네. 반면에 창조적 두뇌의 소유자라면 지성이 성문의 초병을 철수시켜야 할 듯싶네. 그래서 이념들이 뒤죽박죽으로 쏟아져 들어오면, 그때 비로소 지성이 덩어리 전체를 조망하며 옥석을 가리면 될 거네."

이 글에는 비판적 지성이 무의식과 어떤 관계를 맺어야 할지에 대한 이상적 관계가 모범적으로 표현되어 있다. 무의식, 통제되지 않은 착상, 꿈, 유희적인 심리상태에서 쏟아져 들어오는 자산을 억압해서도 안 되고, 무의식의 형상 없는 무한대에 지속적으로 탐닉해서도 안 된다. 그러지 말고 숨겨진 원천에 깊은 애정으로 귀 기울여야 한다. 그런 뒤에야 비로소 혼돈으로부터 비판하고 선택해야 한다.

사람들은 흔히 자신과 자신의 영혼 사이에 하나의 보초병, 즉 하나의 의식이나 도덕 같은 치안당국을 하나씩 세워둔다. 그래서 그는 먼저 당국의 검열을 받지 않고 그 영혼의 심연에서 직접 나오는 것은 아무것도 인정하지 않는다. 하지만 예술가는 영혼의 세계가 아닌 모든 검열 당국에 늘 불신의 시선을 보내며 이쪽과 저쪽, 의식과 무의식 사이를 몰래 드나든다. 예술가는 이편, 즉 일반 시민이 살아가는 알려진 낮의 세계에 머무를 때는 언어의 빈곤에 무한히 짓눌린다. 그는 작가로 사는 것을 가시방석 위의 삶처럼 느낀다. 하지만 저편, 즉 영혼의 세계에 들어서면 말이 마법처럼 온 사방에서 마구 흘러든다. 별들이 노래하고 산봉우리는 미소 짓는다. 세상은 완벽하고 하느님의 말씀 그대로다. 그곳에서는 단어 하나도 철자 하나도 부족함이 없고, 모든 것을 말로 표현할 수 있다.

헤세는 일반적 인식과는 달리 광인을 오히려 내적으로 안정된 사람으로, 공무원이나 교수를 평범한 성격을 지닌 사람으로 본다. 헤세가 보기에 광인은 현자이자 신의 총아이며 자기 자신과 자기 자신에 대한 믿음에 만족하는 개성적인 사람이다. 하지만 교수나 공무원은 개성도 특성도 없는 별것 아닌 존재로 본다. 그는 형편없는 시에 대해서도 비슷한 생각을 한다. 갑자기 그 시들이 더 이상 형편없어 보이지 않고, 갑자기 향기와 특성, 순진함이 느껴진다는 것이다. 헤세에게는 형편없는 시의 분명한 약점과 결점이 감동적이고 독창적이며, 사랑스럽고 매혹적으로 다가오는 반면, 가장 아름다운 시는 약간 밋밋하고 상투적으로 보이기도 한다. 그러나 형편없는 시를 읽는 것은 극히 단기간의 즐거움이니 금세 그것에 질리고 만다. 그렇다면 대체 무엇 때문에 읽어야 한단 말인가? 누구나 직접 형편없는 시라도 지어보면 안 될까? 그렇게 하면 된다. 그러면 형편없는 시를 짓는 것이 심지어 최고 아름다운 시를 읽는 것보다 훨씬 행복함을 알게 될 것이다.

니체의 영향을 많이 받은 헤세는 다르게 보고 생각하는 것, 뒤집어보는 것을 중시한다. 이른바 가치의 전환이라 할 수 있다. 그는 "작가의 임무는 단순한 것을 의미심장하게 말하는 것이 아니라 의미심장한 것을 단순한 것을 말하는 것이다."라는 빌헬름 셰퍼의 문장에 감명을 받는다. 그러나 그는 참되고 올바른 진리라면 뒤집어 놓더라도 끄떡없어야 한다고 생각한다. 참인 것은 그 역도 참일 수 있어야 하니까. 셰퍼의 명제를 뒤집으면 이런 문장이 된다. "작가의 임무는 의미심장한 것을 단순하게 말하는 것이 아니라 단순한 것을 의미심장하게 말하는 것이다."

셰퍼는 작가의 임무란 임의의 것과 사소한 것을 의미심장한 것처럼 꾸며내는 일이 아니라, 진정으로 가치 있고 중요한 것을 선택해 되도록 단순하게 묘사하는 일이라고 말한 것이다. 그러나 헤세가 뒤집어 놓은 문장의 뜻은 이러하다. "작가의 임무는 무엇이 의미심장하고 중요한지 결정하는 일이 아니다. 또 모든 게 뒤죽박죽인 세상에서 후대의 독자를 위해 어느 정도 후견인으로서 취사선택해 다만 가치 있고 진정으로 중요한 것을 전달해주는 일이 아니다. 아니, 그 정반대인 것이다! 작가의 임무는 사소하고 하찮은 것에서 영원하고 어마어마한 것을 인식하고, 신은 어디에나 존재하고 모든 사물에 깃들어 있다는 이러한 보물, 이러한 지식을 번번이 발견하고 알려주는 일이다." 헤세는 학생에게 작문을 시킬 때도 뒤집어서 생각해보기를 권한다. "얘들아, 우리가 너희들에게 가르치는 것은 매우 좋은 거란다. 하지만 가끔은 우리의 규칙과 진리를 한 번쯤 그냥 시험 삼아 재미로 뒤집어보렴!"

이런 시각에서 헤세는 큰일은 진지하게 여기고 작은 일은 하찮게 여기는 것도 부정적으로 본다. 그런 풍조는 몰락의 시작이라는 것이다. 인류를 존중한다면서 거창한 담론을 내세우면서도 정작 자신의 아랫사람이나 약자를 무시하고 들볶는 것, 조국이나 출신 학교며 출신 지역은 신성하게 받들면서 하루의 일은 형편없이 날림으로 하는 데서 모든 타락이 시작된다. 이를 막는 교육 수단은 하나밖에 없다. 즉 스스로에 대해서든 타인에 대해서든 이념이나 세계관, 애국심 같은 소위 심각하고 신성한 것은 모두 제쳐두고, 반면 사소하고 매우 하찮은 일, 현재 맡은 일에 최선을 다해야 한다.

헤세는 책 읽기를 세 가지 유형으로 나눈다. 그러나 독자들을 이러한 유형 중의 하나로만 한정할 필요는 없다. 첫째 순진한 독자가 있다. 이런 독자는 식사하는 자가 음식을 집어 들 듯 책을 집어 든다. 그는 단순히 집어 드는 자이다. 이런 독자가 책과 맺게 되는 관계는 개인 대 개인의 관계가 아닌, 말과 구유의 관계, 또는 말과 마부의 관계와 같다. 이들은 소재에 매달리지는 않고 작가의 관점을 고스란히 받아들인다. 그들은 책에 기술된 미학적인 면을 완전히 객관적으로 받아들이고, 작가의 세계관에 완전히 감정이입한다. 또 작가가 자신의 인물에 부여한 해석을 남김없이 넘겨받는다. 이런 순진한 독자는 독서에서 주체적 개인이나 그 자신이 될 수 없다.

두 번째 유형의 독자는 어린이다움과 천재적인 놀이 본능을 보여준다. 이들은 세상의 모든 사물에 대해서처럼 책에 대해서도 완전히 다른 입장을 취한다. 인간은 자신의 교양이 아닌 자신의 본성을 따르자마자 어린이가 되어 사물을 갖고 놀기 시작한다. 이러한 독자는 어떤 책의 유일하고 가장 중요한 가치를 평가할 때 책의 소재나 형식은 문제 삼지 않는다. 어떤 사물이든 열 가지, 백 가지의 의미를 가질 수 있음을 어린이들이 알고 있듯이, 이런 독자들 역시 알고 있다. 이러한 유형의 독자는 마부를 따르는 말처럼 작가를 따르는 것이 아니라, 짐승의 발자국을 쫓는 사냥꾼처럼 작가를 쫓는다.

세 번째 유형의 독자는 너무나 개성적이고 주관적이어서 자신의 읽을거리에 완전히 자유로운 태도를 취한다. 그런 독자는 교양을 쌓거나 재미를 얻기 위해 책을 읽는 것이 아니다. 그는 책을 세상의 모든 대상과 다르지 않게 이용한다. 책은 그에게 단지 출발점이자 자극일 뿐이다. 무엇을 읽든 기본적으로 그에게는 매 한가지이다. 철학자의 책을 읽는 것은 그의 말을 믿거나 그의 이론을 받아들이거나 그 이론을 공박하거나 비판하려는 것이 아니다. 그가 작가의 책을 읽는 것도 작가의 시각으로 세계를 해석하기 위해서가 아니다. 이러한 독자는 멋진 구절, 지혜나 진리가 표현된 것을 보면 시험 삼아 일단 뒤집어본다. 그는 모든 진리는 그 역도 진리임을 진즉 알고 있다. 사실 세 번째 단계의 독자는 더 이상 독자가 아닌 셈이다. 계속 이 단계에 속하는 사람은 이내 더 이상 아무것도 읽지 않을 것이다. 그도 그럴 것이 양탄자의 문양이나 담벼락에 놓인 돌멩이의 질서도 그에게는 가장 질서정연한 철자로 가득 찬 더없이 멋진 페이지만큼이나 소중할 터이기 때문이다.

진정한 작가는 시대의 인정을 받기 어렵다. 어떤 작가들의 책은 몇 권밖에 팔리지 않기도 한다. 일반 독자는 시인을 진정으로 인식할 수 없고 진정으로 인정할 줄 모르기 때문이다. 그러기에 시인에게 시대는 늘 지옥과 같다. 시대는 그것의 목적과 이상을 공유할 수 있는 자에게는 천국이고, 그것의 목적과 이상에 항거할 수밖에 없는 자에게는 지옥인 것이다. 시인은 자신의 기원과 소명 의식에 충실하려면 산업과 조직을 통해 삶을 지배하는 성공에 취한 세계에 합류할 수 없다. 오히려 시인의 유일한 임무는 영혼의 종복이나 옹호자, 기사가 되는 것이다. 그러므로 시인은 자신이 다른 사람들과는 달리 고독을 겪고 고통을 당하는 판결을 받았다고 생각한다. 진정으로 '시인'이라 불릴 수 있는 사람들 중 일부는 이런 지옥의 진공 공간 속에서 말없이 파멸하기 쉽다. 시인은 시대의 어떤 이상도 신뢰하지 못한다. 장군의 이상도 볼셰비키의 이상도, 교수의 이상도 공장주의 이상도 신뢰하지 못한다. 시인은 시대를 설명하고 낫게 하며 가르치려 하지 않고, 우리 자신의 꿈과 우리의 고통을 드러내면서 시대에 영상의 세계, 영혼의 세계를 자꾸만 열어주려고 한다. 이러한 꿈은 부분적으로 고약한 악몽이고, 이러한 영상은 부분적으로 소름끼치는 도깨비 모습이다. 시인은 그것을 미화해서는 안 되고 거짓으로 속여서도 안 된다.

또한 헤세는 진정한 비평가와 평범한 비평가도 구분한다. 진정한 비평가는 어느 누구보다 언어의 진정성과 질에 대한 확실한 감각을 지니고 있는 반면, 평범한 비평가는 원본과 모방품을 쉽게 혼동하는 바람에 때로 사기에 걸려들기도 한다. 헤세는 진정한 비평가를 식별하는 두 가지 중요한 특질을 든다. 첫째, 진정한 비평가는 훌륭하고 살아 있는 글을 쓰고, 자신의 언어와 허물없는 관계에 있으며 그 언어를 남용하지 않는다. 둘째, 그는 자신의 주관성과 개인적 기질을 억누르지 않고 그것을 분명히 서술하고자 하는 욕구와 노력이 있다. 훌륭한 비평가는 개성이 무척 강하고 그것을 스스로 선명히 표현하므로 독자는 자기가 누구와 관계하고 있는지, 자신의 눈에 들어오는 광선이 어떤 종류의 렌즈를 통과하여 들어오는지 정확히 알거나 느낄 수 있다. 반면에 빈약한 비평가의 주된 결함은 개성이 별로 없거나 또는 그 개성을 표현할 줄 모른다는 점이다.

문학작품에서 소재는 어떤 의미를 가지는가? 소재를 '고르는' 작가는 진정한 작가가 아니다. 그런 작가의 책은 결코 읽을 가치가 없다. 그러므로 문학작품의 소재는 결코 가치판단의 대상이 될 수 없다. 세계사의 가장 훌륭한 소재를 가지고 시시한 작품이 나올 수 있고, 아무것도 아닌 소재를 가지고도 진정한 작품이 나올 수 있다. 예술작품에서 진리, 성실성, 우아함, 깔끔함이 중요하다. 자잘한 것을 우아하고 극도로 깔끔하며 세심하게 묘사할 줄 아는 것, 엄격한 훈련과 성실성으로 우아한 숙련된 기예와 유희정신을 갖추는 것이 중요하다. 진정한 작가도 가끔 소재를 선택하고 작품을 명령조로 지시하려고 하기도 한다. 그런 시도의 결과는 동료들에게는 언제나 흥미롭고 유익했을지는 몰라도, 문학작품으로서는 사산死産이다.

진정한 인간과 진정한 시인의 덕목은 다르지 않다고 할 수 있다. 높은 특성, 임무와 목표, 자기 자신에 대한 성실성, 자연에 대한 외경심, 임무에 헌신하겠다는 준비 자세, 그리고 결코 자신에게 만족하지 않는 책임감과 잘 된 문장이나 시구에 대해 불면의 밤으로 대가를 치르는 저 책임감, 이 모든 덕목은 결코 진정한 작가의 특질만은 아니다. 그것은 자신의 직업과는 무관하게 진정한 인간, 즉 노예가 되지 않고 기계가 되지 않은 인간, 경외심 있고 책임감 있는 인간의 특질이기도 하다.

이런 인간형의 이상을 지니고 있고, 기개와 성공, 돈과 권력이 아니라 자신을 기초로 하고 외부에 흔들리지 않는 삶을 목표로 한다면, 아직 시인이 아니라 해도, 그러면 시인의 형제이자 시인과 비슷한 부류이다. 그러면 시를 짓는 것에도 심오한 의미가 있다. 시를 짓는 일은 개성의 생성과정에 속한다. 시를 짓는 도정에서 단순히 언어 연습을 할 뿐만 아니라 자기 자신을 보다 깊고 선명히 알게 되는 것, 평균인의 경우보다 개체화의 발전단계를 더 나아가게 하고 더 높이는 것, 일회적인, 전적으로 개인적인 영혼체험을 기록함으로써 자신의 능력과 위험을 더 잘 보고 잘 해석하는 것, 바로 이것이 시를 짓는 일의 의미이다.

비평계와 여론이 바람직하고 읽을 만한 양서로 인정한 작품이 반드시 좋은 작품은 아니다. 그 중에 끝까지 남은 것이 거의 없다. 도스토엡스키가 고독하게 글을 쓰는 동안, 니체가 무명의 괴짜 취급을 받는 동안 독일 독자들은 슈필하겐이나 마를리트, 또는 기껏해야 에마누엘 가이벨의 귀여운 시들을 읽었다. 작가들은 소수의 인정을 받으며 살거나, 아무도 알아주는 이 없이 살다가 세상을 떠나기 십상이다. 우리는 그들의 사후, 때로는 사후 몇 십 년이 지나서야 그들의 작품이 마치 시간을 초월한 듯 갑자기 찬란하게 부활하는 것을 보곤 한다. 니체는 살아생전에 대중의 철저한 외면을 당했지만, 극소수의 정신들에게 진작 소임을 다하고 수십 년이 지난 뒤 펴내는 책마다 불티나게 팔리는 인기 작가의 반열에 올랐다. 또는 횔덜린의 시는 쓰인 지 백 년이 지나 느닷없이 대학생들을 도취시키기도 한다. 또는 아득히 먼 고대 중국 지혜의 보고 중 쓰인 지 수천 년이 지난 노자의 책 한 권이 전후 유럽에서 갑자기 발견되어 새삼 읽힌 것도 마찬가지다.

소수의 진정한 독자는 웬만큼 읽기 능력을 갖춘 뒤 어린 시절 읽었던 것에서 등을 돌리는 대신 책의 세계로 계속 파고든다. 그리고 한 걸음씩 발을 옮기면서 이 세계가 얼마나 넓은지, 또 얼마나 다양하고 즐거운지 깨닫게 된다. 책의 이러한 무한한 세계는 진정한 독자에게는 각기 다르게 보이며, 각각의 독자는 그 세계에서 자기 자신을 추구하고 체험하기도 한다. 원시림을 가로질러 수천의 길이 수천의 목적지로 나 있다. 그런데 어떤 목적지도 최종적인 목적지는 아니며, 그 배후에는 새로운 광활한 세계가 펼쳐진다.

헤세는 그리스 작가 중 비극작가들보다는 호메로스를, 투키디데스보다는 헤로도토스를 더 좋아한다. 또한 격정적인 작가에 대해서는 읽기 어렵고 좀 부자연스럽게 생각한다. 그가 단테나 헤벨, 실러나 슈테판 게오르게를 존경하는 것은 의무감에서 그러는 측면도 없지 않다. 헤세는 인문주의자면서도 흙냄새와 민속적인 체취를 지닌 작가를 좋아한다. 그런 책들은 특히 직접 그에게 말을 걸기 때문이다. 그것들은 풍경, 민족성과 언어가 친숙하고, 고향처럼 느껴지는 책들이다. 그는 그런 책을 읽으면서 특별한 행복을 즐기고, 더없이 섬세한 뉘앙스, 매우 은밀한 암시, 매우 나직한 울림도 알아듣는다. 한편 헤세에게 인도와 중국은 정신적 피난처이자 제2의 고향이라 할 수 있다. 중국의 스승과 현인은 격정가와는 반대인 것이다. 그들은 놀랄만치 소박했고, 민중이나 일상과 가까웠다. 그것은 평정심과 유머, 소박함이 있는 세계이다. 헤세는 일본의 정신에도 호감을 느낀다. 헤세는 일본의 정신을 웅대한 동시에 위트 있는 어떤 것, 깊은 통찰을 담고 있으면서도 단호한 어떤 것, 다시 말해 선禪 사상 같은 실제 삶을 지향하는 투박한 문학 세계로 느낀다. 헤세는 지구에 다양성과 차이, 구별은 반드시 있어야 한다고 여긴다. 그는 획일화, '위대한 단순화'에 반대하며, 질과 완벽성, 모방할 수 없는 것을 사랑한다.

　헤세는 훌륭한 종교 교육을 받은 자에게 문학은 위험하다고 본다. 문인은 빛의 존재를 믿어야 하고, 명백한 경험을 통해 빛에 대해 알아야 하며, 빛을 향해 창문을 활짝 열고 있어야 하는 존재니까. 그렇지만 헤세는 작가가 스스로를 빛의 전달자나 혹은 빛으로 간주해서는 안 된다고 말한다. 그러면 조그만 창문은 닫히게 되기 때문이다. 그런 의미에서 헤세는 자신을 추앙하는 외국의 젊은 문인에게 자신을 되고 싶고 닮고 싶은 모범이자, 추구할 가치가 있는 모범으로 간주하는 것, 다시 말해 자신을 진리의 투사, 영웅이자 횃불 드는 사람, 신에 열광한 빛을 가져다주는 사람, 빛 자체로 생각하는 것을 반대한다. 그것은 도를 넘은 행위이자 소년 같은 이상화일 뿐만 아니라 원칙적인 오류이자 실수이기 때문이다.

2014년 1월
홍성광

차례

01

낭만주의[1]와 신낭만주의[2]

    '낭만적'[3]이란 말이 원래 무슨 뜻인지 아는 사람은 아무도 없다. 우리는 일상어에서 책, 음악, 회화, 의상, 경치, 우정과 연애 관계와 같은 무수한 사물에 '낭만적'이란 단어를 적용한다. 그 말은 때로는 비난조로, 때로는 인정의 의미로, 때로는 반어적으로 이해되기도 한다.

    낭만적인 경치란 협곡과 절벽, 그리고 폐허가 된 고성이 있어

---

1 독일 낭만주의는 슐레겔 형제, 티크, 노발리스를 중심으로 한 전기 낭만주의 (1795~1804), 아르님, 브렌타노, 그림 형제를 중심으로 한 전성기 낭만주의(1804~1815), 호프만, 아이헨도르프를 중심으로 한 후기 낭만주의(1815~1848)로 나누어진다.

2 신낭만주의는 자연주의에 대한 반동으로 19세기 말엽에서 20세기 초에 걸쳐 독일과 오스트리아를 중심으로 일어난 문학사조를 말한다. 이념이나 형식면에서 낭만주의 의 전통을 이어받고 예술 지상주의와 탐미주의, 신비주의 등의 경향을 띠며 미의식 과 감정의 강조에 치중했다. 마테를링크, 게오르게, 호프만슈탈, 릴케, 후흐 등이 신 낭만주의의 대표적 작가라 할 수 있다.

3 17세기 중반 영국에서 처음 나타난 '로맨티시즘romanticism', '로맨틱romantic'이란 용 어는 영웅적인 바로크 소설의 열광적이고 과장된 비이성적 성격을 뜻한다. 라틴어 '로 맨스romance'에서 유래한 이 단어는 그 후 통속적 문학에까지 확대되었다.

서 바라보면 가슴이 후련해지고 정신이 아찔해지는 풍경을 뜻한다. 낭만적인 음악이란 명료함보다는 분위기가, 튼튼한 구조보다는 부드러움이 두드러지고, 베일에 가려져 감추어진 듯한 작품이다. 또 꺼리는 듯하면서도 흩날리며 자유롭게 흐르는 박자가 있는 음악이다. 결국 낭만적인 사랑이나 낭만적인 인생행로라고 말할 때도 사람들은 비슷한 것을 떠올린다. 이와 동시에 사람들은 비합리적인 것과 매혹적인 어떤 것, 마음 가는 대로 행하는 기이한 모험 같은 어떤 것, 철부지 소녀들을 들뜨게 하고 분별 있는 사람들의 고개를 가로젓게 하는 어떤 것, 하지만 아무튼 매력적이고 흥미로운 어떤 것을 떠올린다. 사람들은 삶에서 형식이나 법칙을 갖추지 못한 모든 것, 확고한 토대를 갖추지 못하고 구름처럼 덧없는 모습을 한 모든 것을 낭만적이라 일컫는다.

그 명칭이 독일의 시인 유파가 된 시점부터 우리는 그 단어에 관심을 기울여왔다. 19세기의 3분의 1 이상의 기간 동안 낭만주의는 빠르게 꽃피었고 더디게 시들었다. 또 특이하게도 낭만파의 역사는 모든 주요 유럽 문학에서 되풀이되었다. 낭만파란 명칭은 동시대인이나 문학사가가 붙여준 것이 아니라 스스로 당당하게 그 기치를 내걸었으니 궁금한 마음에 이런 질문을 하지 않을 수 없다. 다시 말해 '낭만적'이란 표현은 최초의 낭만주의자들에게 어떤 의미였을까?

그 내답은 이러하다. 같은 최초의 낭만주의자들이긴 하지만 아우구스트 빌헬름 슐레겔은 프리드리히 슐레겔과 생각이 달랐고, 노발리스는 티크와 생각이 달랐다. 실러가 자신의 희곡 『오를레앙의 처녀』에 '낭만적 비극'이란 수식어를 붙인 것은 단지 작품에 담긴 신비적 요소를 제대로 평가하기 위해서였다. 반면에 슐레겔과 티크의 책 제목에 달린 낭만적이란 단어는 오늘날의 작품에 '현대적'이란 수식어가 붙은 것과 같은 의미이다. 노발리스는 일부러 그 단어를 잘 사용하지 않는다. 그는 그 단어를 결코 명확한 공식으로 사용하지 않고 마치 마법의 망토처럼 그 단어에 극히 개인적인 상념을 덧씌운다. 즐거운 아이 티크는 그 단어를 가지고 즐겨 장난을 치는 것으로 보아, 모호하고 울림이 좋은 그 단어를 기분 좋게 생각했음을 알수 있다. 낭만파 잡지 〈아테네움〉[4]이 낭만주의 강령을 확립한 그날부터 티크는 자신의 거의 모든 신작에 낭만적이란 새 수식어를 붙였다. 슐레겔 형제는 좀 더 의식적이고 일치된 견해

---

4 Athenäum. 슐레겔 형제가 1798년부터 1800년까지 발행한 잡지로 예나를 중심으로 한 전기 낭만주의의 중심적 기관지 역할을 했다. 프리드리히 슐레겔은 1803년 이 잡지의 후신인 〈오이로파〉를 발간하기도 했다. 프리드리히 슐레겔은 낭만주의에 대해 이렇게 정의한다. "낭만문학은 진보적 보편문학이다. 낭만문학은 모든 나누어진 문학 장르들을 다시 통합해야 할 뿐만 아니라, 문학을 철학 및 수사학과 결부시켜야 한다. 문학과 산문, 천재성과 비판, 예술문학과 자연문학을 때로 혼합하고 때로 융합하는 것, 문학을 활발하고 사교적으로 만드는 것, 삶과 사회를 문학적으로 만드는 것, 위트를 문학화하는 것, 모든 종류의 견실한 교양소재들로 예술형식들을 채우고 풍성하게 하는 것, 유머의 울림으로 예술형식들에 영혼을 불어넣어 주는 것—이런 것들이 낭만문학이 하려고 하고, 또 해야 하는 것들이다. [⋯] 낭만문학만이 무한하며, 낭만문학만이 자유롭다. 시인의 자유의지는 자기 위의 어떠한 법칙에도 구속을 받지 않는다는 것, 바로 이것이 낭만문학이 인정하는 제1의 법칙이다. 낭만문학이라는 종류는 단순한 하급종류라기보다 문학 그 자체라고 할 수 있다. 왜냐하면 어떤 의미에서는 모든 문학이 낭만적이며, 또한 낭만적이어야 하기 때문이다."

를 가졌다. 물론 형 아우구스트 빌헬름 슐레겔은 형식적인 측면에, 동생 프리드리히 슐레겔은 철학적 측면에 더 많은 가치를 부여하며 그 명칭을 쓰기는 했다. 노발리스와 마찬가지로 그들은 이와 동시에 '낭만적'이란 단어에서 장편소설의 개념을 뇌리에 떠올렸다.

그러나 '장편소설' 하면 괴테의 『빌헬름 마이스터의 수업시대』를 말하는 것이었고, 이때 그것의 첫 부분이자 가장 중요한 부분이 발간되던 참이었다. 그것은 현대적 의미에서의 독일 최초의 장편소설이었고, 그 당시의 큰 사건이었다. 이 소설만큼 동시대 독일 문학에 큰 영향을 미친 독일 책은 없다. 『빌헬름 마이스터의 수업시대』는 그때까지 말할 수 없었던 많은 것을 표현했다. 이 소설은 너무나 새롭고 경이로우며, 심오하고 대담했다. 그것은 슐레겔 형제, 특히 프리드리히에게는 기본적으로 '낭만적인 것'이었다. 프리드리히 슐레겔과 티크는 그 단어를 자신들의 책 제목에 갖다 붙였다. 그럼으로써 얼마 안 가 무언가 분명한 것을 말하는 기능이 사라져버렸다. 그들은 '낭만적'이란 말 대신에 '빌헬름 마이스터적'이라 말할 수 있었을지도 모른다. 사실 『티탄』[5]이나 『프란츠 슈테른발트의 방랑』[6], 『루친데』[7] 같은 당시의 보다 중요한 모든 산문문학이 저 위대

---

5 장 파울의 소실.
6 1789년에 나온 루트비히 티크의 교양소설이자 예술가소설.
7 프리드리히 슐레겔의 미완성 소설(1799).

한 모범에 대한 직접적이고 의식적인 모방이었다.

'낭만적'이란 말이 이미 당시에 비고전적, 아니 반고전적이라는 의미를 지녔을 가능성도 있다. 그도 그럴 것이 괴테는 그 당시엔 아직 고전주의자라는 차가운 후광에 휩싸이지 않았기 때문이다. 회화사에서 빛과 공기에 대한 일방적 관심으로의 전환이 의미한 것이 문학사에서는 양식화된 것으로부터 불규칙한 것, 운문으로부터 운율이 있는 산문, 완결된 글로부터 단장斷章으로의 의식적인 전환을 의미한다. 이젠 더 이상 형식과 외형이 아니라 향기와 분위기를 추구했다. 이젠 보편적인 것에서 벗어나 예술적으로 제한된 개별적인 것을 추구하는 것이 아니라 반대로 근원으로 거슬러 올라갔으며, 사물과 예술의 근원적 합일을 모색했다. 사람들은 슐라이어마허와 함께 우주를 바라보고 있었다.

우리는 이제 낭만주의라는 단어 대신 그것의 실질적인 내용을 고찰하려 한다. 두 종류의 낭만주의가 있다는 것이 언뜻 눈에 드러난다. 즉 보다 심오한 낭만주의와 피상적인 낭만주의, 진정한 낭만주의와 가면에 불과한 낭만주의가 그것이다. 당시 대중의 취향에서는 후자의 거짓 낭만주의가 승리했다. 노발리스는 금방 잊힌 반면 삼류 소설가 푸케[8]는 승승장구했다. 전자의 낭만주의는 먼저 내면으로 향하다가 눈에 띄게 몰락의 길을 걸었고, 야유와 조롱을 받으며 무대에서 사라지고 말았다. 푸케가 최초의 작품들을 써냈을 때 전자의 낭만주의는 이미 죽어 있었다.

낭만주의는 노발리스[9]와 함께 꽃 피었고 사멸했다. 후기 낭만주의는 아이헨도르프에게서 서정적이고 우아한 재능을, 호프만에게서 마적으로 깊은 재능을 보여주었지만, 이것들은 지류에 불과했고 옛 낭만주의 원칙과는 느슨한 관계를 맺고 있을 뿐이었다. 슐레겔 형제는 심오한 통찰과 고상한 이해에도 불구하고 문학적으로는 불능이었기에 진정한 낭만주의는 오직 노발리스에게서만 찾아볼 수 있다.

노발리스는 28세의 나이에 사망했다. 그는 그를 숭배하는 친구들의 기억 속에서는 청춘의 매력적인 아름다움을 간직한 채 계속 살아 있었다. 뭇 사람들의 사랑을 받았던 그는 어느 누구

---

8 Friedrich Heinrich Karl de La Motte, Baron Fouqué(1777~1843). 독일의 소설가·극작가. 특히 동화 『운디네』의 저자이다. 프랑스 귀족의 후손이었으며 동시대인들에게 국민성에 대한 의식을 고취시키려는 뜻에서 작품을 통해 기사도 정신의 영웅적 이상을 표현했다. 그는 다작의 작가로서 스칸디나비아의 사가와 신화에서 대부분의 소재를 따왔다. 그의 3부작 희곡 『북방의 영웅』은 니벨룽겐의 이야기를 다룬 최초의 현대극으로 헤벨의 후기극과 바그너의 오페라의 선례가 되었다. 불후의 성공작인 물의 요정 운디네의 이야기는 운디네가 기사인 힐데브란트와 결혼함으로써 영혼을 지닌 사람이 되지만 나중에는 아저씨인 쿨레보른과 베르툴다 양의 배신으로 사랑을 잃게 된다는 내용이다. 그의 작품은 처음에는 크게 환영받았으나 1820년 이후 빠른 속도로 유행에 뒤지게 되었다.

9 Novalis, 본명은 Friedrich Leopold, Freiherr von Hardenberg(1772~1801). 후기 낭만주의 사상에 큰 영향을 미친 독일의 낭만주의 시인·이론가. 귀족계급에 속하는 신교 가문에서 태어나 가족이 전에 사용했던 이름 '노발리'를 본떠 자신의 필명을 붙였다. 청년시절 예나대학에서 법학을 공부하면서 실러와 사귀었고, 그 뒤 라이프치히에서 공부하며 프리드리히 폰 슐레겔과 친교를 맺고 칸트와 피히테의 철학사상을 접하게 되었다. 14세의 조피 폰 퀸과 사랑에 빠져 약혼했으나 그녀가 결핵으로 죽자 『밤의 찬가』를 썼다. 1798년 다시 율리 폰 카르펜티어와 약혼했지만, 결혼하기 전인 1801년 결핵으로 사망했다. 생전에 출간되었던 단편집 『꽃가루』와 『신앙과 사랑』이 있다. 유명한 신화적 로맨스 『푸른 꽃』은 이상화된 중세를 배경으로 젊은 시인의 신비적이고 낭만적인 탐구심을 그렸다.

로도 대체할 수 없는 사람이었다. 그의 미완성 작품에는 은밀하고 매력적인 사랑의 유일무이한 향기가 서려 있다. 그에게서는 그의 후계자들이 필요로 한 겉만 번드르르한 것과 화려한 의상을 어디서도 찾아볼 수 없다. 이상한 에세이 형태로 기록한 젊은이다운 가톨릭 변호문[10]은 철저한 개신교 사상가의 말로는 실패한 역설처럼 들린다.

하지만 그의 주저가 중세, 즉 낭만주의의 저 악명 높은 중세에서 놀고 있다고 누가 내게 이의를 제기한다면 나는 이를 인정할 수 없다. 『푸른 꽃』은 시간을 초월한다. 그것은 오늘날 벌어지는 일이고, 결코 일어날 수 없는 일인 동시에 언제나 일어날 수 있는 일이다. 『푸른 꽃』은 한 영혼의 역사가 아니라 무릇 영혼 자체의 역사이다. 문학작품으로 볼 때는 여러 가지 면에서 논박의 여지가 있으며, 경이로운 제1부를 제외하면 미완성 작품이다. 스케치 식의 진행은 불가능한 관점으로 빠져든다. 하지만 사상이나 구상으로서, 창조적인 기획으로서 『푸른 꽃』은 대단히 소중한 가치를 지닌다. 그것은 한 젊은이의 작품이 아니라, 인간 영혼의 꿈결 같은 명상이며, 고난과 어둠을 헤치고 저 높이 이념과 영원, 구원을 향한 날갯짓이다.

그런데 낭만주의의 근본이념을 보다 명료하게 알 수 있게 해

---

10 노발리스는 〈기독교 세계 또는 유럽〉(1799)이라는 평론을 통해 종교개혁과 계몽주의 운동으로 중세 때의 문화적·사회적·지적인 통일이 파괴되었던 유럽을 새롭게 회복할 보편적 기독교 교회의 설립을 요청한다. 그가 죽은 뒤 1826년에 발표된 이 평론은 로마 가톨릭 교회로 향하는 낭만주의 세대의 동향을 확정한 것으로 평가된다.

주는 것은 시인의 저 심오한 꿈이라기보다는 노발리스의 에세이와 아포리즘이다. 이 글들은 피히테의 철학에 대한 부연설명 이상의 의미가 있다. 그것의 모토이자 결론은 내면화를 통한 심화이다. 노발리스의 이론을 짧게 정리하자면 시공간의 영향권을 영원한 법칙이 관할한다는 것, 이 영원한 법칙의 정신은 모든 영혼 속에 잠들어 있다는 것, 인간의 모든 교양과 심화는 이러한 정신을 자신의 소우주 속에서 인식하고 자각하며 그 소우주로부터 모든 새로운 인식을 위한 잣대를 끄집어내는 데서 비롯된다는 것이다.

이러한 근본이념이 후기 낭만주의에 들어와 점점 희미해지며 소멸했다는 것은 놀랄 일이 아니다. 그것은 유행을 따르는 작가에게도 형식을 추구하는 예술가에게도 맞지 않았다. 그것은 무엇보다 문학적인 관계가 없는 하나의 이론에 불과했던 것이다. 그 시대의 문학이 삶과 동떨어진 채 불운한 특별존재가 되었던 것은 낭만주의 탓이 아니다. 위대한 바이마르의 문학조차 삶과 유리되어 있었으니, 이는 시대의 본질에 근거한 것이었다. 노발리스가 예외적 현상으로 머물렀다는 것은 이해할 수 있는 일이다. 그러나 이런 문제가 대두되었다. 새로운 다른 시대의 문학은 그의 이론에 어떻게 대응할 것인가?

이리하여 '신낭만주의'의 역사가 시작된다. 다른 새 시대가 온 것이다. 문학은 진작부터 허울에 불과했던 왕위에서 밀려났으며, 이와 동시에 반백 년 간 충실히 운명을 공유해온 철학도 마찬가지였다. 그리하여 철학처럼 문학도 혁명적이고 민주적이며 신랄해졌다. 하이네만이 유일하게 위대한 재능을 선보였던 '청년 독일파'[11]는 요란한 음악을 울리며 옛 세대와 그 문학의 장례를 치렀다. 하이네의 몇몇 아름다운 시와 뛰어난 위트를 제외하면 '청년 독일파'는 우리에게 그다지 만족스러운 작품을 남기지 못했다. 그러니 거의 사망선고를 받은 거나 마찬가지였던 낭만주의가 다시 살아난 것도 그리 놀랄 일은 아니다. 물론 그것은 진정한 낭만주의가 아니라 푸케 식의 불운한 가면이었다. 독일에서 모든 낭만적인 것이 금기시되었던 시절 더없이 값싼 낭만주의가 갖가지 상표를 달고 지속적으로 생산되었고 또 팔려나갔다. 그렇지만 하이네조차 많은 숭배자를 갖게 된 것은 낡은 망토를 거듭 걸쳤던 덕택이었다. 하지만 언제나 단지 그 망토 때문만은 아니었다. 신전 모독자이자 천재적인 반어가였던 하이네야말로 푸른 꽃[12]을 잘 알고 은밀히 동경하고 있었다. 그가 시인으로서 창작해낸 최상의 것은 푸른 꽃의 음조에 공명하는 일이었다.

---

11 Das junge Deutschland. 청년 독일파(1830~1848)는 프랑스 7월 혁명의 영향을 받아 예술 지상주의를 표방하는 고전주의·낭만주의에 맞서 문학의 정치 참여를 주장하고, 자유 민주주의와 경향적 리얼리즘을 내세우며 봉건적 절대주의 국가를 부정하고 신흥 시민계급의 의사를 대표하였다. 하이네, 구츠코, 라우베, 뵈르네 등이 대표자이다.
12 여기서 '푸른 꽃'이란 노발리스의 정신이나 낭만주의 정신을 암시적으로 표현한 것이다.

하지만 하이네의 낭만주의 역시 일단 몰락하지 않을 수 없었다. 그의 뒤를 이을 이렇다 할 계승자가 나오지 않았다. 뒤 이은 커다란 문학적 움직임은 과거의 흔적을 모조리 쓸어가 버렸다. 자연주의는 엄격한 지배를 했고, 헛되이 시간을 허비하는 문학에 느닷없이 규율과 원칙을 제시했다. 여기서 자연주의에 대해 굳이 이러쿵저러쿵 말할 필요가 없겠다. 자연주의가 언어와 시학에 얼마나 철저히 교육적인 영향을 끼쳤는지는 누구나 아는 사실이니까. 그런데 자연주의가 이미 자신의 소임을 다한 지금 우리 젊은이들이 그것을 박살내거나 비방할 필요가 있겠는가. 연로해진 엄격한 선생님처럼 우리는 자연주의가 종말에 가까워졌음을 보고 있다. 그러니 눈물을 흘리지는 못할망정 감사한 마음으로 좋은 기억을 간직할 일이다. 자연주의는 우리에게 세련되고 잘 다듬어진 관찰방식, 심리학과 언어를 유산으로 물려주었다. 방대한 규모의 탁월한 작품은 그다지 남겨주지 않았지만, 그 대신 많은 양의 소중한 연구, 실험과 예비 작업을 남겨주었다. 그러면 자연주의 유파의 그늘에서 자라난 젊은 세대는 낭만적 요소에 어떤 태도를 취했을까?

오늘의 독일 문학에서 예를 고르기가 꺼려진다. 또 그럴 필요도 없다. 그도 그럴 것이 신낭만주의 시의 발전단계를 보여주는 전형적인 예로서 두 명의 외국 시인이 있기 때문이다. 국내 시인보다 그들에 대해 보다 객관적으로 말할 수 있을 것이다. 한 사람은 오래 전에 사망했는데, 비극적 운명부터가 우리의 연민을 불러일으킨다. 그는 덴마크인 야콥센[13]이다. 그는 가장 발전된 현실묘사의 세련성을 강력한 상상력이나 꿈결처럼 연약한 정서와 결합시킨 시인의 가장 초기의 가장 고상한 예이다. 그는 자연의 모든 현상, 길가의 풀 한 포기, 눈에 보이는 모든 아름다움에 대해 함축적인 조형성을 갖춘 단어를 찾아낸다. 그는 이제 막연한 충동으로 이 강력한 묘사 재능과 극히 세련된 표현 기법을 정신적 삶에 응용하려고 한다. 현실의 심리학자가 아닌 몽상가로서, 길도 없는 무의식의 바다를 헤매는 발견자로서 말이다. 어느 여성(마리 그루베)의 영혼에 깊이 파인 모든 주름살에 몰두하는 그의 노력은 가히 감동적이다. 또한 『닐스 뤼네』에서는 어린이의 영혼 세계를 예민한 감각으로 조심스레 펼쳐 보인다. 이는 어쩌면 켈러가 불후의 명작 『녹색의 하인리히』에서 벌써 해낸 일일지도 모른다. 그러나 야콥센은 새로운 서술 기법을 사용한다. 그는 의식적이거나 또는 무의식적으로 일체의 요약과 양식화를 포기하고, 사소한 세부를 바탕으로 천천히 또 힘들여 전체를 서술해간다. 그러면서도 그는 항시 시인으로 머무는 데 성공한 최초의 작가이다. 또한 그는 얼핏 보아 가장 하찮은 것에서도 항시 중요하고 특기할 만

---

13 Jens Peter Jacobsen(1847~1885). 덴마크의 소설가 겸 시인으로 자연주의 운동의 유명한 대표자. 소설집 『모겐스』는 덴마크 문학사상 최초의 자연주의 작품으로 간주된다. 첫 번째 소설 『마리 그루베 부인』은 자연적 본능이 사회적 본능보다 강하여 총독 부인에서 뱃사공의 아내로 사회적 지위가 전락해버린 17세기 어느 여인에 대한 심리학적 연구서이다. 두 번째 소설인 『닐스 뤼네』는 삶의 철학을 얻고자 노력한 어느 남자의 이야기이다. 그의 시는 사후에 수집되어 1886년 출판되었다.

한 것을 골라내고, 그의 세공 작업에 통일성을 갖춘 작품의 확고함과 양식을 부여하는 데 성공한 최초의 작가이다.

그의 보다 위대한 두 작품은 진정한 낭만주의 문학이다. 두 작품 모두 개개인의 연약한 영혼이 모든 사건의 중심이자 모든 문제 해결의 담지자이다. 또 둘 다 개인의 삶이 엄격한 분석을 토대로 묘사된다기보다는 오히려 중립적인 기반이 확보되어, 그 기반 위에서 모든 인간적인 것이 깊은 공명을 이끌어내며 강력한 소리로 울리기 시작한다. 그리고 사람들은 이것이 더 이상 한 연구자의 습작이 아님을 곧 깨닫게 되었다. 즉 그 작품들 위에는 참된 시의 신비로운 베일이 뭔지 파악하긴 힘들지만 강력한 향기처럼 드리워져 있는 것이다. 야콥센의 내면에서는 사실주의자가 그의 유파의 성과를 포기하지 않고 시인이 되었다. 그의 본보기가 독일 신낭만주의의 생성에 얼마나 큰 몫을 차지했는지는 이루 말할 수 없을 정도다.

마지막으로 오늘날의 또 한 명의 낭만주의자를 살펴보기로 하자. 아직 살아 있는 젊은 작가인 마테를링크[14]다. 자연주의적 신조와는 떨어져서 성장한 그는 현재 신낭만주의의 전형으로 간주될 수 있다. 얼핏 보기에 우리는 그에게서 자연주의의 흔적을 더

---

14 Maurice Maeterlinck(1862~1949). 벨기에 출신의 상징파 시인이자 극작가. 1911년 노벨 문학상을 받았다. 드뷔시의 섬세한 음악으로 오랫동안 대중의 사랑을 받아온 『펠레아스와 멜리장드』(1892)는 상징주의 걸작이다. 그 외의 작품으로는 희곡『침입자』(1890), 『말레느 공주』, 『파랑새』(1908), 『스틸몽드의 시장』(1918)과 처녀시집『온실』(1889)이 있다. 산문집『빈자의 보물』(1896), 『지혜와 운명』(1898), 『벌의 생활』(1901), 『전쟁의 잔해』(1916) 등이 있다.

이상 발견할 수 없다. 그는 얼핏 보기에 브렌타노나 호프만처럼 자의적으로 자신의 문학을 양식화하고 구성하고 치장하고 있는 듯이 보인다. 하지만 그렇게 보일 뿐이다. 그 역시 사실적으로 관찰하고 묘사하는 법을 익혔지만, 그가 주로 눈에 보이지 않는 것에 대해서만 말하기에 사람들이 그런 점을 즉각 알아차리지 못할 뿐이다. 개혁자의 열정을 지닌 그는 문학의 길에 들어설 때 세상을 등진 몽상가이자 은둔자였다. 하지만 그 이후로 그는 자신의 시대와 그 시대의 삶 한가운데로 발을 들여놓았다. 하지만 그는 노발리스의 이론은 누구보다도 흔들림 없이 계속 붙잡고 있었다. 중요한 모든 사건은 그의 내면에서 벌어졌고, 그는 '일상의 비극'을 발견해냈다. 그는 사람들마다 내면에서 영혼이 자신을 숨기고 겁먹은 채 살아가는 것을 보았다. 그는 그 영혼을 부드럽고 조심스런 말로 꾀어내어, 영혼에 용기를 불어넣어주고 잃어버린 지배권을 되찾아주려 했다.

그의 작품을 이 자리에서 상세히 논할 필요는 없을 것 같다. 몇 년 전부터 독일에서는 그의 고향만큼이나 적어도 그에 대해 잘 알고 있기 때문이다. 그의 저서들 중 가장 독특한 것 하나만 여기서 언급하겠다. 마테를링크가 야콥센 못지않게 소박한 자연과 지혜를 예찬하고 있음을 보여주는 책이 『벌의 생활』이다. 벌의 생활을 학문적으로 정확하고 면밀하게 묘사하고 있어 안내서처럼 객관적이고 소박하며 신뢰할 만하다. 그러면서도 문장 하나하나가 시인의 작품인 것이다! 동화의 의상을 걸치지는 않았지만 여기서 우리는 진정한 낭만주의를 찾아볼 수 있다. 그의 희곡 『말레느 공주』가 노발리스의 마음에 들었을지는 모르겠다. 하지만 그의 『벌의 생활』을 보고는 분명 즐거워했으리라. 자연의 제한된 조그만 일부를 연구자로서의 애정을 갖고 다루면서, 그러한 좁은 범위 내에서 즐거운 경탄을 느끼며 우주를 재발견하는 것이야말로 낭만적인 경건함이다. 벌집 하나에도 온갖 생명의 심오한 법칙과 영원의 거울을 인식하는 것이야말로 노발리스의 정신인 것이다.

여기에 신낭만주의 정신의 비밀과 좀 더 심오한 임무가 있다. 중요한 것은 멋진 시 몇 편을 새로 써내는 일이 아니라, 모든 영역에서 삶과 인식을 심화시키는 일이다. 『벌의 생활』과 같은 작품이 나올 수 있다는 것은 비단 마테를링크의 창작에만 국한되지 않는 하나의 진전이다. 소재와 언어가 아닌 단지 정신을 통해서만 '낭만적'이 될 수 있다는 사실을 많은 독자도 차츰 깨달았으면 한다. 중세를 배경으로 한 소설, 동화 같은 희곡, 음유시를 쓰는 작가라 해서 졸라나 도스토옙스키보다 낭만주의의 정신에 단 한걸음도 더 가까이 다가간 것은 아니다. 하지만 푸른 꽃의 영혼을 간직하고 있는 시인이라면 우리는 누구나 진심으로 환영할 것이다!

(1900)

02

책과의 교제

1) 독서에 대하여

책이 유럽 문화생활에서 가장 독특하고 강력한 요소의 하나가 된 지 근 5백 년이 되었다. 다른 예술에 비해 책 인쇄술은 역사가 비교적 일천하지만, 오늘날 책이 없는 생활은 도저히 상상할 수 없을 정도이다. 이 문제에서 독일은 곧잘 그러듯이 희비극이란 이중역할을 맡고 있다. 독일은 인쇄술의 발명과 더불어 최상의 가장 고귀한 몇 가지 인쇄물을 세계에 선사했으면서도 월계관을 계속 지켜내지 못하고, 책의 인쇄나 양서의 구매에서 약 3백 년 전부터 다른 나라들, 즉 영국이나 프랑스에 비해 한참 뒤처져 있는 것이다. 그런데 최근 들어 우리 독일에서는 오랫동안 황폐해져 있던 이 분야에서 눈에 띄게 강한 새로운 힘이 생기고 있다. 의심할 여지없이 그 밑바탕에는 전 국민의 욕구와 필요가 자리하고 있다. 전에는 '책 없는 집'이 일반적이었는데, 이젠 사정이 점차 달라지고 있다. 또 책 없는 집이 조만간 점점 더 희귀한 예외적 현상이 되었으면 한다.

물론 독일에서는 시대를 막론하고 다른 어느 나라 못지않게 많이 쓰고 인쇄하며 읽어 왔다. 우리에게는 가장 잘 조직화된 서점과 각국의 가장 신뢰할 만한 도서목록이 있다. 그러나 책의 관리라든가 개인 취향에 따라 선택된 멋진 장서의 수집과 소장의 즐거움은 전문 학자의 범위에 국한될 뿐, 적어도 배우지 못한 사람의 경우에는 아직은 일반적이고 당연한 일로 받아들여지지 않고 있는 실정이다. 하지만 책의 관리나 개인장서의 수집과 소장의 즐거움은 교양 있는 삶을 영위하기 위해서는 필수불가결하고 중요한 부분이다. 그러니 이에 대해 잠깐 언급하는 것이 유익할 것 같다. 책과의 교제나 독서의 기술은 다른 갖가지 삶의 기술과 마찬가지로 공들여 배울 가치와 필요가 있다.

배우지 못한 사람들은 유행에 떠밀리고 강요받지 않는 한, 조형 예술을 대할 때와 마찬가지로 왕왕 책에 대해 똑같은 근거 없는 두려움을 갖고 있다. 그들은 '책의 내용을 하나도 이해하지 못할 거라고' 단정내리고, 책을 사거나 읽기 위해 선뜻 서점 문에 들어설 용기를 내지 못한다. 또는 흔히 그렇듯, 어떤 기회에 서적 외판원의 끈질긴 권유에 걸려들어 거금을 들여서 멋진 금박의 호화 장정을 사들이고 만다. 그러고는 그 책들을 어찌해야 할지 몰라 전전긍긍하다가 나중에는 그걸 바라볼 때마다 금방 울화통이 치밀게 된다.

어릴 때부터 책과 함께 성장한 사람이 아니라면 누구나 약간의 교육과 그때그때마다 적절한 지도가 필요하다고 할 수 있다. 어디서나 그렇듯이 여기서도 중요한 것은 지식이 아니라 의욕이며, 완전한 판단이 아닌 수용력, 솔직함, 공평무사함이다. 노력 여하에 따라 도달 가능한 일정한 삶의 높이에서 보면 예술과 학문 영역의 경계는 허물어진다. 거기서 보면 역사화나 풍속화, 비극이나 희곡은 더 이상 존재하지 않고, 다만 예술작품만 존재할 뿐이다. 그런 높이에 이르면 흔히 듣곤 하는 게으른 상투어, "전 원칙적으로 현대 소설은 읽지 않습니다"라든가 "전 원칙적으로 팬터마임 구경은 가지 않습니다" 등의 말은 더이상 아무도 하지 않을 것이다. 오히려 누구나 보다 좁은 의미에서 예술에 대한 식견이 있건 없건 모든 사물을 편견 없이, 즉 그것이 자신에게 뭔가 아름다운 것을 말해주고 의미하는지, 자신의 삶, 감정과 사고를 풍부하게 해주는지, 힘과 건강, 기쁨과 숙고의 새로운 원천을 열어주는지에 따라서만 바라보게 될 것이다. 그런 사람은 음악을 들을 때와 마찬가지로 책을 읽을 때, 또는 경치를 바라볼 때 거기서 뭔가 새로운 것, 기쁨을 가져다주는 것, 잊히지 않을 것을 취함으로써 약간이라도 더 풍요로워지고 더 기쁘고 현명해지려는 생각밖에 갖지 않을 것이다. 또 그런 사람은 이 새로운 것, 이 풍요로운 것과 깊은 생각을 얻게 해준 이가 시인인지 철학자인지, 비극작가인지 재기 있는 만담가인지 굳이 구별하지 않을 것이다.

이러한 관점을 취하는 것은 사람들이 흔히 생각하는 것 이상으로 훨씬 수월하다. 아무짝에도 쓸데없고, 당혹스럽거나 경멸스러운 두려움을 떨쳐버리기만 하면 된다. 이와 마찬가지로 거만한 판단과 뭐든지 안다는 태도 역시 버리기만 하면 된다. 이것으로 진정한 '자신의 판단'에 이르는 결정적인 걸음을 이미 거의 절반 이상 내디딘 셈이다. 반드시 읽어야만 하고, 행복과 교양에 필수적인 도서목록이란 존재하지 않는다! 그러나 각자 나름대로 만족과 즐거움을 맛볼 수 있는 상당량의 책은 존재한다. 이러한 책들을 서서히 찾아보는 것, 이 책들과 지속적인 관계를 맺어가는 것, 되도록 이 책들을 외적으로나 내적으로 늘 소유하여 자기 것으로 만들어 나가는 것, 그것이 각 개개인에게 주어진 자신의 개인적 과제다. 이 일을 소홀히 하다간 교양과 즐거움은 물론이고 심지어 자신의 존재 가치마저 훼손할 수 있다.

하지만 각 개인은 어떻게 그런 경지에 도달할 수 있을까? 산더미 같은 세계 문학 책들 중에서 자신에게 특히 소중하고 기쁨을 주는 몇몇 작가와 작품을 어떻게 골라낼 수 있을까? 이러한 질문, 즉 우리가 일상적으로 듣곤 하는 이 질문은 우리를 불안하고 두렵게 만든다. 그러기에 많은 이들은 오히려 애당초부터 낙담하여 전의를 상실해버리고, 다가가기 힘들어 보이는 약간의 교양마저 얻는 것을 포기해버린다.

하지만 이 같은 사람들도 매일 하나 또는 서너 가지 신문을 읽는 시간과 노력은 들이지 않는가! 그리고 사람들은 이러한 신문기사의 90%를 애착이나 필요가 있어서나 즐거움을 얻기 위해서가 아니라 단순히 오랜 나쁜 습관 때문에 읽는다. "그래도 신문은 읽어야지!" 하면서 말이다. 나는 학창시절부터 신문이란 아예 읽지 않았고, 기껏해야 여행 중에나 어쩌다가 그날 판 신문을 읽었을 뿐이다. 그렇다고 내가 더 빈곤해지거나 우둔해지지는 않았다. 오히려 수백 수천의 시간을 벌어 더 나은 일에 활용할 수 있었다. 신문 독자는 매일 신문을 읽는 데 들이는 시간의 절반만이라도 잘 활용하면 학자와 작가의 책 속에 담긴 삶과 지혜의 보물을 접하고 제 것으로 만들기에 충분하다는 사실을 모르고 있다.

그대가 특히 좋아하는 나무나 꽃을 식물도감을 통해 알게 된 것이 아니듯이, 그대가 좋아하는 책 역시 문학사나 이론 공부를 통해 알게 되거나 찾아낼 수 없을 것이다. 일상적인 삶의 모든 행위에서 본연의 목적을 의식하는 습관을 들인(그것이 모든 교양의 토대이다) 사람만은 비록 처음에는 신문과 잡지만 볼지라도, 곧 독서에 대해서도 본질적인 법칙과 차이를 적용하는 법을 배울 것이다.

시대를 막론하고 작가들의 책속에 기록된 사고와 본질은 죽은 것이 아니라 살아 움직이는 유기적인 세계다. 문학 지식이 전혀 없더라도 주의 깊고 좀 민감한 독자라면 일간지를 통해 괴테에까지 이르는 길을 저절로 찾을 수 있을지도 모른다. 신기하게도 2백 명의 지인 중에 친구로 삼을 만한 사람이 몇 명은 꼭 있듯이, 신문이나 잡지의 온갖 잡다한 글에서 그대에게 뭔가를 말해주는 몇몇 음조와 목소리를 발견할 수 있을 것이다. 그리고 그런 음조와 목소리를 따라가다 보면 또 다른 친숙한 이름과 작품을 만나게 될 것이다.

『외른 울』[1]을 읽은 수천의 독자 중 일부는 분명 이 책의 본질적인 것을 발견했을 것이다. 한 걸음 더 나아가 이와 같은 본질적인 것이 빌헬름 라베[2]와 같은 몇몇 위대한 작가들에 의해 더욱 순수하고 멋지게 표현되었음을 발견했을 것이다. 대다수의 사람들은 라베에 대해 좀 광범위하거나 때에 따라서는 읽기 어려운 작가로만 알고 있다. 그러나 라베가 프렌센에 비해 광범위하다거나 그다지 읽기 어렵지도 않지만, 그는 안타깝게도 유행이 되지 않았을 뿐이다. 많은 인기 도서에 가려서 덜 알려져

---

1 Jörn Uhl. 독일의 향토예술 작가인 프렌센(Gustav Frenssen, 1863~1945)의 소설 (1901). 몰락하는 농가의 아들 외른 울을 주인공으로 삼은 성장소설이다. 프렌센은 정통주의에 비판적인 태도를 취했고 나중에는 그리스도교 전체를 거부하게 되었다. 『외른 울』이 성공하자 결국 목사직을 그만두고 글쓰기에 전념했다. 당시 그의 자유주의적 고백은 기끔 대중의 취향과 맞아떨어졌다. 그럼에도 그는 자신의 성공이 대부분 소설 인물들의 생동성과 소설 무대인 북해 해변의 매력과 아름다움 때문이라고 생각했다. 작품으로 『세 동지』, 『외른 울』, 『성지』, 『포크제의 목사』, 『페터 무어의 서남아프리카 여행』과 자전적 소설 『오토 바벤디크』 등이 있다.

2 Wilhelm Raabe(1831~1910). 중산층의 생활을 묘사한 독일의 사실주의 작가. 작품으로 『슈페를링 거리의 연대기』, 흔히 3부작으로 간주되는 『굶주린 목사』, 『달의 산에서 돌아온 아부 텔판』, 『영구차』 등이 있다. 이 3편의 소설은 전반적으로 그의 염세적인 시각을 중심으로 통제하기 어려운 세계 속에서 개인이 겪는 어려움을 보여주고 있다. 단편소설이 주특기였고 비교적 짧은 장편소설들도 썼는데, 이것들은 오늘날 그의 작품 중에서 가장 독창적인 것으로 꼽힌다.

있어서 그렇지 모범이 되는 보다 소중한 작품들이 없지 않다. 이런 모범이 되는 작품을 좇아가다 보면 얼마 안 가 모든 문학에 통용되는 보다 높은 법칙에 대한 감각을 얻게 될 것이다.

나는 책장에 책이 가득한 어느 평범한 수공업자를 알고 있다. 그의 책들 중에는 라베, 켈러, 뫼리케와 울란트의 작품도 있었다. 그런데 그가 어떻게 이런 작가들을 알고, 즐거운 마음으로 그 작품들을 소유해서 틈틈이 읽게 되었을까? 그는 물건 포장지로 쓰인 베를린 일간지의 문예란에서 어느 날 우연히 현대 작가의 짤막한 산문을 발견했다. 이 작가의 글이 그의 가슴에 와 닿았다. 그때부터 그는 신문의 문예란을 예민한 감각으로 열심히 읽기 시작했다. 아무 도움도 없이 혼자만의 힘으로 한번 일깨워진 재미와 동경이 세월이 흐름에 따라 그를 울란트와 켈러에게까지 이끌고 갔던 것이다.

이것은 하나의 예이자, 어쩌면 예외적인 경우일지도 모른다. 하지만 이러한 예는 신문 독자의 수준에서 더 높은 단계에 이르는 길이 있음을 보여준다. 물론 일반적으로는 신문이 책에 가장 위험한 적들 중 하나이다. 신문이 얼마 안 되는 돈으로 얼핏 보기에 많은 것을 제공해주는 듯하면서도 시간과 정력을 지나치게 잡아먹는다는 점에서도 그렇지만, 개성이 없는 잡다함으로 수천 명의 취향과 보다 세련된 독서능력을 망가뜨린다는 점에서 더욱 그러하다. 신문으로 인해 생긴 비난받아 마땅한 악취미와 현대의 악습 중 하나는 말하자면 논문이나 장편소설을 '연재' 형식으로 읽는다는 점이다. 높이 평가받는 작가의 작품을 그런 식으로 읽음으로써 그에게 모욕을 줘선 안 될 일이다. 작품을 책의 형태로 읽거나 또는 적어도 조금씩 발표한 작품이 완성되기를 기다려 글 전체를 한꺼번에 읽을 수 있어야 한다.

누구와 사귀든 개의치 않는 사람이 아니라면, 자기 주변의 자기와 마음이 잘 맞는 이를 고르고 선호하는 사람이라면, 나아가서 생활방식이나 옷 입는 방식, 성격이나 보다 중요한 생활습관까지 따지는 사람이라면 당연히 책의 세계에 대해서도 독자적이고 우호적이며 친밀한 관계를 가져야 하고, 독립적이고 개인적인 취향과 필요에 따라 읽을거리를 골라야 한다. 그런데 이 점에선 아직 너무나 심한 타의와 태만이 만연하고 있다. 그렇지 않다면 대등한 두 권의 책 중에서 하나는 전혀 주목을 받지 못하는 반면, 다른 하나는 어쩌다가 유행을 타고 수십만 권씩 팔리는 일이 어찌 해마다 되풀이될 수 있단 말인가?

나는 어떤 책의 가치를 따질 때 그 책의 유명도나 인기를 전혀 고려하지 않는다. 에밀 슈트라우스의 놀라운 작품 『친구 하인』은 너무나 유명해서 모르는 사람이 없지만, 그것 못지않게 좋은 작품인 그의 『천사장 주인』은 초판에 그치고 말았다. 완곡하게 말하자면 창피한 일이다. 그러므로 사람들이 『친구 하인』을 읽는 이유는 슈트라우스가 중요한 작가여서가 아니라 그의 이 책이 그의 다른 책들보다 우연히 많이 알려졌기 때문이다. 하지만 책이란 최신 스포츠 뉴스나 강도 살인사건처럼 잠시 누구나에게 읽혀 가벼운 오락용 대화의 주제가 되었다가 잊혀버리기 위해 존재하는 것은 아니다. 책은 조용하고 진지하게 향유하고 사랑해야 할 대상이다. 그래야 비로소 책은 자신의 가장 내적인 아름다움과 힘을 내보인다.

많은 책들은 큰 소리로 읽을 때 놀랄 만치 큰 효과가 난다. 그렇지만 시나 짤막한 단편, 형식미를 갖춘 짧은 에세이 같은 경우가 이에 해당한다. 가령 고트프리트 켈러[3]의 『일곱 개의 전설』, 프라이타크[4]의 『독일의 과거상』, 슈토름의 노벨레들이나 또는 현대의 단편집 중 최상의 두 작품인 링코이스[5]의 『어느 현실주의자의 환상』, 그리고 파울 에른스트[6]의 『동방의 공주』

---

3 Gottfried Keller(1819~1890). 스위스의 소설가. 시적 사실주의의 대표적 존재로서 '스위스의 괴테'라고 일컬어진다. 주요 작품으로 『녹색의 하인리히』, 『젤트빌라의 사람들』, 『일곱 개의 전설』과 미완성의 사회소설 『마르틴 살란더』가 있다.

4 Gustav Freytag(1816~1895). 독일의 작가. 중산층의 장점을 찬양한 사실주의 소설을 썼다. 라이프치히의 주간지 〈국경의 사자(使者)〉의 편집자가 되어 이 주간지를 중산층 자유주의자들의 주요 기관지로 만들었다. 그는 청년독일파의 민주주의적 급진주의와 낭만파의 현실 도피주의 모두를 거부했다. 작품으로 희극 『기자들』, 소설 『차변(借邊)과 대변(貸邊)』, 6권으로 된 연작소설 『조상들』, 독일 역사를 생생하고 쉽게 설명한 『독일의 과거상』 등이 있다.

5 Josef Popper-Lynkeus(1838~1921). 오스트리아의 유태계 사회 철학자, 발명가 겸 문필가. 엔지니어 출신으로 사회 개혁 문제에 관심이 많았다.

6 Paul Ernst(1866~1933). 독일의 시인·평론가·소설가·극작가. 소설뿐만 아니라 철학·경제·문학 문제에 관한 수백 편의 평론으로 잘 알려져 있다. 처음에 성직자가 되기 위한 공부를 했으나 마르크스주의자로 전환하여 〈베를린 민중무대〉의 편집자로 일했다. 그러나 세기말에 마르크스주의와 관계를 끊고 『마르크스주의의 붕괴』를 써서 마르크스주의 이론을 부인했다. 이때 이미 예술에서 자연주의에 반기를 들었고, 평론 『형식으로 가는 길』에서 고전주의로 돌아가자고 주장했다. 그는 독일 이상주의 철학을 거쳐 기독교의 한 형태로 돌아갔는데 이를 극화하여 희곡을 창조했다.

같은 단편들은 낭독을 시도해볼 만하다. 보다 분량이 방대한 작품들, 즉 장편소설을 낭독하면 연속되는 너무 많은 장으로 나누어진 탓에 맥락을 잃어버리게 되고 피곤해질 우려가 있다. 적당한 문학작품을 잘 낭독하다 보면 엄청나게 많은 것을 익히게 되며, 특히 그럼으로써 개인적인 문체의 토대가 되는 산문의 은밀한 리듬에 대한 감각이 날카로워진다.

의무감이나 호기심으로 단 한 번 읽은 것으로는 결코 진정한 기쁨이나 보다 깊은 즐거움을 얻을 수 없으며, 기껏해야 일시적으로 생겼다가 금방 잊히는 긴장을 야기할 뿐이다. 하지만 어떤 책을 처음 우연히 읽고 보다 깊은 감명을 받았다면 얼마 뒤에 잊지 말고 꼭 다시 읽어보라! 두 번째 읽을 때 책의 핵심이 드러나고, 순전히 표면적인 표현적인 것에 불과했던 긴장감이 사라지고 내적인 삶의 가치, 서술의 독특한 아름다움과 힘이 효과를 발휘하는 것이 얼마나 경탄스러운지 모른다. 그리고 두 번 즐겁게 읽은 책이라면 값이 싸지 않더라도 반드시 사도록 해야 한다.

나의 한 친구는 미리 한두 번 읽어보고 만족스러웠던 책만 구입한다. 그렇지만 그의 집 책장에는 벽면 가득 책이 들어차 있다. 그는 그 책들을 거의 예외 없이 전부 혹은 부분적으로 여러 번 읽었다. 그는 특히 좋아하는 피렌체인 사케티[7]의 노벨레는 열 번 이상 읽었다고 한다. 나 자신은 고트프리트 켈러의 『녹색의 하인리히』를 지금까지 네 번, 뫼리케[8]의 『보물』을 일곱 번, 케르너[9]의 『여행의 그림자』를 세 번, 아이헨도르프[10]의 『건달』을 여섯 번, 터키의 『앵무새 책』에 실린 대부분의 이야기들을 네다섯 번씩 읽었다. 나는 서가에 꽂혀 있는 이 모든 책을 다시 읽게 될 날을 손꼽아 기다린다. 그런 책은 반드시 서가에 소장해두고 있어야 한다.

---

7 Franco Sacchetti(1335~1400). 이탈리아 피렌체의 대표적인 시인 겸 소설가. 사케티는 청년시절부터 시작(詩作)을 좋아하여 소네트나 칸초네를 만들었는데, 특히 마드리갈이나 발라드에 뛰어났다. 300편의 소설 가운데 현재 알려진 223편은 주로 구전이나 삶에 대한 작가의 직접적인 관찰을 통해 이끌어낸 일화나 농담으로 구성되어 있다. 그 예술적 가치는 인물과 장소에 대한 다채롭고 생생한 묘사에 있으며 가장 뛰어난 문구들은 일상생활의 모습들을 담고 있다. 소설 『300 이야기』와 저서로는 『복음서 주석』이 있다.

8 Eduard Friedrich Mörike(1804~1875). 독일의 서정시인. 대학에서 신학을 공부한 뒤 목사로 일했다. 『낡은 풍향계』는 낡은 풍향계를 의인화시켜 그 눈으로 본 마을 주민들과 목사의 모습을 담은 작품으로, 그에게 큰 명성을 가져다주었다. 그가 쓴 모든 작품은 각기 독특한 색채를 지니고 있으나, 초기에는 낭만주의 영향이 지배적이었다. 소설 『화가 놀텐』은 문체의 완벽성과 함께 정신적 불균형에 대한 심리적 성찰이 뛰어난 작품이다. 그 외의 뛰어난 작품으로 민담 『슈투트가르트의 난쟁이』, 『프라하로 가는 길의 모차르트』가 있다. 그러나 그의 재능은 서정시에서 발휘되고 있다.

9 Justinus Andreas Christian Kerner(1786~1862). 독일의 의사 겸 시인. 시인 울란트와 함께 후기 낭만파 시인들의 단체인 슈바벤 파를 결성했다. 케르너는 직물공장에서 일하다가 튀빙겐에서 의학을 공부했다. 첫 번째 저서 『여행의 그림자』(1811)는 전형적인 낭만주의 방식으로 시와 산문, 진지함과 해학을 섞은 것이 특징이다. 『시집』은 평범한 애수와 죽음에 대한 신비주의적 갈망을 보여준다. 그 시집을 증보·개정한 것이 1854년 『서정시집』으로 출판되었다.

10 Joseph Freiherr von Eichendorff(1788~1857). 독일의 낭만주의 시인 겸 소설가. 자신의 가문을 몰락시키고 루보비츠 성을 파괴한 나폴레옹 전쟁은 과거에 대한 향수의 원천이 되었다. 낭만주의 장편소설 『예감과 현재』는 정치 상황에 대한 무력감과 절망으로 가득 차 있으며, 도덕의 타락을 바로잡으려면 정치적 치료보다 정신적 치료가 절실함을 보여준다. 『대리석 조상의 이야기』는 초자연적인 요소를 담고 있다. 특히 자연에 대한 특별한 감수성을 표현한 시들은 민요로서 인기를 얻었고, 슈만, 멘델스존, 슈트라우스 같은 작곡가들에게 영감을 주었다. 환상적이면서도 현실적인 산문 작품인 『어느 건달의 생활』은 낭만주의 소설의 정점으로 평가된다. 그 외의 작품으로 프랑스 혁명이 등장하는 중편 『뒤란데 성』과 서사시 『로베르트와 기스카르』가 있다.

그럼 이제 도서 구입에 대한 이야기로 넘어가기로 하자. 최근 들어서는 다행히도 도서 구입을 더 이상 별종 스포츠나 쓸데없는 사치로 간주하지 않는다. 책의 소유가 즐겁고 고귀한 일임을, 어떤 책을 몇 시간 혹은 며칠 빌리는 것보다 그것을 자기 것으로 소유하여 마음대로 수중에 지닐 수 있다는 것이 무척 큰 기쁨임을 깨닫는 사람이 점점 많아지고 있다. 하지만 상속 재산 목록에 은그릇은 천 마르크로 기록되는 반면, 책은 20마르크로 기록되는 경우가 일상적으로 벌어지고 있다. 부유층에 장서가 없다면 도자기나 양탄자가 없는 경우와 마찬가지로 수치스런 일이다. 나는 부잣집에 가서 주인이 집 구경을 시켜주면 "책은 어디에 있나요?"라고 묻곤 한다. 그리고 나보다 돈이 많은 사람에겐 예외 없이 책을 빌려주지 않는다. 수입이 많지 않은 사람은 일반적으로 주변 사람들이 꼭 사보라고 추천한 책이나 아니면 잘 알고 높이 평가해서 또다시 읽어보고 싶은 생각이 드는 책을 구입할 것이다. 처음에 무슨 책인지 알고 싶어서 읽을 때는 어디서든 공공도서관을 이용하면 될 것이다. 게다가 거의 모든 신간은 서점에 가서 대충 훑어보면 된다. 또한 책을 많이 구입하지 않더라도 유능한 서적상과 정기적으로 연락을 취하는 것이 좋을 것이다. 독일의 서적 소매상이 비방받는 경우가 다반사인데 이는 부당한 일이다. 그들은 책에 대한 충고와 정보 제공, 추천 도서목록, 부정확하거나 잘못 알려진 책 제목의 확인, 그리고 수많은 시시콜콜한 일을 통해 독자들과 이로써 우리의 정신생활에 말할 수 없이 큰 기여를 하고 있다.

물론 개개인이 어떤 책을 읽고 사야 할지에 대해 한 마디로 딱 잘라 조언해줄 수는 없다. 각자 자신의 생각과 취향을 따를 수밖에 없다. 사람들은 툭하면 수천 또는 수백 권의 '최우수' 도서목록을 작성하고 있긴 하지만, 이는 물론 개인 장서에는 전혀 무가치하다. 여기서 또다시 강조하지만 독자가 지녀야 할 가장 중요한 덕목은 선입견이나 편견에서 벗어나는 일이다. 우리는 시를 읽는 것은 시간 낭비에 불과하고, 기껏해야 철부지 계집애나 할 일이라고 아주 똑똑한 사람들이 말하는 것을 간혹 듣곤 한다. 이 같은 이들은 대체로 교훈적인 책이나 학문적인 책만 읽어야 한다는 견해이다. 그러나 시대와 민족을 막론하고 교훈과 지식의 보고寶庫를 오로지 운문의 형태로 기록해두지 않았던가! 무수히 많은 교훈서보다 더 심오하고 귀중한 내용, 즉 일상생활에 더 유용한 내용이 담긴 수많은 시와 동화, 희곡이 있다. 다른 한편으로 최고의 문학작품 못지않게 개성적이고 참신하며 생동감 넘치는 내용과 문체를 갖춘 학문적 저작도 있다. 단테와 괴테의 저서는 철학서처럼 읽을 수 있고, 디드로의 철학 에세이는 완결된 형식을 갖춘 시처럼 읽을 수도 있는 것이다.

전문적인 학문성에 대한 지나친 존경은 물론이고 순수한 시 문학 작품에 대한 일방적인 청찬 역시 내실이 없고 무가치하다. 우리의 몇몇 뛰어난 재능을 지닌 이들이 대학과 강단을 버리고 보다 영향력이 큰 자유로운 문학에 뛰어들며 안도의 한숨을 쉬는 것을 거의 해마다 겪게 된다. 이와 반대로 우리는 타고난 시인이 뜨거운 열정을 가지고 학문적 저작에 몰두하는 모습도 드물지 않게 보게 된다. 유익한 이야기를 들려줄 수 있고, 이를 위해 새롭고 멋지며 독특한 형식을 만들어낼 수 있는 사람이라면 『빌헬름 마이스터의 수업시대』를 쓰든 『이탈리아의 르네상스 문화』[11]를 쓰든 우리는 감사한 마음으로 환영하리라.

이상하게도 충분히 교양을 쌓은 사람조차도 간혹 자신의 문학적 취향을 밝히기를 꺼리고 부끄러워하기도 한다. 내가 아는 어떤 이는 다른 문제에 대해서는 거리낌 없이 말하면서도, 내가 빌려준 마이어[12]의 소설이 자기 마음에 들지 않더라는 얘

---

11 스위스 바젤 출신의 역사가이자 문화사가인 야코프 부르크하르트(1818~1897)의 저작. 예술사와 문화사를 최초로 연구한 사람 중의 하나이다. 그가 쓴 『이탈리아의 르네상스 문화』는 문화사 연구방법의 귀감이 되었다. 부르크하르트는 주제를 나타내는 적절한 소제목(세계와 인간의 발견, 개성의 발달, 예술 작품으로서의 국가, 근대적 유머 감각)을 이용하여 르네상스 시대 이탈리아의 일상생활과 그 정치적 풍토 및 뛰어난 인물들의 사상을 분석했다. 그리스 문화 연구서이며 마지막 대작인 『그리스 문화사』를 비롯해 예술사 평론 『루벤스에 대한 제안』과 『이탈리아 예술사에 대한 기고문』은 그의 사후 친구들에 의해 편집·출판되었다. 역시 그의 사후에 나온 2권의 저서 『역사에 관한 고찰』과 『역사 연구 시론』은 특히 중요하다.

12 Conrad Ferdinand Meyer(1825~1898). 역사소설과 시로 유명한 스위스의 작가. 법률을 공부했으나 우울증으로 얼마간 정신병원에서 지내야만 했다. 여생을 취리히와 그 근처에서 살면서 특별한 직업이나 생계수단 없이 글쓰기에 몰두했다. 1892년 우울증이 재발해 1년 동안 다시 정신병원에서 지낸 뒤에는 창작활동을 그만두었다. 시집 『20편의 발라드』, 『로맨스와 형상(形象)』을 낸 뒤 시 「오두막의 한낮」을 써서 처음으로 성공을 거두었다. 그의 노벨레 중 「부적」, 영국 왕 헨리 2세와 토머스 베켓 간의 갈등을 그린 「성인(聖人)」, 「한 청년의 슬픔」, 「수도승의 결혼」, 「페스카라의 유혹」, 「보르지아 가(家)의 안젤라」 등이 유명하다.

기는 내게 꽤 오랫동안 밝히기를 주저했다. 마이어가 인정받는 유명 작가라는 것을 알기에 자신이 웃음거리가 될까봐 두려웠던 것이다. 하지만 독서에서 무엇보다 중요한 것은 일반적인 평가와 일치하는가의 여부가 아니라, 기쁨을 맛보고 자신의 내적인 소유물에 새롭고 사랑스런 보물을 추가하는 것이 아니겠는가! 다른 어떤 이는 언젠가 내게 무슨 범죄를 참회하기라도 하듯, 자기는 이젠 완전히 구닥다리로 취급받는 장 파울[13]의 작품만 즐겨 읽는다고 매우 조심스럽게 고백한 적이 있었다. 비록 그의 편에 선 이가 아무도 없다 해도 그가 장 파울의 작품을 읽으면서 내적인 기쁨을 맛보았다는 사실 자체가 장 파울이 죽지도 낡지도 않았으며 여전히 살아 효과를 내고 있다는 충분한 증거가 된다.

이 모든 불안감, 자신의 취향에 대한 이 같은 불신, 전문가와 권위자의 판단에 대한 이 같은 무한한 존경은 거의 언제나 잘

---

13 Jean Paul(1763~1825). 독일의 소설가. 본명은 요한 리히터(Johann Paul Friedrich Richter)이지만 장 자크 루소에 대한 존경심에서 장 파울이라는 필명을 썼다. 그의 작품은 고전주의의 형식적 이상으로부터 초기 낭만주의의 직관적 초월주의로 넘어가는 교량역할을 했다. 소설 『유대인 멘델의 경고문이 첨부된 악마의 기록선(選)』, 『보이지 않는 산장』으로 명성을 얻기 시작했으며, 『헤스페루스』로 명성을 얻었다. 작품 활동 제2기는 자기 내부의 희극적인 현실주의자 기질과 감상적인 열혈주의자 기질을 조화시키려는 노력이 특징적이다. 이 시기의 소설로는 『꽃, 과일 및 가시 조각들』, 『지벤케스』, 스스로 고전적인 걸작이라고 평가한 『티탄』, 미완성에 그친 『개구쟁이 시절』 등이 있다. 제3기의 소설은 고전주의·낭만주의 양쪽에서 느낀 환멸을 반영하고 있다. 그러나 그의 목가적인 소설은 언제나 유머가 돋보이며 그가 처한 곤경을 희극적인 문체로 다루고 있다. 큰 인기를 누린 『카첸베르거 박사의 온천여행』, 『군목 슈멜츨레의 플레츠 여행과 그 기록』이 그것이다.

못된 것이다. 최우수 도서 100선이나 최우수 작가 100선이란 존재하지 않는 것이다! 일반적으로 적합한, 절대적으로 옳은 비평이란 존재하지 않는 것이다! 경솔하고 피상적인 독자라면 어떤 책에 홀딱 빠져 입에 침이 마르도록 칭찬하다가, 나중에 그걸 다시 보고 이전의 자신을 더 이상 이해할 수 없어 부끄러워하며 입을 다물게 될지도 모른다. 하지만 어떤 책과 친밀한 관계를 맺어 그것을 자꾸만 읽으면서 매번 새로운 기쁨과 충족을 느끼는 자는 조용히 자신의 느낌을 신뢰하며 비평에 의해 자신의 기쁨을 망치는 일이 없을 것이다.

평생 동화책만 즐겨 읽는 사람이 있는가 하면, 자녀들에게 동화책을 멀리하고 못 읽게 하는 사람들도 있다. 고정된 형식이나 틀이 아니라 자신의 느낌과 마음의 요구를 따르는 자의 생각만이 언제나 옳다. 그렇다고 내가 온갖 것을 가리지 않고 다 읽는 이들을 옹호하려는 것은 아니다. 사실 신문 쪼가리 하나라도 읽지 않고는 못 배기고, 밑 빠진 독에 물을 붓듯 뭐든지 계속 읽어대면서도 충족되지 않는 사람들이 있다. 이런 병적인 탐독가에게는 어떤 조언도 아무 소용이 없다. 그들의 경우에는 독서 방식이 잘못되었을 뿐만 아니라 전체 성격이 더 심하게 잘못되어 있어서 인간으로서도 열등하다. 아무리 세련된 독서법이라 해도 그런 사람을 쓸모 있고 사랑스러운 사람으로 만들 수 없다.

하지만 예술과 문학 방면에 그다지 조예가 깊지 않더라도 소박하지만 사랑스럽게 독서법을 가꾸어 삶의 기쁨과 내적인 가치를 키워나갈 줄 아는 진지한 사람들이 충분히 존재한다. 감탄을 자아내게 하는 온갖 비평에 주눅들어 귀 기울이기보다는 의연히 내면의 요구를 따르며, 유행에 신경 쓰지 않고 마음에 드는 것에 충실히 충실하다면 좀 더 빨리 좀 더 확실하게 진정한 문학 교양을 얻을 수 있을 것이다. 미숙한 젊은이나 문하생, 또는 모방자의 작품에서도 가끔 마음에 드는 음조를 발견하고 기쁨을 얻을 수 있을 것이다. 그리고 예리해진 이해력으로 그 음조가 보다 순수하고 온전하게 울리는 방향으로 가다 보면 마침내 대가들의 작품에 이르게 될 것이다. 그러면 대가를 제대로 아는 이가 드물다는 사실과, 그 대가의 어떤 후계자, 어쩌면 변변치 못할지도 모르는 후계자가 어쩌다가 성공을 거두어 모든 사람의 손에 들린 것을 발견하고 놀라움을 금치 못할 것이다. 이렇게 자신의 모색으로 켈러나 뫼리케, 슈토름이나 야콥센, 베르하렌[14], 휘트먼 같은 독창적인 대가들에 이른 사람이라면 가장 학식 있는 전문가보다 이들을 더 잘 알고 더 잘 소유할 것이다. 그런 발견은 자신이 접어든 길과 자신의 판단력에 대한 신뢰를 공고히 해줄 뿐만 아니라 그 자체로 인간이 맛볼 수

---

14 Émile Verhaeren(1855~1916). 프랑스어로 글을 쓴 벨기에 시인들 가운데 가장 중요한 시인. 30권이 넘는 베르하렌의 방대한 시작(詩作)에서 가장 눈에 띄는 특징은 강한 힘과 폭넓은 시각이다. 활력과 독창성을 갖춘 그의 보기 드문 서정적 재능은 힘차고 유연하며 참신한 언어로 표현되었다. 그가 주로 다룬 세 가지 주제는 플랑드르, 진보와 인간의 우애 및 노동계급의 해방에 대한 갈망으로 표현된 인간의 힘, 아내에 대한 다정하고 포용력 있는 사랑이었다.

있는 가장 소중하고 순수한 기쁨 중 하나이다.

독서도 다른 모든 향유와 마찬가지여서 우리가 진심으로 애
정을 기울여 몰두할수록 보다 깊고 지속적인 즐거움을 얻을 것
이다. 우리는 책을 친구나 연인처럼 대우하고, 책마다 자신의
독자성을 존중해주며, 이런 독자성에 낯선 것은 아무것도 책에
게서 요구해서는 안 된다. 아무렇게 아무 때나 너무 급히 또 너
무 빨리 후닥닥 읽어서는 안 되고, 책의 내용을 받아들이기 좋
은 시간에, 즉 여유 있고 유쾌한 기분으로 읽어야 한다. 특히
섬세하고 동감이 가는 언어로 쓰인 사랑스런 책은 가끔 크게
소리 내어 읽는 것이 좋다.

외국 문학작품은 되도록 원어로 읽는 것이 좋고, 큰 희생이
따르지 않는다면 그 언어에 숙달하도록 노력해야겠다. 그렇다
고 이 점을 엄격히 따르거나 너무 지나쳐서는 안 된다. 해당 외
국 언어에 능통하지 못해 술술 읽어내지 못한다면 원전을 붙들
고 씨름하느니 차라리 좋은 번역을 읽는 편이 훨씬 낫다. 단테
나 셰익스피어, 세르반테스의 작품을 원어로 읽을 수 있는 사
람은 몇 안 되지만 수많은 사람들이 그들의 작품에서 기쁨을
얻고 있지 않은가. 늘 들어보지도 못한 새로운 자극을 찾아 온
갖 문학작품을 기웃거리며, 오늘은 페르시아의 동화, 내일은
북구의 전설, 모레는 미국의 기괴한 현대 소설을 탐욕스럽게
찾아다니는 것은 결실 없고 위험할 따름이다. 인내심이나 차분
함이 없이 어디서나 홀짝홀짝 맛보면서 언제나 제일 자극적인

것, 제일 맛있는 것, 제일 특별한 것만 취하려는 사람은 곧 문체에 대한 감각이나 묘사의 아름다움을 망쳐버리게 된다. 그런 독자는 간혹 세련되고 교양 있는 예술 향유가의 인상을 주기도 하지만, 거의 모두가 거친 소재적인 측면이나 열등한 특색을 잡아내는 데 그친다. 이렇게 성급히 굴고 영원히 사냥질을 해대는 대신 차라리 반대로 같은 작가, 같은 시대, 같은 유파의 작품을 비교적 오랜 시간에 걸쳐 섭렵하라! 철저히 알아야 진정으로 소유하게 된다. 호기심으로 안달하여 온갖 시대와 나라의 습작과 졸작을 마구 집어삼킨 이보다, 가령 우리나라의 최고 작가 서너 명을 거듭 완벽하게 읽은 사람이 훨씬 풍요로우며 더 많은 것을 배우게 된다. 몇 권 안 되는 책을 철저히 아는 것, 그래서 그것을 읽던 수많은 시간의 감흥을 되새기기 위해 그 책을 손에 집어 들기만 하면 되는 것이 머릿속 가득 수천 권의 책 제목과 작가 이름을 막연히 떠올리는 것보다 더 고귀하고 더 만족스러우리라.

아무튼 일종의 문학적 교양, 최상의 문학과의 친밀한 상태, 전체 문학을 하나의 유기적 전체로 파악해야만 생겨날 수 있는 판단의 토대가 존재한다. 그럼에도 그러한 판단의 토대는 노력하기만 하면 누구나 얻을 수 있다. 그러나 이것은 세계 문학사를 통독한다고 해서 얻을 수 있는 게 아니라, 최상의 옛 작가들을 비록 번역이나 압축된 선집으로나마 직접 알아 감으로써만 가능하다. 그리스와 로마의 작품을 굳이 많이 알 필요는 없지만, 몇몇 작품은 보다 주의 깊게 읽는 것이 좋다. 호메로스의 시편 중 적어도 하나, 소포클레스의 작품 중 적어도 하나를 면밀히 읽었다면 첫 단계의 토대로는 충분할지도 모른다. 이와 마찬가지로 호라티우스와 로마의 비가시인, 풍자시인의 작품을 모은 작은 선집도 아는 것이 필요하다(그런 책으로는 가이벨이 엮은 『고전 시가집』을 추천할 만하다). 그리고 가령 라틴어로 쓰인 서간문과 연설문도 읽어야겠다.

초기 중세문학으로는 무엇보다도 『니벨룽겐의 노래』와 『구드룬』, 그리고 우화와 전설, 대중문학 모음집 몇 권, 연대기 한두 권을 읽으면 되겠다. 그 다음으로는 볼프람 폰 에셴바흐의 『파르치팔』, 고트프리트 폰 슈트라스부르크의 『트리스탄』, 발터 폰 데어 포겔바이데 정도가 적당하다. 프랑스의 고대 전설은 아달베르트 폰 켈러가 수집해서 번역한 것이 있다. 단테의 『신곡』[15]을 제대로 즐길 수 있는 사람은 소수에 불과하지만, 첫사랑 베아트리체를 만나는 과정을 이야기하는 『신생』은 분량이 짧고 그리 어렵지 않아 접근하기가 한결 용이하다. 고대 이탈리아의 단편은 아름답고 재미있어, 그 이후의 모든 서사예술의 모범이자 토대로서 중요한데, 파울 에른스트의 『고대 이탈리아 단편선』은 작품 선정과 번역이 매우 탁월하다.

이른바 '고전'에 대해서는 위선과 피상적 숭배가 너무 지나

---

15 『신곡』은 정치적 이유로 피렌체에서 추방된 경험을 바탕으로, 한 인간의 운명과 방황과 구원의 과정을 가톨릭의 시각으로 그린 단테의 대작이다.

치다고 하겠다. 그러나 셰익스피어와 괴테를 필두로 한 진정한 대문호를 제대로 아는 것은 꼭 필요하다. 최근 들어 실러를 약간 낮추어 보는 경향이 있는데 이는 어리석은 유행병이니 신경 쓰지 말도록 하자. 레싱도 좀 뒷전으로 밀려났는데 이는 부당한 일이다. 최근 이러한 대작가들은 전혀 읽히지 않거나 거의 읽히지 않고 있다. 적어도 그들의 원작에서 직접 알기 전에는 작품을 읽는다고 할 수 없다. 한 위대한 인간의 본질을 그의 작품들에서 읽어내며, 그에 대한 상을 스스로 구축하면 놀라운 즐거움을 맛볼 수 있다. 하지만 연구서나 전기물을 너무 많이 읽으면 그런 즐거움을 망쳐버리게 된다. 그리고 예컨대 괴테 같은 경우는 작품들 외에도 편지나 일기, 대화록도 빠뜨리지 말아야겠다! 이렇게 원전을 가까이서 편리하게 접할 수 있다면 굳이 간접적으로 남의 도움을 받을 필요가 없다. 아무튼 형편없는 전기도 헤아릴 수 없이 많으니 그 중 최상의 것만 가려서 읽도록 하자. 그리하여 우리는 '인생서'의 영역에 이르게 된다.

인생서란 가장 넓은 의미에서 볼 때 중요하고 가치 있으며 모범적인 인물이 처세술이나 위대한 영속적인 문제에 대해 개인적인 해결책을 솔직히 제시해준 책을 말한다. 그것은 이론적인 교훈의 형식일 수도 있고, 자신의 체험과 그에 대한 자신의 생각을 기록해둔 것일 수도 있다. 그러므로 중요하고 훌륭하며 현명한 인물들의 편지나 일기, 회상록을 담은 모든 책들이 후자의 장르에 속한다. 아마 시대를 통틀어 가장 소중한 작품의 약 3분의 1은 거기에 속할 것이다. 최근에 나타난 이 같은 종류의 현상을 꼽아보면 비스마르크의 『가족 서신』, 러스킨의 자서전 『프라이테리타』[16], 고트프리트 켈러의 서간집, 헤르츠펠트가 펴낸 레오나르도 다 빈치의 글 선집, 니체의 편지들, 로버트 브라우닝과 엘리자베스 배럿이 주고받은 편지글 등이 있다. 일단 시작해서 계속 찾아보면 소중한 보물을 많이 발견할 수 있을 것이다.

거기에 중요한 저자들의 학문적 저작과 에세이가 첨가된다. 거기에 들어 있는 견해와 내용의 개성과 특성이 흥미를 배가시킨다. 이런 글을 읽음으로써 독자는 서술된 대상뿐만 아니라 저자의 중요하고 소중한 특성까지 알 수 있게 된다. 예컨대 이런 종류의 저작으로는 부르크하르트의 『이탈리아의 르네상스 문화』, 러스킨[17]의 『베네치아의 돌』[18]과 『참깨와 백합』, 파터의 『르네상스』, 칼라일의 『영웅과 영웅숭배』, 텐의 『예술철학』, 로데[19]의 『프시케』[20], 브란데스[21]의 『19세기 문학의 주요 사조』 등이 있다.

많지는 않지만 참으로 심오하고 탁월한 전기들도 결국 이러

---

16 Praeterita. '과거지사'라는 뜻.

17 John Ruskin(1819~1900). 영국의 미술 관련 저술가. 건축과 장식예술 분야에서 고딕 복고운동을 전개했던 러스킨은 빅토리아 시대 영국에서 대중의 예술기호에 큰 영향을 미쳤다. 주요 저서로 『현대 화가론』, 『건축의 7등(七燈)』, 『참깨와 백합』, 『베네치아의 돌』 등이 있다.

18 건축과 장식예술 분야에서 독보적인 위치를 차지했고 고딕 복고운동을 전개했던 리스킨이 이 책을 출간한 것을 계기로 영국에 베네치아 풍 고딕 양식이 크게 유행했고 20세기까지 영향이 지속됐다.

19 Erwin Rhode(1845~1898). 니체의 친구로 바그너와 교유한 고전 어문학자.

한 범주에 속하는 특별한 보석이다. 서술자와 전기의 주인공이 기질이 같아 글로 가공되는 중에 생동감과 내적인 개성이 사라지는 대신 무게와 효과를 얻는 전기가 몇 있다. 그것은 마치 유능한 보석 세공사가 보석을 공들여 깎고 다듬어 찬란히 빛나게 하듯, 저자가 깊은 이해와 재료의 현명한 정리를 통해 오로지 진실하고 더없이 명료하며 고귀하게 인물을 조명하는 책들이다. 그런 책으로 유스티[22]의 『디에고 벨라스케스와 그의 세기』, 사바티의 『아시시의 프란체스코』, 뵐플린의 『뒤러』, 헨[23]의 『괴테에 대한 생각』 등이 있다. 그 외에도 리카르다 후흐[24]의 『낭만주의의 전성기』, 헤트너[25]의 『18세기 문학사』에 담긴 개별적 특성을 꼽을 만하다.

---

20 원 제목은 『프시케. 그리스인의 영혼 숭배와 불멸성』

21 Georg Morris Cohen Brandes(1842~1927). 덴마크의 비평가이자 학자. 텐과 르낭, 존 스튜어트 밀의 영향을 받아 덴마크를 문화적 고립과 지방적 편협성으로부터 벗어나게 하는 것이 자신의 사명이라고 여겼다. 개혁에의 열정을 지니고 서유럽의 정치적·문화적 자유주의 물결을 덴마크에 도입했다. 주요 평론으로는 『19세기 문학의 주요사조』, 『현대 약동기의 사람들』, 『덴마크 시인들』, 니체의 영향을 받은 『귀족적 급진주의』 등이 있다.

22 Carl Justi(1832~1912). 스페인의 문화사 연구에 전념한 독일의 예술사가. 주저는 스페인의 화가 디에고 벨라스케스에 대한 논문이다. 그는 빙켈만과 미켈란젤로의 전기를 쓰기도 했다.

23 Viktor Hehn(1813~1890). 독일의 예술사가.

24 Ricarda Huch(1864~1947). 현대 독일의 가장 뛰어난 여류시인이자 소설가, 평론가, 사학자이자 반 나치 운동의 선봉이었던 독일의 신(新)낭만주의 운동의 대표자. 시와 단편소설 외에, 장편소설 『젊은 루돌프 우어스로이의 추억』, 『페데리고 콘팔로니에리 백작의 생애』, 『독일에서의 대전(大戰)』, 평론 『낭만주의의 개화기』, 『낭만주의의 확산과 쇠락』 등이 있다.

25 Hermann Hettner(1821~1882). 포이어바흐, 켈러와 교유한 독일의 예술사가 겸 문학사가. 작품으로 『괴테, 실러와 연관된 낭만파』, 『현대 연극』, 『18세기 프랑스 문학사』와 『18세기 문학사』가 있다.

또한 양식화나 객관화에 대한 욕구보다 개성이 더 강하고 정열적이어서 그들의 모든 책이 개인적인 이야기나 대화, 고백처럼 들리기도 하는 작가들도 항상 있어 왔다. 이런 종류의 글은 예술작품으로는 때로 이론의 여지가 있을지는 몰라도 독특한 매력과 가치를 지닌다. 우리는 그 저자들에게 세련된 예술적 객관성을 기대하긴 어렵지만, 그들은 대개 온갖 모나고 무뚝뚝한 면을 그대로 보여주는 독특한 개성의 소유자들이다. 빌헬름 라베, 페터 로제거, 프린츠 린하르트 같은 작가들에게는 일종의 청량제 같은 요소가 있다. 하지만 그 전형적인 예는 피셔[26]의 무뚝뚝하고 대담하며 유머가 매우 풍부한 장편 『또 한 사람』과 물타툴리의 소설 『막스 하벨라르』이다. 이런 저서들은 탁월한 예술작품이면서도, 어떤 틀에도 매이지 않는 독창적이고 강력한 힘을 지닌 기록물이다.

이 모든 '인생서'들은 일반적으로 알려진 문학에서는 비껴나 있어 열렬한 애정을 갖고 쫓아다녀야 찾을 수 있는 책들이다. 또 그러는 것이 분명 성숙한 책 애호가의 더없이 귀중한 기쁨이나 임무 중 하나이다. 그러한 책들의 존재 여부를 살펴보면 서재와 그 주인의 개인적 성격을 가장 확실하게 판단할 수 있다.

---

26 Friedrich Theodor Vischer(1807~1887). 헤겔파의 독일 미학자. 주요 저서로는 『숭고와 골계에 대하여』, 『미학』, 『비평집』이 있다.

2) 책의 수집과 관리에 대하여

본격적인 '책 사랑'은 지금까지 고찰한 선線의 저편에서 비로소 시작되며, 여기서는 다만 극도로 섬세한 스포츠라는 식으로만 언급할 수 있겠다. 책 사랑은 광범위한 지식과 매우 특별한 재능을 전제로 한다. 대부분의 애서가와 책 수집가는 가령 특정한 작가나 엄격히 제한된 특정 시대와 사조의 책들을 되도록 완벽하게 모은다든가 또는 수백 년에 걸쳐 특정 주제에 대해 쓴 글을 모두 모으는 것에 국한된다. 이때 터무니없는 별종 심리나 우스꽝스러운 공명심, 경쟁심도 없지 않다.

특별한 애호의 예로는 인쇄술이 발명된 초기 제작물의 수집 (약 1500년까지), 특정 예술가나 동판 및 목판 화가의 장식 그림이나 삽화가 든 도서의 수집, 초소형(현미경판) 도서의 수집, 오래된 귀중한 도서의 수집 등이 그것이다. 어떤 이들은 저자의 친필 헌사가 적힌 글을 모으기도 한다. 이러한 개별 영역에 특별한 애착이 없는 자는 세계적으로 유명한 수집상과 대형 고서점에 의해 지나칠 만큼 세련돼 거의 예술로 발전된 스포츠에 아마추어로 뛰어들고 싶은 욕구를 자제하는 것이 좋겠다.

자신이 좋아하는 작가 작품의 초기 판본, 되도록 초판본을 수집하는 것은 본격적인 애서가의 범주에만 국한되지 않는 고상한 애호라 할 수 있다. 극히 섬세한 감각을 지닌 진정한 도서 애호가는 좋아하는 책을 초판본으로 소장하여 읽을 때 진심으로 뿌듯한 만족을 느끼게 된다. 그런 책에서는 종이와 활자, 장정에서 정감 넘치는 세월의 향기가 나고, 겉모습이 벌써 작품이 탄생한 시대를 상기시켜준다. 뿐만 아니라 과거의 모든 세대가 이 책을 손에 들고 존경을 바쳤다고 생각하면 기쁨을 얻을 수 있다.

이밖에도 고서를 소장하는 또 다른 특별한 매력은 이전의 주인에 대해 우리가 알게 된다는 점이다. 가령 소장자가 자신의 가족이나 자기와 가까운 친지에게서 물려받은 그 책은 옛 주인의 이름이나 메모가 적혀 있기 마련이다. 그래서 한 부 한 부의 책은 자신의 역사를 지니고 그것을 들려주며, 오늘의 경건한 소장자에게 한 토막의 전통과 과거 문화를 전해주는 것이다. 할아버지가 사서 할머니가 읽고, 그 뒤엔 어머니가 읽고 사랑한 책, 이제는 고인이 된 잘 아는 그들이 좋아하는 구절에 밑줄을 긋거나 누렇게 변색된 서표를 끼워 표시해둔 책, 가령 아이헨도르프나 호프만 또는 옛날 연감의 초기 판본을 소장하고 있는 사람이라면 아무리 값비싼 현대 판본을 준다 해도 결코 바꾸지 않을 것이다.

이런 이야기는 그만 하기로 하자. 책 사랑과 도서 수집 스포츠는 몇 마디 말로 간단히 설명할 수 있는 성질의 것이 아니며, 독자적인 연구를 요한다. 이 분야에 매력을 느끼는 사람에게는 밀브레히트의 탁월한 저서 『책 사랑의 역사』를 추천하겠다. 그러나 이제는 책을 어떻게 다루고 관리해야 하는지의 문제에 대해 이야기하도록 하겠다.

자기 것으로 소유하여 늘 주변에 둘 가치가 있다고 평가되는 책을 구입하여 차츰 개인 서재가 만들어지면 소장자는 대체로 곧 책의 외관에 관해서도 좀 더 신중해지고 까다로워진다. 결국 한 번 읽기에는 어떤 판본이든 상관없다. 하지만 사람들은 보다 자주 읽어볼 만한 책이라면 되도록 깔끔하고 마음에 들면서도, 실용적이고 오래 가는 판본을 갖고 싶어 한다. 그러니 여러 가지 판본이 시중에 나와 있다면 어떤 책을 구입해야 할지 깊이 생각하기 마련이다. 먼저 텍스트에 누락된 부분, 특히 생략된 부분이 없는지 확인한 다음 구매자는 무엇보다 인쇄 상태가 선명하고 아름다워 읽기 쉬운지 살펴볼 것이다. 그런데 구매자는 종이의 질이 견고한지도 확인하도록 하라! 지난 수십 년 동안 독일에서는 특히 값싼 고전 전집의 경우 매우 무책임하게 저질 종이를 써왔다. 그런 종이는 사용자가 포장을 풀어 빛과 공기에 노출되면 금세 변색되고 파손되고 만다. 최근에 들어서야 그런 점에서 드디어 바라던 개선이 이루어졌다. 옛날 작가들의 좋은 최신판을 구할 수 없다면 고서점에 문의해 잘 보존된 옛날 판을 구하는 게 좋다. 그것이 대체로 종이나 인쇄 상태가 더 견고하다. 예컨대 장 파울 같은 개별적으로 중요한 옛날 작가들 중 출판사의 왕성한 의욕에도 불구하고 쓸 만한 최신판이 존재하지 않는다.

그 다음으로 판형과 장정도 유의하도록 하라! 화려한 대형 판형도 장난삼아 만든 초소형 판형도 쓸모가 없다. 단지 보다 값싸게 공급하기 위해 출판사가 책 한 권의 면수를 너무 늘이는 바람에 읽기 어렵고 사용하기 힘든 책들도 있다. 특히 부담 없이 즐기고 싶은 시문학 작품이라면 가볍고 휴대가 쉽고 사용하기 편하며 펼치기 쉬운지 잘 살펴봐야 한다. 필요하다면 돈을 더 들여서라도, 출판사에서 한 권으로 묶은 책을 사용하기 편하게 두세 권이나 그 이상으로 나눠 새로 제본하는 게 좋다. 내 경우를 말하자면 그리제바흐가 펴낸 호프만의 네 권짜리 전집을 당시에는 너무 두꺼워 오랫동안 읽지 못하고 있다가, 열두 권의 책으로 가볍게 분철하고 나서야 제대로 즐길 수 있었다.

제본이 끝난 책은 아주 값싼 판이 아니라면 반드시 철사가 아니라 실로 꿰매져 있을 때만 구입하도록 하라. 철사 제본은 현대적인 공장제 제본의 가장 고약한 악덕 중 하나이다. 책을 구매하는 대중은 그런 방식을 지금보다 더 거부해야 한다. 일부 출판사는 때로는 매우 비싼 책의 경우에도 그런 식으로 제본해서 많은 죄를 짓고 있다. 원서가 철사로 제본되어 있거나 또는 책의 표지나 색깔이 구매자의 마음에 들지 않는다면 구매자는 책을 직접 제본해서 그 책의 값어치를 조금이나마 높이도록 할 수 있다. 자신의 장서에서 기쁨을 얻는 자는 대체로 자기 마음대로 책을 제본하는 것을 선호할 것이다. 이때 소장자는 책마다 특별한 표시를 하거나 알아보기 쉽게 해서 개성을 부여할 수 있다. 또 특별한 글이나 도안을 넣는다든지, 또는 색상이나 색지, 재료를 개인적으로 선택하여 되도록 예쁘고 편하며 독특하게 제본함으로써 책에 경의와 애정을 표현할 수 있다. 책 제목을 마음대로 잡아 원하는 활자로 찍을 수 있다. 소장자는 잘 생각하고 애정을 쏟아 장정을 다루면서 자신의 책을 한 권씩 어느 정도는 새로 만드는 셈이다. 그리하여 세상의 다른 모든 책들과 확연히 구별되는 새로운 책이 탄생한다. 이는 이름을 찍어두거나 소장자의 표시(장서표)를 붙여두는 것보다 책을 식별하는 보다 세련되고 매력적인 방식이다. 이런 식으로 자기만의 책을 만드는 것에 책을 소장하는 기쁨을 현저히 증가시키는 특별한 매력이 있다. 자신의 책을 모두 직접 제본해두는 수집가라면 혹시 없어지는 책이 있을 경우 이름의 머리글자나 장서표에 의해서보다 장정으로 더욱 확실히 알아볼 수 있다.

이것에 이어 이제 소장도서의 본격적인 관리가 시작된다. 우리는 좋아하는 대상을 손대면 닿을 수 있는 가까운 곳에 두려고 하지만, 애지중지 아끼며 손상되지 않기를 바라는 법이다. 책을 보관하는 가장 좋은 방법은 간단한 서가가 있는 수수한 받침대를 벽에 설치하고, 유리문은 내지 말고 기껏해야 강한 햇빛을 막아주는 가벼운 커튼을 다는 것이 좋다. 받침대나 책꽂이 밑에는 일정한 높이와 깊이의 튼튼한 칸막이를 설치하고, 그 위로는 원하는 거리로 조정 가능한 선반을 설치하는 것이 가장 좋을 것이다. 자신의 도서실이나 서재가 있는 사람은 벽장식은 필요 없거나, 또는 아무튼 책등의 열이 주된 장식이 되도록 하면 된다.

방은 되도록 먼지가 없도록 유지해야 한다. 사실 먼지보다 책에 더 해로운 것은 습기와 환기가 잘되지 않아서 생기는 곰팡이다. 먼지가 끼는 것을 피하려면 때때로 가볍게 털어주고, 책이 눌리지는 않을 정도로 책을 촘촘히 꽂아두어 책 사이의 틈이 벌어지지 않도록 한다. 책을 사용할 때 청결과 세심함은 말할 필요도 없다. 특히 독서를 잠시 멈출 때 책을 덮지 않고 펼친 채로 책상 위에 놓아두는 것은 좋지 않은 습관이다. 읽던 곳을 표시할 때도 두꺼운 물체(접지주걱, 자, 연필 등)가 아닌 종이나 천으로 된 서표를 끼워둔다. 표지 장정이 너무 귀해서 특별히 보호하고 싶다면 얇은 마분지로 간단히 싸개를 만들어 입히도록 한다. 싸개 위에는 색지나 아마포, 자수나 비단을 덧씌워 마음대로 장식해도 좋겠다.

도서의 정리와 이러한 질서를 유지하고 완성하는 데서 독특한 즐거움을 얻을 수 있다. 가령 학술서와 문학 책, 옛날 문학과 현대 문학으로 나누고, 언어나 학문 분야에 따라 세분한 뒤 칸마다 세심하고 주도면밀하게 정리한다. 대체로 저자 이름의 알파벳 순서를 따르는 것이 일반적이다. 이런 방법은 간단하고 확실하다. 내적인 원칙이나 동질성에 따른 분류, 가령 연대나 역사, 나름의 개인적 취향에 따른 분류는 더 섬세한 방법이다. 내가 아는 어떤 사람은 수천 권의 소장 도서를 알파벳순이나 연대순이 아니라, 오히려 자신의 개인적 평가에 따라 전체 도서의 위치와 순서를 정하고 분류했다. 그런데도 그는 누가 어떤 책을 말하면 눈 감고도 쉽게 찾아낼 만큼 책이 꽂힌 자리를 잘 알고 있다. 전체가 그토록 유기적으로 분류되어 있어서, 소장자는 적지 않은 전체 도서를 정확히 파악하고 있는 것이다. 비록 보잘것없다 해도 그렇게 차츰 생겨난 도서관이 사방 벽을 가득 채우고, 책을 사서 처음 읽던 날의 즐거운 기억이 새록새록 쌓이면, 감수성이 예민한 이의 가슴 속에는 책을 소장하는 기쁨이 날로 커질 것이다. 그리고 전에는 이런 장서 없이 어떻게 살았을까 하는 생각이 들 것이다.

순전히 재료의 측면에서 볼 때 책이란 공장제 식으로 제작된 브랜드 상품이라 그다지 가치 없긴 하지만, 정신에 의해 고상해진 질료의 한 조각이고, 조그만 기적이며, 모든 좋은 가정에서는 영예로운 자리에 놓을 만한 성물이다. 그 귀중한 물건은 기쁨과 고양의 원천으로서 조용히 기다리며 언제나 소망에 응할 준비가 되어 있다. 바닥에 아무리 멋진 양탄자가 깔려 있고 벽을 아무리 귀중한 벽지와 그림이 뒤덮고 있다 한들 책이 없다면 가난한 집이다. 그리고 스스로 책을 알고 소유하며 사랑하는 사람만이 자라나는 자녀들에게 독서의 즐거움을 이해하고 깨닫도록 실제적인 도움을 줄 수 있다. 그런 사람만이 저속한 작품에 빠지지 않도록 자녀들을 지켜줄 수 있고, 최상의 작품을 때 이르게 조금씩 읽어보지 않도록 지켜줄 수 있다. 그리고 이들 젊은 영혼 앞에 정신과 아름다움의 나라가 펼쳐지는 잔잔한 발전 과정을 함께 체험할 수 있다. 그런 자는 『파우스트』나 『녹색의 하인리히』, 『햄릿』을 아들의 손에 처음으로 쥐어주고, 서재의 공동 주인이자 가장 사랑스러운 손님으로서 그를 자신의 서재에 맞아들인다면, 무언가 새로운 것, 두 배나 근사한 것으로서 그 책들을 즐길 수 있을 것이다.

(1907)

03

미지의 보물

근년에 들어 독일 문학이 높은 출판 부수에 도달하여 짧은 시일 내에 수만 부가 팔리는 놀라운 일이 벌어졌다. 그것은 즐거운 일이긴 하나 책을 읽는 사람들이 해마다 오로지 한두 권의 인기도서만 치켜세우고 사서 읽는 것이 계속 유행한다는 사실이 그리 바람직한 현상이 아닐지도 모른다. 여기서 거의 홀로 고려의 대상이 되는 오늘날의 독일 소설 문학은 해마다 단 한 개나 두 개 이상의 주목할 만한 신 작품을 내놓고 있다.

우연의 변덕과 대중의 기호란 얼마나 종잡을 수 없는지를 모든 서적상과 비평가는 거의 날마다 관찰할 수 있다. 두 개의 장편소설이 동시에 유서 깊은 출판사에서 좋은 장정으로 비싼 값에 나온다. 그리고 두 작품 다 많은 신문사에서 찬사를 받는다. 그런데 한 작품은 팔리지 않는 반면, 다른 작품은 판에 판을 거듭한다. 무엇 때문일까? 아무도 그 이유를 모른다. 그 책의 문학적이고 인간적인 가치는 아무튼 결정적인 영향을 행사하지 못한다. 알다시피 매우 좋은 작품은 간혹 가장 천천히 '움직이기' 때문이다. 그리고 어떤 작가의 경우, 그의 다른 책들 역시 좋지만 알려지지 않은 반면, 단 하나의 책으로 알려지고 유명해질 수 있는 것은 어찌된 까닭인가?

직업 평론가는 자신의 글이 얼마나 신통찮은 결과를 내는지 언제나 고통스럽게 지켜보아야 한다. 좀 더 고상한 전체 비평에서 된서리를 맞은 책들은 그럼에도 광고나 다른 상업적인 판매 기술에 의해 성공을 거두기도 한다. 반면에 대형 신문에서 유명 평론가들이 칭찬한 글을 실은 다른 작품들은 그럼에도 거의 주목을 받지 못하기도 한다.

그런데 매주 새로운 책을 봐야 하는 직업 평론가는 이처럼 부당하게도 대중의 외면을 받은 작품들을 다시 살펴보고, 새로이 그에 대해 한 마디 할 시간과 기회가 거의 없다. 그렇지만 그렇게 하는 것이 필요할지도 모른다. 임의의 모든 새로운 현상에 대해 종종 너무 상세히 보도되고 평가되는 현상에 비추어 볼 때, 5년이나 10년 전에 발행되었지만, 대부분의 독자층에 알려지지 않아 새로운 것이나 마찬가지인 어떤 책에 대해 가끔 글을 써도 무방하지 않을까? 당시에는 추천의 글들이 간과되었다 해도 오늘날에는 그런 평가가 혹시 주목받을지도 모른다. 때문에 우리의 잡지에서 때론 그런 좋은 책, 특히 장편소설을 언급할 필요가 있다. 전문가나 협소한 문학계를 위해서가 아니라 모든 이를 위해서 말이다. 이때 까다로운 미식가를 위한 시적 별미도 젊은 초보자의 첫 습작도 특별히 중시해서는 안 된다. 전자는 우리가 도와주지 않아도 구매자가 생기게 되어 있고, 후자는 그 날의 비평이 맡아서 평가해준다.

나는 우리 국민이 태만 죄를 만회할 수 있도록 최근의 양서 목록을 감히 만들 생각은 없다. 하지만 가끔 그런 작품을 되새기는 것은 괜찮고, 아무 해될 게 없다. 오늘 몇 편의 작품을 가지고 시작해보기로 하자!

나는 여기서 거론하고 있는 책들이 아직 대중에 의해 알려지지 않아 그들의 수중에 없기에 그것들을 '미지의 보물'이라 불렀다. 그 책들이 숨겨진 채로 있거나 잊힌 채로 있는 것이 대중이 아닌 출판사의 탓인 다른 책들도 있다. 부분적으로 전혀 존재하지 않거나, 부분적으로는 불충분한 부수만 존재하는 옛날 작가의 작품들도 있다. 얼마 정도의 세월이 흘러야 다시 장 파울 같은 작가가 나올까? 노발리스나 횔덜린, 호프만의 작품은 최근에 들어서야 유용한 것으로 인정받아 다시 발간되기 시작했다. 장 파울 이외에 아르님이나 바이블링어[1]가 결여되어 있고, 독일 민속본의 좋은 신판과 또 다른 많은 것이 결여되어 있다.

더욱이 우리는 마음에 드는 몇몇 대작가의 완전하긴 하지만 매우 값싸고 인쇄 상태가 좋지 않은 판을 가지고 있는 반면, 우

---

1 Wilhelm Waiblinger(1804~1830). 독일의 낭만주의 시인.

리의 출판사들은 종이나 활자, 책 장식이나 장정에서 한껏 사치를 부리고 있다. 무엇 때문에 나는 아내에게 멋지게 인쇄된 아이헨도르프, 장식이 훌륭한 레나우, 보기에 흡족한(그러나 '삽화'가 들어 있지 않은) 그림 형제의 작품을 선물할 수 없단 말인가? 나는 손으로 뜬 종이나 양피지로 만든 현대 작가의 수많은 신간 서적을 포기할 많은 사람을 알고 있다.

(1907)

04

값싼 책들

값싼 책들이 점차 꽤 많아지고 있다. 그런 책은 대체로 값싼 읽을거리를 필요로 하는 사람들에 의해 발견되고 이용된다. 그렇다고 값싼 책이 선물할 때 이용되지는 않는다. 부유한 이들은 아이들, 친지나 친구들한테 가끔 책을, 다시 말해 때로는 비싼 책을, 때로는 견진성사를 위한 소녀용 문학책 등과 같은 불필요한 책을 선물하기도 한다. 좀 더 가난한 사람들, 특히 종업원이나 하인들한테 책을 선물하는 것은 아직 풍습이 아니다. 종교적이거나 정치적인 홍보 책자, 경건하고 교육적인 통속 소설 등을 나누어주는 것은 사실 매우 인기 있고 확실히 좋은 의도이긴 하지만, 그것이 조소를 일으키거나 나쁜 감정을 유발시키기만 할 뿐 거의 어디서나 본래의 목적을 이루지 못하기 때문이다.

최근 들어 작가들은 통속소설과 저속한 소설을 열심히 내놓고 있지만 어쩌면 전혀 성공을 거두지 못할지도 모른다. 허나 '경건한' 교리 문학은 그리 더 나을 것이 없는 경우가 허다하다. 그것은 미학적 관점에서 볼 때는 심지어 최소한 도붓장수들의 당연히 평판이 나쁜 스릴러 문학이나 탐정 문학만큼이나 좋지 않다. 아무튼 그것은 편견이 없는 사람들에게는 지루하고 재미없으며 혐오스럽다. 또 의도가 너무 분명히 강조되어 기분을 상하게 하고, 따라서 어쩌면 유익한 것 이상으로 해를 끼칠지도 모른다. 내가 하녀에게 교화적인 소설 『경건한 이다 또는 어느 하인의 삶에서 신의 축복』을 준다면 그녀는 처음에 내가 자기를 여학생처럼 교육시키려 한다고 생각할 것이다. 그리고 그 책을 결코 읽지 않거나 마지못해 읽을 것이다. 두 번째로 그녀는 당연히 이렇게 말할 것이다. '그 자신은 분명 이런 것을 읽지 않을 거야.' 하지만 내가 그녀에게 고트홀프나 켈러, 라베의 책을 주면 적어도 거기에서 강제로 읽으라는 의도는 느끼지 않을 것이다. 그녀는 혹시 그 책을 읽을지도 모르고, 그런 뒤 교육받고 감독받는 느낌이 아니라 성년에 포함되었다는 느낌을 받을지도 모른다.

우리는 진주가 돼지에게 어울리지 않듯이 위대한 작가들의 작품은 '다중多衆'에 어울리지 않는다는 이의제기에 번번이 부딪힌다. 하지만 그것은 쓸데없는 말에 불과하다. 좋은 문학이 순진한 사람에게 혹시 미칠지도 모르는 영향의 위험성은 적어도 누구나 쉽게 손에 쥐어드는 신문이나 성서가 미치는 영향의 위험성의 반밖에 되지 않는다. 약간의 교양을 갖춘 독자가 가령 고트프리트 켈러의 노벨레『일곱 의인의 작은 깃발』에서 온갖 아름다움을 느끼지 못하고, 온갖 매력을 이해하지 못한다 해도 그는 그 대상을 더욱 편견 없이 재미있게 즐길 수 있으며, 즐거워하고 배움을 얻는다. 결국은 본래적인 문학이 주는 헤아리기 어려운 섬세한 영향을 어느 정도 받을 수밖에 없게 된다.

우리 어린이들이 좋아하고 즐겨 읽는 로빈슨과 걸리버는 당시에는 문학적 교양이 있는 독자를 위한 순전히 문학적인 책이었던 것이다! 우리는 단순한 사람들의 아름다운 것에 대한 이해력에 대해서도 쉽게 착각한다. 집의 건축이나 정원 만들기에서 사람들은 수많은 경우 결국 온갖 세련된 모습에 감사하며 시골풍의 본보기로 되돌아갔다. 그리고 그것으로 미적 감각이란 '교양'이라 불리는 것과는 다른 곳에 있음을 인정한다. 그리하여 우리는 작가도 단순한 독자에게 가만히 맡길 수 있다. 많은 책들을 소유하는 어떤 장서가들은『파우스트』나『돈키호테』를 우연히 손에 집어든 단순한 사람보다 자신의 작가에 대해 희열을 느끼며 진심으로 즐기지 못한다. '하우스프로인트'[1]에 실린 헤벨 식의 달력화[2]는 민중 속에서, 적어도 작가의 고향에서는 끈질기게 생명력을 유지해왔다. 반면에 교육을 많이 받은 어떤 사람들은 이러한 이야기가 독일 작가가 만들어낸 최

---

1 Hausfreund. '가정의 벗'이라는 뜻.
2 달력에 실린 주로 교훈적인 이야기로 헤벨의 「뜻밖의 재회」가 유명함.

상의 것이란 사실을 모르고 있다.

아이들에게도 더 많은 책을 선물하는 것이 좋다. 이때 아이들이 단지 억지로 책을 읽을 위험은 그리 크지 않다. 그도 그럴 것이 어느 정도 합리적인 부모의 어느 정도 건강한 아이는 자신에게 낯설고 맞지 않는 것은 뭐든지 재빨리 또 단호하게 다시 옆에 내려놓기 때문이다. 그렇다고 아이들에게 읽을거리를 잔뜩 주라는 말은 아니다. 필요나 욕구가 생길 때만 아이들에게 책을 줘야 한다. 사람들은 성탄절이나 생일에 두서 권의 책이나 또는 몇 달이나 일 년에 걸쳐 읽어야 할 삽화가 든 비싼 책을 소년에게 가끔 주기도 한다. 그 대신 값싼 보급판의 도움으로 그때마다의 욕구를 충족시킬 수도 있다. 물론 아이들의 경우 책을 읽어서 눈을 망치지 않도록 각별히 주의를 기울이는 것이 필요하다.

(1908)

05

번역

세계 문학이란 멋진 관념이 번역으로 인해 우리나라에서 점차 희화戱畵가 되는 것 같다. 대량 수요를 위한 제작자의 경우뿐만 아니라 미학자나 애서가의 경우에도 온갖 시대의 멀리 떨어진, 대체로 형편없는 외국 작품을 대단한 발견을 했다는 듯 떠들썩하게 시장에 내놓는 것이 점점 유행이 되고 있다. 나름의 가치와 의미를 지니는 일부 번역도 분명 있기는 하다. 재능 있는 시인이 프랑스나 스페인, 이탈리아의 시를 독일어로 번역하는 데 관심이 있을 수 있다는 것은 충분히 이해할 만하다. 베를렌, 보들레르, 카르두치, 헤레디아, 브라우닝을 번역한 수많은 시들 중 일부는 큰 매력이 있다. 물론 이런 작품은, 그것의 전적인 가치는 형식적 가치이고, 그것의 매력은 두 언어가 투쟁하는 순간에 있기에 거의 시인들만 즐길 수 있기는 하다. 복잡하게 얽힌 투쟁과 긴장은 사실 직접 언어로 작업하는 사람만

이해할 수 있다.

운문에서 시의 본질적인 것은 번역하는 경우, 특히 라틴어를 독일어로 번역하는 경우, 아무리 번역을 잘하더라도 사라지는 것이 보통이다. 최고로 잘되는 경우라도 원작과 겨우 분위기만 비슷한 새로운 작품이 생기게 된다. 예컨대 뛰어난 이탈리아 소네트를 독일어로 옮기는 것, 그래서 엄격한 형식이 유지되고, 언어가 왜곡되지 않기란 도저히 불가능하다. 시인이라면 이때 많은 것을 배울 수 있다. 그러면서 혹시 좋은 작품이 생겨날지도 모른다. 하지만 원작의 본질적인 면은 상실되고 만다.

예술가에 의한 이러한 번역 이외에 어떤 점에서 보더라도 해롭고 좋지 않은 평범한 프랑스 소설과 다른 외국 소설의 번역이 너무나 많이 행해지고 있다. '세계 문학'에 대한 우화는 우리나라 번역서를 사랑하는 사람, 우수하고 완전한 고골, 플로베르, 투르게네프 등이 아닌 조잡한 얼치기 작품의 번역을 발견하는 사람에게는 우스꽝스럽게 된다. 그것은 이런 영역에서 놀랄 만치 무분별하고 계획 없이 일하는 우리나라 출판사의 탓이다.

(1908)

06

책 읽기와 책 소유하기

인쇄된 종이가 어떤 가치를 나타낸다는 것, 모든 인쇄물이 정신적 노고에서 생겨나서 존중할 만하다는 것은 우리의 경우 케케묵은 견해이다. 바다나 높은 산 속에서 사는 사람도 많은 인쇄물을 접하며 살아가고 있다. 그들에게 달력이나 소책자, 신문이 소중한 소유물이고 보관할 가치 있는 소유물이다. 우리는 많은 양의 인쇄물을 무료로 집에서 받아보는 데 익숙해져 있다. 그리고 모든 문서나 인쇄물을 신성시하는 중국인을 비웃는다.

그럼에도 책에 대한 존중은 없어지지 않았다. 최근에 들어서야 비로소 무료 증정본이 배포되고 있고, 여기저기서 책이 덤핑 상품이 되기 시작한다. 게다가 바로 독일에서는 책의 소유를 기뻐하는 풍조가 커지고 있는 것 같다.

물론 제대로 된 의미에서는 책의 소유에 대한 이해가 아직 크게 부족하다. 무수히 많은 사람들은 맥주나 싸구려 술집에 들이는 시간의 10분의 1만이라도 책에 들이는 것을 꺼려한다. 다른 좀 더 구식인 사람들에게 책은 좋은 방에서 플러시 보자기 위에 먼지를 뒤집어쓰고 있는 하나의 성물이다.

기본적으로 모든 올바른 독자는 책 애호가이기도 하다. 책을 가슴으로 받아들이고 좋아할 줄 아는 사람은 그것을 되도록 자기 것으로 만들려고 하고, 다시 읽고 소유하며, 언제나 손이 닿는 가까운 곳에 두려고 하기 때문이다. 책을 빌려서 통독하고 되돌려주는 것은 간단한 일이다. 읽은 내용은 대부분 책이 집에서 사라지는 것 못지않게 금방 없어진다. 매일 한 권의 책을 탐독할 수 있는 독자가 있다. 특히 할 일 없는 주부들 중에 그런 사람들이 많다. 이런 사람들에게는 결국 대여 도서관이 제격이다. 그들은 재물을 모으고 친구들을 얻거나 그들의 삶을 더 풍요롭게 하지 않고 다만 어떤 욕망을 충족시키려 하기 때문이다. 고트프리트 켈러가 언젠가 그들에 관한 훌륭한 그림을 그리기도 했던 이런 종류의 독자들에 대해서는 그들의 악습을 그대로 유지하게 놔둘 수밖에 없다.

책을 읽는다는 것은 좋은 독자에게는 낯선 사람의 본질과 사고방식을 알게 되고, 저자를 이해하려고 하며, 그를 될 수 있는 한 친구로 삼으려 하는 것을 의미한다. 특히 시인의 시를 읽을 때 중요한 것은 우리가 알게 되는 인물과 사건의 좁은 범위뿐만 아니라 무엇보다도 자기 방식대로 살아가고 바라보는 시인,

그의 기질, 그의 내적인 모습, 급기야는 그의 필적, 그의 예술가적 수단, 그의 사고와 언어의 리듬이다. 책에 어떻게든 사로잡혀 있는 자, 저자를 알고 이해하기 시작하는 자, 그와의 관계를 얻은 자, 그런 자에게 이제야 비로소 책의 올바른 영향이 시작된다. 따라서 그는 책을 넘겨주거나 잊어버리지 않고 사서 간직할 것이다. 필요에 따라 다시 책을 읽고 그 속에서 살아가기 위해서이다. 그러므로 책을 사는 자, 어조와 영혼에 언젠가 감동을 받은 책만 그때그때 취득하는 자는 곧 더 이상 아무 책이나 목표 없이 마구 탐독하지 않고, 그에게 기쁨과 깨달음을 주는 작품, 사정이야 어떻든 그의 손에 들어오는 것을 가리지 않고 우연히 읽는 것보다 더 가치 있는 어떤 범위의 사랑스럽고 소중한 작품을 점차 자기 주위에 모을 것이다.

천 개나 백 개의 '최상의 책'은 존재하지 않는다. 개개인마다 자신에게 친근하고 이해되며, 사랑스럽고 소중한 책의 특별히 선택된 목록이 존재한다. 따라서 좋은 도서관은 주문을 받고 만들어질 수 없다. 누구나 자신의 필요와 사랑에 따라야 하고, 자기 친구를 얻을 때와 꼭 마찬가지로 점차 자기 자신의 장서를 갖추어야 한다. 그러면 그 작은 장서는 그에게 혹시 작은 세계를 의미할지도 모른다. 몇몇 책에만 욕망을 한정시킨 아주 훌륭한 독자들이 항상 있었다. 성서만 소유하고 아는 많은 농부의 아내는 거기에서 더 많은 것을 읽어냈고, 버릇이 잘못 든 어떤 부자가 자신의 귀중한 장서에서 얻을 수 있는 것보다 더 많은 지식과 위안, 기쁨을 길어냈다.

책의 영향은 신비롭다. 모든 아버지나 교육자는 때를 그르치지 않았다는 것을 보기 위해 제때에 소년이나 젊은이의 손에 꽤 좋은 양질의 책을 쥐어줄 생각을 했던 경험을 알고 있다. 조언과 친절한 감독이 많은 것을 해줄 수 있기는 하지만, 사실 늙었든 젊었든 누구나 책의 세계로 들어가는 자기 자신의 길을 발견해야 한다.

어떤 사람은 일찍부터 시인에게서 친숙한 감정을 느끼는 반면, 다른 사람은 오랜 세월이 흘러야 시인의 시를 읽는 것이 얼마나 달콤하고 유별난 일인지 알게 된다. 호메로스에게서 시작해서 도스토옙스키에게서 끝날 수 있거나, 또는 그 반대가 될 수도 있다. 시인과 함께 성장해서 결국 철학자로 건너갈 수 있거나, 또는 그 반대가 될 수도 있다. 그런 길이 수백 개가 있을 수 있다. 그러나 자신을 도야하고 책에 의해 정신적으로 성장하는 단 하나의 법칙과 유일한 길이 있다. 그것은 읽는 것을 존중하고, 참을성 있게 이해하려고 하며, 겸허한 마음으로 승인하고 경청하는 것이다. 단지 심심풀이로만 책을 읽는 자는, 아직 그런 자가 많고 또 그게 최상일지도 모르지만, 독서한 뒤에는 읽은 내용을 잊어버려 나중에는 책을 읽기 전이나 마찬가지로 빈곤할 것이다. 그러나 친구의 말에 경청하는 자처럼 책을 읽는 사람에게는 책이 열려 그 자신의 것이 될 것이다. 그가 읽는 것은 없어지거나 사라지지 않고 그에게 남고 그

의 것이 되어, 친구만이 할 수 있는 것처럼 그에게 기쁨과 위
안을 줄 것이다.

(1908)

07

문필가에 관해

인생의 수천 가지 우연 중 하나인 타고난 문학적 재능에 의해 살아가야 하거나 살아갈 수 있도록 된 자라면 직업이라 할수 없는 자신의 미심쩍은 '직업'에 타협하려 애쓸지도 모른다. 세계사에서 지금껏 유례가 없었던 이른바 자유 문필가 활동이 오늘날 하나의 '직업'으로 통용되고 있다. 그 이유는 추측하건대 직업이 없는 많은 사람들에 의해 그 활동이 직업적으로 행해지기 때문이다. 사실상 내가 볼 때 문학이라 칭할 수 있는 꽤 많은 글을 자발적으로 가끔 쓰는 행위는 생업이라 할 수 없고, 그러니 우리가 흔히 말하는 직업이라는 명칭으로 불릴 수 없을 것 같다. '자유' 문필가는 번듯한 사람이고 어느 정도 예술가인 한에는 직업을 가진 것이 아니라 반대로 가끔 기분 내키거나 시간이 날 때 글을 쓰는 백수거나 한량이다.

이렇게 보면 자유 문필가란 한량과 부자유 문필가(즉 저널리스트라 불리는 자) 사이의 어정쩡한 위치에 있는 자라고도 볼 수 있다. 직업이라 할 수 없는 직업을 갖는다는 것이 언제나 즐거움을 주는 것은 아니다. 많은 이들은 지속적인 활동을 하려는 욕심으로 자신의 자연스런 재능의 한계를 넘어 작품을 생산하다가 다작가가 된다. 사실 무직자는 타락하기 쉽기에, 어떤 이들은 자유와 나태로 의해 안일에 빠져든다. 그런데 부지런한 사람이건 게으른 사람이건 모두 신경쇠약과 신경과민에 시달린다. 이는 그다지 바쁘지 않으면서 자기 자신에 너무 의지하는 사람들이 겪는 증상이다.

이런 일은 각자 혼자 알아서 해결해야 할 문제이므로 그에 대해 논하지 않도록 하겠다. 문필가 자신이 소위 자기 직업을 어떻게 파악하는지는 그들 자신에게 맡겨둘 일이다 세간에서 문필가라는 직업에 대해 파악하는 것은 작가나 문사가 그들의 일에 대해 때로 너무 쓰라리게 자기 아이러니를 섞어 생각하는 것과는 완전히 다르다.

세간, 즉 언론, 독자, 협회들, 요컨대 문필가가 아닌 모든 이들은 문필가라는 직업과 그 본분을 훨씬 더 단순하게 파악한다. 외부로부터 제기되는 요구 방식에 따라 자기 직업의 본질과 성격을 깨우친다는 점에서 문사도 의사나 판사, 공무원과 다를 바 없는 셈이다. 웬만큼 이름이 알려진 문필가라면 날이면 날마다 집으로 배달되는 우편물을 통해 대중이나 출판사, 언론이나 동료 문사가 자신에게 무엇을 바라고, 자신을 어떻게 생각하는지 알게 된다.

독자나 출판사의 요구는 대개 완전히 똑같고 아주 소박하다. 희극으로 성공을 거둔 작가에게는 또다시 성공적인 희극을, 농촌소설을 쓴 작가에게는 다시 농촌소설을, 괴테에 대한 책을 쓴 저자에게는 괴테에 대한 새로운 책을 기대한다. 때로는 저자 자신도 이와 다르지 않게 생각하고 소망한다. 그러면 언제까지나 의견일치가 이루어지고 서로 만족하게 될 것이다. 그리하여 처음에 『티롤의 총각』을 쓴 사람은 『티롤의 아가씨』로, 『신병 생활』을 쓴 사람은 『병영 생활』로 계속 이어가고, 『서재의 괴테』에는 『궁정의 괴테』나 『거리의 괴테』가 뒤따르는 식이다.

그렇게 하는 저자들은 실제로 하나의 직업을 갖고, 실제로 생업에 종사하고 있는 셈이다. 이들은 자신의 재능을 십분 발휘하여 실제로 전문 문필가라는 수식어와 은밀한 자격증, 즉 '공인된 필력'을 손에 넣는다.

공인된 필력이라는 표현은 유감스럽게도 이름이 밝혀지지 않은 어느 편집인의 고안품이다. 그는 벌써 수십 년 전에 이른바 '개인적 요소'를 저널리즘의 뿌리 깊은 폐해로 인식했다. 그는 개성 대신에 알다시피 '이름'을 밀어 넣었고, 쓸 만한 '이름'에는 '공인된 필력'이란 봉토를 수여하여, 저자의 허영심을 최대한 활용하면서 주문한 글을 끌어낼 줄 알았다. 절대적인 익명성이란 보다 고상한 형태로 비개인적인 것을 숭배하지 않는 한, 오늘날 신문의 모든 문예란에는 이런 수법이 만연하고 있다.

그러다 보니 소설로 성공을 거둔 작가가 어느 유력 신문사로부터 '귀하의 공인된 필력으로 앞으로 예측되는 항공 기술의 발전에 대한 즉각적인 만필을 요망함. 최고 수준의 고료를 보장하겠음'이라는 전보를 받고 깜짝 놀라는 일이 생긴다. 다시 말해 신문사 편집인에게는 웬만큼 알려진 저자라는 '이름'이 중요할 뿐이다. 그는 이런 것도 계산에 넣는다. 즉 독자는 흥미롭고 시사적인 표제를 원하는 데다, 더구나 알려진 이름을 원하니, 우리는 이 두 가지를 결합하고 있는 것이다! 주문받은 기사에 어떤 내용의 글을 쓰든 하등 상관없다. 공인된 필력을 지닌 사람이기만 하다면, 체펠린[1] 비행선에 대한 장식적인 서문이 게르하르트 하우프트만에 대한 만필로 이어져도 아무 문제가 되지 않는다. 이러한 사기 짓거리로 안락하게 살아가는 공인된 필력이 적지 않다.

이로써 자유 문필가에 대한 언론의 요구사항이 분명히 드러난 셈이다. 여기에 '설문조사'도 한 몫 한다. 설문조사에서 가면무도회의 방식에 따라 교수가 연극에 대해, 배우가 정치에 대해, 작가가 국민경제에 대해, 산부인과 의사가 문화재 보호에 대한 견해를 피력한다. 이것은 전체적으로 해될 게 없는 재미삼아 하는 행위니 아무도 진지하게 여기지 않고 그다지 해롭지

---

1 Ferdinand Graf von Zeppelin(1838~1917). 최초의 경식비행선(硬式飛行船) 제작자. 부력을 이용하지 않는 항공기를 제작하기 위해 노력하여 1906년 24시간 비행에 성공했다. 제1차 세계대전에서 100대 이상의 체펠린 비행선이 군용으로 사용되었다.

않다. 더 고약한 것은 '상부상조'[2]라는 모토로 문사의 허영과 선전욕을 이용하는 언론의 요구이다. 수많은 전문 잡지나 일요판 부록에 인물 사진을 곁들여 실리는 조그만 광고기사와 자서전 역시 이러한 조잡한 짓거리들 중의 하나이다.

문필가는 이런 제의와 요구에 직면하여 점차 자신의 직업을 인식하는 법을 배운다. 그 외에 딱히 할 일이 없을 때는 기본적으로 무익한 이 모든 서신을 처리하느라 하루를 꼬박 보내기도 한다. 게다가 해가 가면서 사적인 편지들도 자꾸 늘어만 간다. 누구나 받는 구걸 편지에 대해선 아무 말 하지 않겠다. 하지만 언젠가 감옥에서 출소한 전과 35범의 죄수가 자신의 인생역정을 문학에 마음대로 활용하도록 알려주는 대가로 천 마르크를 내라고 제안했을 때는 정말 어처구니가 없었다. 규모가 작은 도서관이나 일부 가난한 대학생이 작가는 자기 책을 얼마든지 흔쾌히 희사할 것이라고 생각하는 것 역시 그리 유쾌하지 않다. 그리고 독일의 온갖 협회의 연례행사와 독일의 온갖 졸업식 행사마다 작가의 문학적 기고문이 있어야 한다는 것 역시 알다가도 모를 일이다. 그에 비하면 친필 수집가의 편지는 그 안에 반송 우편료를 동봉하는 바람에 답장을 안 할 수 없긴 하지만 그래도 대수롭지 않은 요구라고 할 수 있다.

하지만 세상의 모든 출판사, 편집인, 고등학교 졸업반 남학

---

2 manus manum lavat.

생, 철부지 여학생을 합한 것보다 문필가에게 더 많은 일거리를 안겨주는 이들은 다름 아닌 동료들이다. 이들은 읽기 힘든 수백 편의 시를 보내 상세한 검토와 평가를 부탁하는 열여섯 살 학생에서부터, 극히 공손하게 자신의 새 책에 대한 호의적인 서평을 부탁하며 좋은 경우든 나쁜 경우든 호의에 대한 보답은 잊지 않겠다는 암시를 조심스럽지만 분명히 전하는 노련한 늙은 문사에 이르기까지 다양하다. 출판사나 신문사, 구걸하는 자나 너무 순진한 자들에 대해선 조용히 웃음을 머금으며 대처할 수 있다. 하지만 염치없는 장사꾼과 자신도 나름 글줄깨나 쓴다며 성가시게 굴며 제 잇속만 챙기려는 사람들을 보면 역겹고 화가 치민다. 오늘은 과장된 아부의 편지와 함께 시들을 보내 평가와 충고에 완전히 따를 것 같던 지나치게 공손한 젊은이가, 심사숙고해서 친절하지만 거부의 편지를 보내면 모레쯤 지역 주간지에 험악한 비방 기사로 답할 수도 있다.

나는 내가 높이 평가하는 수많은 문필가와 개인적으로 알고 지내며 친분을 맺고 있다. 다들 이런 경험을 해본 적이 있다고 하면서도, 우리들 중 자신이 직접 애걸이나 협박을 해봤다는 사람은 아무도 없었다. 그렇다면 이런 종류의 애걸이나 아부의 편지를 보내는 결코 사멸하지 않는 동료들은 열등한 자들이라 결론 내려도 되지 않을까? 또 그런 비문학적인 구걸 편지가 어디로 가든 상관없이, 날마다 벌어지는 수많은 성가신 일들을 자기 자신에게 맡기고 그냥 쓰레기통에 처넣어 버린다면, 명망 있고 재능 있는 자에게 부당한 일이 일어나지 않을 걸로 생각된다.

이렇게 계속 생각하다 보면 결국 직업이나 직무상의 일로 보이는 것이 작가의 경우에는 순전히 어리석은 일이거나 쓸데없는 글쓰기가 되는 반면, 비록 상반된 견해가 있긴 하지만 그의 본연의 일은 딱히 규정지어 직업으로 삼을 수 없다는 것을 알 수 있다. 작가란 직업은 조용히 눈을 뜨고 기다리면서 좋은 때가 오기를 기다리는 것을 뜻한다. 그렇다면 그 일은 땀과 불면의 밤을 요구할지라도 귀중한 것이며, 더 이상 '일'이 아닌 것이다.

(1909)

08

기이한 소설들

　'기이한'이란 단어를 여기서 기교적인 면이나 문학적인 의미로 이해해선 안 된다. 낭만적인 것이나 기괴한 것으로 이해해서도 안 되며, 작가의 의지나 선택에 달린 문제로 보아서도 안 된다. 온통 마법이나 요정 이야기가 담긴 글을 쓴 푸케는 고루한 속물이며, 환상적일 만치 기발한 착상이 넘치는 티크는 놀이하는 어린이다. 호프만은 기이하다. 그도 그럴 것이 그는 유례없고 초자연적인 요소를 예술적인 의도로 자신의 작품에 섞은 것이 아니라, 스스로 두 세계에 살면서 유령계의 현실성 또는 가시적인 세계의 비현실성에 대해 적어도 가끔 전적으로 확신하기도 했다. 그런 작가들은 참으로 기이하다. 그들은 세계를 다른 관점에서 관찰하며, 사물과 가치를 뒤바꾸어 바라본다.

　누구보다 에드거 앨런 포[1]가 그런 작가에 속한다. 이 세련되고 우울한 미국인은 그의 작품에서 당혹스런 저널리스트의 재주에서부터 이교도의 열정적인 신앙 고백에 이르기까지 기이한 것의 거의 온갖 모습을 보여준다. 쥘 베른[2]은 비록 작가라고 부르기 어려울지 몰라도, 그 역시 진정한 기인이다. 하지만 경계를 밀어내고 새로운 시각을 취하려는 욕구만큼은 포나 호프만 못지않게 강렬하다. 나아가서 확신을 품은 오컬트주의자나 신비가, 유심론자가 자신을 이야기꾼이라고 칭한다면, 그 역시 모두 이 범주에 속한다. 정치적 몽상가, 유토피아의 저자들도 이미 통례적인 것의 경계선에 보다 가까이 다가가 있다. 스위프트의 『걸리버 여행기』를 제외하면, 그것들 중 문학이라 진지하게 받아들일 만한 게 없다. 또한 『걸리버 여행기』의 경우에도 기이한 형식은 실체가 있는 것이라기보다는 현명하게 선택한 가면에 불과하다.

기인은 본질에 따라 몽상가와 광신자라는 두 개의 주된 그룹으로 쉽게 나눌 수 있다. 인간은 매력적인 망각에 대한 욕구와 안락함 때문에 또는 절망적인 불만과 자기 파괴 속에서 광적으로 음주에 빠질 수 있다. 이와 마찬가지로 기인 중 보다 어린이다운 천성을 지닌 자와 어떠한 도취에도 만족하지 않고 극심한

---

1 Edgar Allan Poe(1809~1849). 미국의 시인이자 평론가 겸 단편소설 작가. 『모르그가(街)의 살인사건』, 『갈가마귀』 같은 소설에서 신비하고 으스스한 분위기를 자아낸 것으로 유명하다. 미국 작가로서는 처음으로 국제적인 명성을 얻었다.

2 Jules Verne(1828~1905). 프랑스의 과학소설 분야를 개척한 작가. 그는 『지구 속 여행』, 『해저 2만 리』, 『80일간의 세계 일주』와 같은 소설로 유명하다. 베른은 이미 비행기나 잠수함, 우주선이 만들어지고 상용화되기 전에 우주, 하늘, 해저 여행에 대한 글을 썼다. 베른은 휴고 건스백, 웰스와 함께 '과학소설의 아버지'로 불린다.

절망에 빠진 자가 있다. 어린이다운 천성을 지닌 자는 환상적인 세계에서 놀이하듯 좋은 기분을 느끼고, 극심한 절망에 빠진 자는 소박한 행복을 느낄 줄도 침착하게 체념할 줄도 모르기에 언제나 새로운 영역을 쉼 없이 내달린다. 전자가 자기만족에 빠지는 경향이 있어 즐겨 독자를 빈정댄다면, 후자는 가차 없는 자기 파괴자다.

그렇지만 문학적 고찰을 위해서는 이런 분류로는 충분하지 않다. 두 가지 방식이 서로 상대방 속에 섞여들어 너무나 자주 같은 수단을 이용하기 때문이다. 오히려 사색가를 유희자로부터, 철학자를 반어가로부터 분리하는 것이 나을지도 모른다. 이때 우리는 광신적인 기인은 모두 다름 아닌 완전한 이상주의자이며, 그들의 창작품은 예외 없이 마야의 베일과 우리의 감각 지각의 불확실성이라는 순전히 관념론적인 기본 인식에 기초하고 있다는 단순한 인식, 우선 거의 깜짝 놀랄 만한 인식에 부딪히게 된다. 이런 철학적 기인들만이 갖가지 색으로 현란하게 빛나고 있음에도 내적으로는 수미일관하다. 또 그들만이 때로는 민중 신화의 본질과 유사한 이미지와 신화를 만들어낸다.

다른 이들은 그리 심각하게 생각하지 않고 비누거품으로 재미있는 이야기를 지어낸다. 온갖 기술자들, 쥘 베른이나 웰스[3] 같은 자들이 그런 자들에 속한다. 그들은 아무리 놀랍고 즐거운 이야기를 지어낸다 한들 물론 때로는 무척 재미난 작가이긴 하지만 단지 오락 작가일 뿐이다. 대담한 낙관론을 통해 그들의 비철학적 배경과 순진성이 입증된다. 모든 유토피아 몽상가들처럼 웰스 역시 근본적인 공기 전환을 통해 사악한 인간성이 완전히 개선되고 순화되는 그의 책『혜성의 시절』에서 같은 모습을 보인다. 같은 낙관론은 쥘 베른 같은 기술자에게서도 드러난다. 하지만 그들의 고안품은 순전히 기술적인 면에서나 흥미로울 뿐이다. 이를 넘어서서 그들 모두는 새로운 기계와 화약, 엔진을 통해 변혁과 개선이 이루어지기를 꿈꾼다.

그러나 독자는 싫증나서 이렇게 생각한다. '기술이 세상을 개선시킬 수 있다면, 우리는 왜 그런 점을 알아채지 못하는 걸까?' 비행기와 달로켓은 분명 흥겹고 즐거운 물체이다. 하지만 세계사를 보건대 그런 것을 통해 인간들과 인간들 상호간의 관계가 본질적으로 변할 수 있으리라고는 믿기 어렵다. 그러므로 이러한 무해한 종류의 작가들 역시 모두 그들 시대에 속하는 현상이며, 그들은 시대적이고 우연한 일에 매달리기 때문에 그들 시대와 함께 몰락하고 만다.

다른 철학적인 기인들은 훨씬 더 심오한 관심사를 제공하며, 거의 모두 비극적 현상이 된다. 그것은 그들이 흔히 병적인 속성을 지녀서가 아니다. 병은 비극적인 것이 아니다. 하지만 그

---

3 Herbert George Wells(1866~1946). 과학소설로 유명한 영국의 소설가이자 문명 비평가. 특히『타임머신』,『투명 인간』,『우주전쟁』,『혜성의 시절』같은 공상 과학소설과 대중을 위한 역시서『세계 문화사 대계』로 이름을 떨쳤다. 국제연맹의 이념을 철저하게 신봉했던 웰스는 정치가들이 제1차 세계대전 후 평화를 정착시키지 못하자 이에 분노해, 직접 인류에게 세계질서의 불안정함을 일깨우는 활동을 시작하기도 했다.

들의 정신과 열정이 궁극적으로 불가능한 어떤 것에 매여 있기 때문이다. 인식 행위와 창작 행위, 사상가가 되는 것과 예술가가 되는 것은 서로를 배제하는 상극이다. 철저히 순수 관념론을 옹호하고 가시적인 현실을 부정하면서 예술가로 산다는 것, 즉 가시적인 현실을 고려하지 않을 수 없다는 것, 그것은 쓰라린 모순이다. 창작 예술가에게는 감각적으로 인지된 현실, 시공간과 인과율이 묘사와 설득의 유일한 수단이기에 의심할 여지없이 본질적인 것으로 여겨질 수밖에 없다.

작가는 그러니까 우리 모두가 외부 세계를 인지하게 되는 같은 과정을 반복하고 고조시킨다. 언어는 작가에게 고려의 대상이 되는 한 인식을 위한 표현수단이라기보다는 개념을 위한 표현수단이다. 내가 조그만 회색 개를 보고, 그것은 결코 개가 아니며, 망막의 자극을 받아 나의 지성이 만들어낸 미심쩍고 기만적인 형상에 불과하다고 확신한다면, 어떻게 그 개를 기술하고 묘사하려 하겠는가? 내가 개에 대해, 회색과 검은색에 대해, 가깝고 먼 것에 대해 말함으로써 나는 이미 미망의 세계 한가운데를 움직이고 있는 것이다. 이 모든 것이 없이는 창작을 할 수 없다.

예술은 이러한 미망 자체의 긍정이다. 그러므로 이런 미망을 부정하려 한다면 자기모순에 빠지게 된다. 그런 한에서 작가들은 예외 없이 비극적 인물들이지만, 그들의 작품은 불가능의 나라로 날아가는 무모한 이카로스의 날개로서 우리의 흥미를 일으키고 매료시키며 찡한 감동을 선사한다.

창작과 사고가 거의 같은 것이라는 견해, 세계관을 묘사하는 것이 문학의 임무라는 견해는 오류이다. 작가에게 추상적 사고는 위험 요소이며, 심지어 가장 커다란 위험 요소이다. 그도 그럴 것이 그런 사고는 결과적으로 예술적 창작을 부정하고 망치기 때문이다. 그렇다고 해서 작가가 자신의 세계관을 지닐 수 없다거나, 사상적으로 철저히 관념론적 철학자가 될 수 없다는 말은 아니다. 다만 추상적 인식이 주된 핵심이 되는 순간 작가는 예술가이기를 멈추게 될 것이다. 시대를 막론하고 가장 아름답고 감동적인 문학은 사유가의 체념이 창작자를 정화된 냉정한 삶의 관조로 이끌어가서, 작가가 가치판단이나 철학적 근본문제를 포기하고 순수 관조로 들어갔을 때 생겨난 것이다.

저 기인들은 이러한 순수 관조가 불가능하다. 그들 내면에는 개인적인 관심사, 생각할 문제로 인해 개인적인 고뇌가 너무 큰 탓에 '객관적인' 순수 관조에 이르지 못한다. 그들은 환영에 사로잡혀 있는 황홀경의 열광자와 같다. 반면 신비가의 최종적인 진정한 신의 발견은 어떤 기록을 살펴봐도 언제나 '형상이 없다'. 예술가의 길은 형상으로 나아가며, 신비적인 사유가의 길은 형상이 없는 것으로 나아간다. 두 가지 길을 동시에 가려는 자는 불가피하게 영원한 갈등 속에 사로잡히게 된다.

물론 수많은 중간 단계들이 있기는 하다. 하지만 그것들은 모두 예술의 범주에서 벗어나 있으며, 그것들의 형식은 우연적이고 열등하다. 문학적으로 모두 취약한 오컬트주의의 소설이 이에 속한다. 오컬트주의자의 고유한 특징은 조잡하다고 느끼기 전에는 자신의 매우 협소한 영역을 떠나지 못한다는 점이다. 또한 유감스럽게도 유심론자에 매료된 영혼의 발언에도 거의 언제나 대단히 유치한 데가 있다. 일반적으로 '오컬트적'이라고 지탄받는 책과 사상에도 멋진 구석이 적지 않다. 그러니이 모든 영역에 장벽을 쳐서 잘난 척함이니 사기라고 매도한다면 유감스런 일이다.

마벨 콜린스의 『플리타』는 신지학의 색채가 강한 진정한 오컬트 소설이다. 이 특이한 소설을 읽으려면 최소한 신지학의 기초와 주요 개념 정도는 알고 있어야 한다. 그런 전제 하에서 읽으면 그 소설은 흥미롭고 진정으로 교훈적이다. 다만 이것은 소설이라 할 수는 없거나 또는 굳이 소설로 친다면 전적으로 열등한 소설이다. 오컬트주의자들 중에는 아직 작가가 없다. 그들의 작품이 예술적으로 『플리타』의 수준을 넘어서지 못하는 한, 인도 고대의 진정한 신화들에 나오는 윤회와 카르마에 관한 훌륭한 가르침을 맛보는 것이 더 나을 것이다. 그런 신화에 대한 현대의 이러한 시도는 빈약하고 조잡한 베끼기에 지나지 않는다. 저 성스러운 옛 기록물 속에서 울리는 윤회론(사람들이 시간을 비본질적인 것으로, 하나의 인식 형식으로 파악하지 못하는 것에 대한 멋진 신화적 임시 변통책)은 너무나 멋지며, 오늘날에도 많은 이들에게 훌륭한 가교와 버팀목이 될 수 있다. 이에 반해 신지학적 작가들은 윤회론의 심오한 마법을 파악할 줄 모른다.

동시대의 작가들 중 기이한 종류의 작가도 몇 있을지도 모른다. 많은 시도와 노력이 있었지만 성공을 거두거나 좋은 작품을 남긴 이는 드물다. 이러한 종류의 가장 출중한 재능을 지닌 두 사람은 의심할 여지없이 파울 셰어바르트와 구스타프 마이링크이다. 출중한 재능을 지녔다는 것 외에는 두 사람 사이에 공통점이 별로 없다. 셰어바르트가 더욱 작가에 가깝다면 비교할 수 없이 강력한 지성의 소유자이자 보다 차분하고 자신의 방법을 확신하는 뛰어난 예술가다. 셰어바르트는 동양적인 열광과 우주적인 환상을 사랑하고, 유럽적인 감상주의를 싫어하고 조롱한다. 그는 오늘날의 다른 어느 작가보다도 위대하고 무제한적인 것에 동감하는 성향을 지니고 있다. 반면에 그는 왕왕 정상 궤도에서 벗어나 그로테스크한 것에 대한 전적으로 불행한 사랑을 하기도 한다. 그로테스크한 것의 본질을 오해하고 한 번도 제대로 꿰뚫어보지도 못하면서 말이다. 꼬리로 탁소리를 내고, 엄청난 양의 오이샐러드를 먹어치우며, 걸핏하면 너무 과도하게 또 대체로 유감스럽게도 아무 이유 없이 웃어대는 그의 푸른 사자들은 근거가 약한 발명품으로, 더없이 멋진 그의 작품에 방해가 된다.

셰어바르트는 때로 자신을 그로테스크한 유머 작가로 칭했지만 실은 매우 진지한 작가이다. 그의 작품에서 가장 멋진 장_面들은 진지하고 우울한 장들이며, 그러한 면모는 다만 낯선 장식 휘장에 의해서만 약화될 뿐이다. 예컨대 『바르메키드 가※의 죽음』에서 술탄이 자신의 제물과 테라스에 앉아 저녁을 들면서, 한 시간 내에 죽을 운명인 그에게 포도주와 음식을 권하는 장면은 참으로 근사하고 아름답다. 또 아무도 아는 사람은 없지만 셰어바르트의 가장 멋진 조그만 책인 『바다 뱀』 역시 우수와 절망에 가득 차 있다. 그 작품에 등장하는 다신론에 대한 대화는 지극히 심오한 예감과 번득이는 지혜로 가득 차 있다.

셰어바르트에 비하면 구스타프 마이링크는 냉정하고 절제된 듯 보인다. 의심할 여지없이 오컬트주의자고, 인도 철학에서 출발한 그는 오컬트적인 작가들 모두가 부딪쳐 좌초한 암초를 인지한 듯하다. 그리고 그의 본질적인 것은 말이 나온 김에 이야기할 뿐인 반면, 풍자적인 의도를 전면에 내세운다. 극도로 세심하고 통찰력 있게 만들어진 그의 단편들 중 몇 개는 선들을 살짝 찌그러뜨리고 있다. 그런데 생각이 있는 독자는 그러한 선들로부터 전체 현상계에 대한 반어적 표현, 즉 그 현상계의 실재를 통상적으로 믿는 것에 대한 반어적 표현의 맛을 더 잘 느낄 수 있다. 하지만 이러한 점은 은폐되어 잘 드러나지 않는다. 그의 노벨레들의 핵심이자 목표로서 우리의 유럽적이고 과학적인 사고방식과 문화 전체를, 일부 신분의 자부심과 거만을, 군대와 학계의 권위적인 높은 분들을 겨냥한 논쟁적이고 반어적인 의도가 공공연히 드러난다. 이 현명한 베단타 철학

신봉자는 격정이나 사제적인 몸짓으로는 별로 얻을 게 없음을 잘 알고 있다. 그 대신 마이링크는 화살을 뾰족하고 매우 날카롭게 해서 대가답게 쏘아 올린다. 그런 뒤 그는 포와 마찬가지로 몽상 속에서 차디찬 논리를 세운다. 그는 극히 거칠고 대담한 시도를 하지만, 반드시 수단을 정확히 계산하며 몽유병자나 몽상가처럼 행동하지 않는다. 오히려 그는 언제나 치밀한 계산을 하고 통찰력이 있다. 그의 조롱에는 숨어서 노리는 복수자의 잔인한 격분이 담겨 있고, 그는 거의 언제나 과녁을 정확히 맞힌다.

어느 분야든 그렇듯, 기이한 작가들 중에도 위대한 자와 하찮은 자, 성실한 자와 단순한 제작자, 예술가와 수공업자가 있다. 정상 궤도를 벗어나는 것이 아닌 정복과 신천지를 의미하는 몇몇은 언제나 가치 있는 자로 꼽힐 것이다.

(1909)

09

많은 이들에게 보내는
젊은 시인의 편지

친애하는 작가 지망생에게!

시와 산문 습작을 동봉한 멋진 편지에 감사드립니다. 저는 관심을 갖고 습작들을 읽어보면서, 거의 잊고 있던 제 문학 입문기의 여러 자취를 더듬어 보았습니다. 저를 믿고 편지와 작품을 보내주셨는데, 유감스럽게도 그 믿음을 깨뜨릴 수밖에 없으니 송구스러울 따름입니다.

귀하께서는 지금까지 쓰신 운문과 다른 문학 습작을 제게 보내주셨습니다. 이 습작을 읽은 뒤 귀하의 문학적 재능을 평가해달라고 부탁하셨지요. 문제는 간단하고 부작용이 없을 듯 보입니다. 더욱이 귀하께서는 입에 발린 칭찬이 아닌 엄정한 진실을 듣고자 했으니까요. 저도 할 수만 있다면 간결한 질문에 간결하게 답하고 싶습니다. 하지만 '진실'을 찾는 게 그리 쉬운 문제가 아닙니다. 더욱이 제가 개인적으로 잘 알지도 못하는 어느 초보자의 습작을 가지고 재능에 대한 이런저런 결론을 내리기란 완전히 불가능하다고 생각됩니다.

저는 귀하의 운문을 읽고 니체를 더 많이 읽었는지, 보들레르를 더 많이 읽었는지, 좋아하는 시인이 릴리엔크론[1]인지 호프만슈탈인지는 알아볼 수 있습니다. 또한 혹시 예술과 자연에 대해 벌써 의식적으로 형성된 취향이 있는지도 알아볼 수 있습니다. 물론 그런 취향은 시적 재능과는 조금도 관계가 없지만 말입니다. 저는 기껏해야(귀하의 운문을 두고 하는 말입니다) 가령 귀하가 겪은 체험의 자취도 발견할 수 있고, 어떤 성격의 소유자인지 이미지를 그려볼 수도 있습니다. 하지만 그 이상은 불가능합니다. 귀하의 습작 원고를 보고 문학적 재능을 평가할 수 있다고 약속하는 자는, 마치 필적 감정사가 신문의 편지 대필자란에 올린 정기 구독자의 필체를 보고 그의 성격을 감정하겠다는 것과 마찬가지로, 사기꾼이 아니라면 대단히 피상적인 사람일 겁니다.

『빌헬름 마이스터의 수업시대』나 『파우스트』를 읽은 뒤 괴테를 주목할 만한 작가라고 평가하기란 그리 어렵지 않습니다. 하지만 그의 초창기 시절의 시를 모아 한 권의 시집으로 묶는다면,

---

1 Friedrich Adolf Axel Detlev von Liliencron(1844~1909). 독일의 서정시인 겸 산문작가. 군인을 지냈으며 후에는 관리가 되었다. 전쟁 체험을 선명하게 그린 처녀작 『부관 기행(副官騎行)』로 큰 반향을 불러일으켰다. 이 밖에도 서사시 『포크프레트』, 공상소설 『인생과 거짓말』 등이 있다.

그 젊은 시인이 겔러트[2]와 다른 모범이 되는 시인들을 열심히 읽었으며, 운율에 소질이 있다는 것 외에는 다른 결론을 내릴 수 없을 겁니다. 괴테가 『젊은 베르터의 고뇌』와 『괴츠』를 썼을 때만 해도 꽤 오랫동안 작가 렌츠[3]의 몇몇 글과 구별되지 않았고, 그 반대의 경우도 마찬가지입니다. 그러므로 가장 위대한 작가들의 경우에도 초창기 습작을 보면 언제나 참으로 특징적이거나 눈에 띄게 독창적이지는 않았습니다. 실러의 청년기 시에서도 놀랄 정도의 상투성과 조잡함을 발견할 수 있습니다.

그러므로 젊은 작가의 재능을 판단하기란 귀하께서 간단히 생각하는 것과는 달리 결코 쉽지 않습니다. 제가 귀하 자신을 정확히 모르는 만큼, 귀하께서 개인적으로 어떠한 발전 단계에 있는지 알지 못합니다. 귀하의 시에 보이는 미숙함이 반년 이내에 사라질 수도 있고, 마찬가지로 10년이 지나도 똑같은 실수를 저지를 수도 있습니다. 스무 살의 나이에 놀랍도록 아름다운 시를 지은 젊은 시인이 서른이 되어서는 더 이상 그런 시

---

2 Christian Fürchtegott Gellert(1715~1769). 당시의 합리주의적 사상을 대표한 독일의 목가시인 겸 소설가. 『자연에 있어서의 신의 영광』은 베토벤의 작곡으로 유명하다. 감상적 소설 『스웨덴 백작 부인 G의 일생』은 독일 문학에 도덕적 가정소설을 처음으로 도입하였다.

3 Jokob Michael Reinhold Lenz(1751~1792). 독일의 극작가 겸 시인. 쾨니히스부르크에서 신학을 공부하고, 1771년 스트라스부르에서 괴테를 사귄 후, 1776년 그를 따라 바이마르에 갔다. 뒤에 정신착란을 일으켜 모스크바에서 사망했다. 천재 시대의 전형적 대표자로, 그 이념과 이상적 형식을 희비극 『가정교사』와 『군인들』로 표현했다. 그의 서정시와 만년의 극작 및 철학적 논문은 이미 낭만파에의 길을 열었다. 렌츠는 천재적이나 불행한 소질을 가진 '질풍노도기'의 비극적 인물이다.

를 쓰지 못하거나 아니면 더 못한 시를 쓰거나 여전히 똑같은 시를 쓰는 사람도 있습니다. 반면에 서른이나 마흔이 되어서야 꽃을 피우는 재능도 있습니다.

요컨대 장차 시인으로 명성을 얻을 수 있겠느냐는 귀하의 질문은 다섯 살짜리 사내아이가 앞으로 키가 크고 늘씬할지 아니면 계속 작을지를 묻는 어머니의 질문과 같습니다. 그 사내아이는 열넷, 열다섯이 되도록 작은 아이로 있다가, 갑자기 훌쩍 커질 수도 있습니다.

그런데 귀하께서는 귀하의 다른 많은 소중한 동료들과는 달리 본인의 시적 장래에 대해 제게 책임을 지우지 않아서 한결 제 마음이 편합니다. 다시 말해 많은 분들이 이미 경험이 좀 더 풍부한 문필가에게 귀하와 같은 질문을 던지면서, 앞으로 계속 시를 쓸지 말아야 할지에 대해 그가 내리는 결정과 답변에 아무런 격정 없이 따르기에 말입니다. 그러니 경우에 따라서는 혹시 조그만 잘못으로 독일 문학사에서 『니벨룽겐의 노래』나 『파우스트』를 놓친 게 아닐까 하는 느낌을 평생토록 지울 수 없을지도 모르지요!

이것으로 귀하의 편지에 대한 답변이 웬만큼 되었을 줄로 압니다. 귀하께서 제게 부탁하신 일은 제 능력 밖의 일인지라 유감스럽게도 도움을 드릴 형편이 못 됩니다. 이런 결정을 내리고 그냥 끝을 맺으면 귀하께서 불만족스럽게 되거나 아니면 결국 제가 교묘하게 둘러대어 부탁에 대해 거부했다고 여기시지나 않을까 염려됩니다. 그러니 실례를 무릅쓰고 우정에서 우러난 한 마디를 덧붙이려 합니다.

귀하께서 5년이나 10년 내로 주목할 만한 시인이 될지는 저로서 알 수 없습니다. 하지만 그렇게 되느냐의 여부가 지금 쓰고 계시는 시에 달린 문제가 아닌 것은 분명합니다!

그리고 마지막으로 묻겠습니다. 시인이 되는 것이 대체 꼭 필요하다고 생각하십니까? 시인이 된다는 것은 많은 재능 있는 젊은이에게 하나의 이상입니다. 그들은 시인이란 존재를 독창적인 사람, 섬세한 감각과 정화된 감정을 지닌 마음이 순수하고 감수성이 예민한 사람으로 이해하기 때문입니다. 그런데 이런 덕목은 굳이 시인이 되지 않아도 누구든 가질 수 있습니다. 또 미심쩍은 문학적 재능을 갖는 대신에 그런 덕목을 갖는 게 더 낫습니다. 어쩌면 유명해질 수도 있겠다는 심정 때문에만 시인의 길에 관심이 있는 자라면 차라리 배우가 되는 게 좋겠습니다.

지금 시를 짓겠다는 욕구가 있다는 것 자체는 칭찬할 일도 부끄러워 할 일도 아닙니다. 체험한 것을 의식 속에서 분명히 하고, 간결한 형태로 포착하는 습관은 귀하를 진척시키고, 진정한 인간이 되는 것을 도와줄 수 있습니다. 하지만 시를 짓는 일은 당신에게 해를 끼칠 수도 있습니다. 그것은 아주 많은 사람들에게 해악을 끼칩니다. 체험한 것을 순수하게 충분히 맛보는 대신 금방 아무렇게나 해치우고 처리하는 쪽으로 오도함으로써 말입니다. 일부 젊은 시인들은 자신의 체험을 시적인 관점에 따라 평가하는 습관이 들어, 결국은 글을 쓰기 위한 체험만 하는 감상적인 장식가가 되고 맙니다.

귀하가 쓴 시 습작이 귀하에게 유리하고, 자기 자신과 세계에 대해 보다 명확히 알게 되고, 귀하의 체험 능력을 제고시키며, 귀하의 양심을 날카롭게 해주도록 귀하를 도와준다는 느낌이 드는 한 시 창작을 계속 하십시오. 그러면 시인이 되건 안되건 상관없이 귀하는 눈동자가 맑은 쓸모 있고 깨어 있는 인간이 될 것입니다. 하지만 제가 희망하건대, 그것이 귀하의 목적이라면, 그리고 시 문학을 향유하거나 창작할 때 조금의 장애라도 보이거나 또는 빗나간 샛길이나 허영심에 빠질 것 같은 유혹, 소박한 삶의 감정이 약화될 유혹이 조금이라도 감지된다면 귀하의 문학이든 우리의 문학이든 일체의 문학을 던져버리십시오!

하시는 일이 잘되기를 바라며, 귀하의 H. H가.

(1910)

10
휴가용 읽을거리

우리가 피서를 가는 것은 물론 책을 읽기 위한 것은 아니다. 그럼에도 이 기간에 조용히 책을 읽게 되는 사람들이 적지 않다. 뜻하지 않게 비가 온다든가 또는 다른 상황 때문에 어쩔 수 없이 책을 읽게 되는 경우가 더러 있다. 내 경험으로는 휴가 때는 책을 한 줄도 읽지 않겠다는 생각이 가장 좋다. 그리고 좋은 기회가 생기면 참으로 멋진 책과 함께 하겠다는 좋은 의도에 충실하지 않는 것이 가장 멋지다.

아이들과 부인, 하인을 데리고 해수욕장이나 산으로 떠나는 주인은 무엇을 가져갈까 곰곰 생각하곤 한다. 동쪽 끝에 가서야 새 야회복을 챙겨오지 않았음을 여주인이 알아채는 일이 드물지 않다. 가죽 트렁크에서부터 치약에 이르기까지 사람들은 꼭 필요한 것을 심사숙고한다. 사람들은 같이 어울릴 만한 사람을 물색하기도 하고, 같은 휴양지에 불구대천의 원수보다는 사촌이나 친구와 가기를 좋아한다. 그런 뒤 신중하게 호텔을 선택하고, 그럴 때 방을 꼼꼼하게 선택한다. 그리고 가장 맛좋은 커피와 가장 시원한 맥주가 어디 있는지 곧 알게 된다.

이 모든 주도면밀함을 존중하라! 그렇지만 모자부터 장화까지 잘 생각해서 쓰거나 신고 다니는 숙녀, 친구의 선택에 무척 신중하고 창문이 북쪽에 달린 방은 결코 좋아하지 않는 숙녀, 바로 이 같은 숙녀가 장마철엔 형편없는 책을 읽으며 하품하면서 시간을 보낸다. 당연히 책을 챙겨오지 않았기에, 그녀는 요양지 서점 주인이 권하는 책에 의존하기 때문이다. 하지만 요양지 서점 주인은 피서 시즌이라 경황이 없어 교육적 의도에는 결코 신경 쓰지 않는다. 그렇지 않아도 그는 너무 큰 창고를 지닐 수 없는 처지다. 서점 주인의 관심사는 몇 종류의 잘 나가는 책을 될 수 있는 한 다량으로 판매하는 것이다. 그러므로 은행가와 여자 가정교사, 지방법원 판사와 운전기사는 잠시 들른 공주의 같은 회상록, 같은 공포 소설과 같은 병영 풍자소설을 산다. 바로 그것이 '그 시즌의 책들'이기 때문이다. 집에서 괴테의 책을 하나도 읽지 않고 지냈던 이 같은 사람들은 피서지에 그의 책을 한두 권이라도 가져올 리 만무하다. 그들은 매년 똑같이 그 시즌의 책들을 읽는 것이다. 그것들은 몇몇 예외는 있지만 기본적으로 언제나 똑같은 책들이고, 기껏해야 책 제목과 표지만 바뀔 뿐이다.

성탄절이 가까워지면 언제나 그렇듯이 우리 같은 평론가에게는 이제 희망의 시기이다. 우리는 예봉을 휘둘러 우리 국민을 교육시킬 작정이기 때문이다. 그래서 나는 공주의 회상록이나 강도 소설로부터 가령 몇 명의 고객이라도 빼앗아오려는 조용한 희망을 품고 몇 권의 괜찮은 신간 서적을 알리며 그 일을 시도하려고 한다. 하지만 그 전에 나는 모든 피서객에게 '이번에는 아무것도 읽지 말라!'고 좋은 의도로 진심으로 충고하는 바이다. 그도 그럴 것이 양서나 좋은 취향의 진정한 적은 책 경멸가나 문맹자가 아니라 오히려 다독가이기 때문이다.

(1910)

11

독서에 대하여

대부분의 사람들은 책 읽는 법을 알지 못한다. 대부분의 사람들은 왜 책을 읽어야 하는지 제대로 알지 못하고 있다. 어떤 사람들은 독서를 대체로 힘들지만 그래도 '교양'을 얻기 위한 불가피한 길로 간주한다. 그리고 그들은 온갖 독서로 기껏해야 '교양'을 얻기도 한다. 다른 어떤 사람들은 독서에 대해 시간을 허비하는 가벼운 즐거움으로 생각한다. 그러면서 그들은 지루하지만 않으면 기본적으로 무엇을 읽든 매한가지라고 생각한다.

그래서 뮐러 씨는 괴테의 『에그몬트』나 폰 바이로이트 변경 방백 부인의 비망록을 읽는다. 그는 그로 인해 더 교양 있게 되고, 자신의 지식에서 부족하다고 느끼는 많은 틈새들 중 하나를 메우기를 희망하기 때문이다. 이러한 틈새를 불안하게 느끼고 통제하는 것은 그가 외부로부터 교양을 만회할 줄 안다는 것과 교양을 노력에 의해 얻을 수 있다고 간주한다는 것에 대한, 그러므로 그가 아직 그토록 열심히 갈구하는 모든 교양이 그의 내면에서 생명을 잃어 쓸모없어지리라는 것에 대한 징조로 볼 수 있다.

마이어 씨는 '낙을 삼아', 다시 말해 지루하기 때문에 책을 읽는다. 그는 시간이 있고, 연금 생활자이다. 그는 심지어 자신의 힘으로 처리할 수 있는 것보다 훨씬 많은 시간이 있다. 그러므로 문필가가 그의 긴 하루를 때우도록 그를 도와줘야 한다. 그는 질 좋은 시가를 피우는 것처럼 발자크의 소설을 읽는다. 그리고 신문을 읽는 것처럼 레나우[1]의 작품을 읽는다.

그런데 이 같은 밀러 씨와 마이어 씨는 그들의 아내나 자식들과 마찬가지로 다른 일에서는 결코 그토록 분별없거나 변덕스럽지 않다. 그들은 그럴 듯한 이유가 없으면 국채를 함부로 사고팔지 않는다. 그들은 저녁에 음식을 많이 먹으면 해로운지 시험해본다. 그들은 건강의 획득과 유지에 전적으로 필요한 것 같은 이상으로 육체노동을 하지 않는다. 그들 중 많은 이는 심지어 운동을 하기도 하고, 이러한 색다른 소일거리의 비밀을 알고 있다. 현명한 사람은 그런 소일거리로 즐거움을 얻을 뿐

---

1 Nikolaus Lenau(1802~1850). 작가 개인의 절망감뿐 아니라 당대의 염세주의를 반영하는 감상적인 서정시를 쓴 오스트리아의 시인이다. 『시집』, 『신(新)시집』에 실린 초기 시들은 낭만주의 시대의 세계고(世界苦)와 밀접히 연관되어 있고, 자연에 대한, 거의 종교에 가까울 만큼 개인적인 관계를 드러낸다. 후기 시 『시 전집』, 종교서사시 『사보나롤라』는 사랑·자연·신앙에서 질서와 불변성을 찾으려 몸부림치지만 결국은 실패로 돌아가게 됨을 보여준다. 일생 동안 정신질환으로 고생했으며 결국 1844년에는 완전히 정신이상에 빠졌고, 나중에는 전신마비가 되어 회복하지 못했다. 서사시 『돈 주앙』은 사후에 출판되었다.

만 아니라 되젊어지고 몸이 튼튼해지기도 한다.

그런데 뮐러 씨는 체조를 하고 노를 젓는 것과 마찬가지로 책도 그렇게 읽어야 한다. 그는 독서에 보내는 시간으로부터 사업 걱정을 하는 시간에 못지않게 이익을 얻는다고 기대해야 한다. 그는 체득된 깨달음을 조금이라도 더 풍부하게, 조금이라도 더 건강하게, 하루라도 더 젊게 만드는 책만 읽어야 한다. 그는 교수직을 얻으려고 노력하는 것만큼 교양 때문에 걱정해서는 안 된다. 그는 실제적인 악당과의 교제를 부끄러워하듯이 소설 속의 도둑이나 포주와의 교제를 부끄러워해야 한다. 하지만 독자는 그렇게 간단히 생각하지 않는다. 그는 인쇄물의 세계를 선과 악이 통용되지 않는 무조건 더 고상한 세계로 간주하거나 또는 그 세계를 공론가가 꾸며낸 비현실적인 세계라며 속으로 무시하기도 한다. 사람들은 단지 지루한 나머지 그 세계로 들어가고, 거기에서 몇 시간을 비교적 유쾌하게 그럭저럭 때웠다는 느낌밖에는 갖지 못한다는 것이다.

문학을 이처럼 그릇되고 미미하게 평가함에도 불구하고 뮐러 씨뿐만 아니라 마이어 씨는 대체로 너무나 많은 책을 읽는다. 그는 여러 사업보다 자신의 마음에 전혀 걸리지 않는 일에 더 많은 시간과 주의를 쏟는다. 그러므로 그는 책 속에 뭔가 소중한 것이 분명 숨겨져 있다고 막연히 예감한다. 그는 책에 대해 그의 사업을 이내 망쳐버릴지도 모르는 수동적인 의존 상태에 있을 뿐이다.

심심풀이와 휴식을 추구하는 독자와 교양을 중요하게 생각하는 자는 원기 회복과 정신적 고양이라는 어떤 숨겨진 힘이 책 속에 있다고 추측한다. 그렇지만 그는 그 힘을 보다 정확히 알고 평가할 줄은 모른다. 그 때문에 그는 약국에 많은 좋은 약제들이 보관되어 있다는 것을 알고, 약국의 서랍이나 유리병에 든 약을 일일이 맛보는 일에 착수하는 어리석은 환자처럼 행동한다. 그렇지만 실제적인 약국에서처럼 서점이나 도서관에서도 각자 올바른 약초를 발견할 수 있을지도 모른다. 그리고 다들 중독되거나 너무 많이 먹는 대신 그곳에서 원기를 보강하고 원기를 회복할 수 있을지도 모른다.

우리 저자들로서는 사람들이 책을 너무 많이 읽는다는 것은 기분 좋은 일이다. 그런데 어떤 저자가 사람들이 책을 너무 많이 읽는다고 여긴다면 그건 어리석은 일일지도 모른다. 그러나 결국은 사람들이 어디서나 오해받고 악용된다고 여기는 직업은 별로 즐거움을 주지 못한다. 열 명의 좋고 고마운 독자가 ― 비록 인세는 더 적겠지만 ― 천 명의 무관심한 독자보다 더 낫고 더 즐겁게 해준다.

따라서 나는 사람들이 도처에서 책을 너무 많이 읽는다고 감히 주장한다. 서적의 이러한 다독으로 존경이 아닌 부당한 일이 벌어진다. 책은 의존적인 사람을 더 의존적으로 만들어서는 안 된다. 책은 생활력이 없는 사람에게 값싼 기만적이고 대체적인 삶을 제공해서는 안 된다. 이와 반대로 책은 삶으로 이

끌어가고 삶에 도움이 되고 유익할 때에만 하나의 가치를 지닌다. 약간의 힘, 되젊어지는 예감, 새로이 원기가 솟는 느낌이 생기지 않으면 책을 읽는 시간은 모두 낭비되는 셈이다.

순전히 외적으로 보면 독서는 정신 집중을 위한 계기이자 필요성이다. 정신을 '분산'시키기 위해서는 독서가 가장 그릇된 방법이다. 정신병에 걸리지 않은 자는 결코 정신을 분산시키지 말고 집중시켜야 하고, 어디에 있고 무엇을 하거나 생각하고 느끼든 간에 언제 어디서나 온힘을 다해 정신을 차리고 있어야 한다. 그러므로 우리는 무엇보다 독서를 할 때도 모든 적절한 책은 정신 집중, 즉 복잡한 일의 축소와 강도 높은 단순화를 나타내야 한다고 느껴야 한다. 아무리 짧은 시도 인간적 느낌의 단순화이자 농축이다. 책을 읽을 때 스스로 주의 깊게 함께 하고 함께 체험하겠다는 의지를 갖지 않는다면 나는 나쁜 독자이다. 그로써 내가 시나 소설에 가하는 부당함은 나의 마음을 움직이지 않을지도 모른다. 그러나 나는 나쁜 독서를 통해 무엇보다 나 자신에게 부당한 일을 한다. 나는 뭔가 가치 없는 일에 시간을 보내고, 내게 전혀 중요하지 않으며, 곧 다시 잊어버리겠다고 미리 생각하는 일에 시력을 사용하고 주의를 기울인다. 나는 내게 전혀 유익하지 않고, 내가 결코 소화하지 못할 인상들로 나의 뇌를 지치게 만든다.

사람들은 종종 이런 나쁜 독서를 하는 이유가 신문 탓이라고 말한다. 나는 그 말을 전적으로 잘못되었다고 간주한다. 우리는 매일 한 개나 여러 개의 신문을 읽을 수 있고, 그러면서 집중해서 그리고 즐겁게 활동할 수 있다. 심지어 그러면서 새로운 소식을 선택하고 급히 조합하여 매우 건전하고 가치 있는 연습을 할 수 있다. 반면에 우리는 교양을 얻으려는 집사로서든 즐거움을 얻으려는 독자로서든 괴테의 『친화력』을 전적으로 무가치한 방식으로 읽을 수 있을지도 모른다.

인생은 짧다. 저승에서는 몇 권의 책을 읽었는지 묻지 않는다. 그러므로 무가치한 독서로 시간을 보내는 것은 어리석고 해로운 일이다. 내가 이때 염두에 두는 것은 나쁜 책이 아니라 무엇보다도 독서의 질 자체이다. 우리는 삶의 모든 발걸음이나 호흡에서 그렇듯이 독서로부터 무언가를 기대해야 한다. 우리는 보다 풍부한 힘을 얻기 위해 힘을 쏟아야 한다. 우리는 보다 의식적으로 자신을 다시 발견하기 위해 자신을 잃어야 한다. 문학사를 읽어서 우리가 기쁨이나 위안, 힘이나 마음의 안정을 얻지 못한다면 문학사를 아는 것은 아무런 의미가 없다. 생각 없는 산만한 독서는 눈에 붕대를 감고 아름다운 풍경 속을 산책하는 것과 같다. 우리는 자신과 우리의 일상생활을 잊기 위해서가 아니라 반대로 우리 자신의 삶을 보다 의식적이고 성숙하게 다시 단단히 손에 쥐기 위해 독서해야 한다. 우리는 냉담한 선생님에게 다가가는 소심한 학생이나 술병에 다가가는 건달처럼 할 것이 아니라, 알프스에 오르는 등산객처럼, 무기고로 들어가는 전사처럼 책에 다가가야 한다. 또한 피난민이나 삶에 불만을 품은 사람처럼 할 것이 아니라 호의를 품고 친구나 조력자에게 다가가는 사람처럼 책에 다가가야 한다. 만약 내가 말한 대로 한다면 지금 읽히는 책의 10분의 1 정도밖에 읽히지 않을 것이다. 그리고 우리 모두는 열 배는 더 기쁘고 풍요로워질 것이다. 우리의 책이 전혀 팔리지 않게 된다면, 그리고 우리 작가들이 열 배는 더 적게 글을 쓰게 된다면 그것은 결코 세상에 해가 되지 않으리라. 말할 것도 없이 글을 쓰는 일이 독서보다 더 나은 것은 아니기 때문이다.

(1911)

12

'문학에서의 표현주의'에 대하여

〈노이에 룬트샤우〉[1] 지의 편집부로부터 이 잡지의 3월호에 실린 에트슈미트[2]의 글에 응답하는 글을 써달라는 청탁을 받았다. 자발적으로는 그런 일을 하지 않았으리라. 나는 그 논문을 즐거운 마음으로 읽었고, 그의 견해에 동의했다.

그런데 나는 에트슈미트의 이 글이나 표현주의의 모든 강령적인 발언에 대해 많은 이들이 취하는 입장에서 모종의 언짢은

---

1 1889년에 베를린에서 간행되었던 자연주의 문학의 기관지 〈자유극장〉의 후신으로 출간된 잡지이다. 1904년 졸라와 도스토옙스키 등 외국작가의 등장과 더불어 잡지의 이름을 〈디 노이에 룬트샤우·Die Neue Rundschau(새로운 전망)〉로 변경하였다. 이 잡지에는 독일의 토마스 만, 카프카, 하우프트만, 홀츠, 슈니츨러 등 저명한 시인과 작가가 많이 참여하였다. 제2차 세계대전 이후에는 계간지로 사무엘 피셔 출판사에서 출간하고 있다.

2 Kasimir Edschmid(1890~1966). 독일의 표현주의 소설가이며 그 지도적 이론가. 나치스시대에는 국내에 머물렀고, 전후에 서독 펜클럽 부회장이 되었다. 만년에는 젊은 시절의 투지는 잃었으나 전기, 여행기 등을 써서 넓은 견문을 과시하였다. 주요 저서로 『마노(瑪瑙)의 탄환』, 논문 「문학에서의 표현주의에 대하여」 등이 있다.

기분이나 일종의 두려움과 불쾌감을 감지할 수 있었다. 이러한 분위기는 보다 젊은 세대의 등장에 대한, 그리고 우리가 평가하고 사랑하는 데 익숙해진 작품과 가치를 무시하고 인정하지 않는 것에 대한 공박의 성격이 강하다.

여기서 물론 응답하는 일이야 어렵지 않다. 에트슈미트는 '문학이 바야흐로 종말을 맞이해 고약하게도 몰락기에 접어들었다'고 진단했다. 그런데 이러한 역사적 개관은 부분적으로 그 자신에 의해 다시 수정된다. 그는 인상주의를 황폐한 시대로 회상하다가, 몇 쪽 뒤에 가서는 플로베르[3]에 대한 찬사를 늘어놓는다. 그는 그의 논문 제5쪽 하단에 '세계감정'이란 멋진 말을 썼는데, 거기서는 이 세계감정이란 말이 표현주의의 문제이며, 오래 전부터 그와 유사한 말이 더 이상 없었다는 듯이 들린다. 하지만 잠시 후 그는 함순[4]이란 이름을 불현듯 떠올린다.

하지만 에트슈미트가 최근의(그러니까 지금은 지나간) 독일 문

---

3 Gustave Flaubert(1821~1880). 사실주의 계열의 프랑스 작가. 무언가를 천착하기를 좋아하는 자기 자신의 모습을 우스꽝스러운 존재로 관조하는 작품을 많이 썼다. 신비평파의 비평가들은 문학을 결연히 언어의 문제로 환원시킨 최초의 작가로서 플로베르를 누보로망의 원류라고 평했다. 주요 작품에는 단편집 『세 가지 이야기』, 극명한 현대 풍속을 그린 『보바리 부인』, 역사소설 『살람보』, 자전적 요소가 짙은 현대소설 『감정교육』, 고대 이집트 수도사의 환상을 그린 대화 형식의 『성(聖) 앙투안의 유혹』 등이 있다.

4 Knut Hamsun(1859~1952). 노르웨이의 소설가로 작품을 통해 고독한 방랑자의 애환을 격조 높은 시적 문체로 묘사하거나 근대사회를 통렬히 비판하였다. 홀로 황야에 들어가 농장을 개척하는 어떤 농부의 생활을 그린 대표작 『흙의 혜택』으로 1920년 노벨 문학상을 수상하였다. 제2차 세계대전시 영미풍의 민주주의를 혐오한 그는 히틀러에게 동조한 일이 있었고, 전후에는 그 때문에 오랫동안 전범으로 감금되기도 했다.

학에 대해 말한 모든 것 중 부당한 것은 침묵이나 불인정이다. 나 역시 시민적 잣대와 문제를 진지하게 받아들일 수 없다는 그의 말에는 충분히 공감한다. 하지만 그가 서술한 것처럼, 낭만주의 이후의 우리 독일 문학에 정말로 '결혼 이야기, 인습과 자유에의 욕구 사이의 충돌에서 생겨난 비극, 환경극' 따위 밖에 존재하지 않았단 말인가? 노발리스와 급히 개관해서 떠오르는 이름인 베데킨트 사이에 위치할 독일 작가가 슈테판 게오르게[5] 밖에 없단 말인가?

여기서 에트슈미트는 자신이 한 말처럼 된다. "보통 논의는 목표가 아닌, 이러한 부수적인 문제(양식의 문제나 개별적인 표현 기법과 같은) 때문에 좌초하고 만다." 다시 말해 지난 수십 년 동안의 문학에서 그에게 감명을 준 작가는 게오르게밖에 없었다. 그것은 게오르게만이 언어 선택 등과 같은 외적인 문제에

---

5 Stefan Anton George(1868~1933). 현대 독일시의 원천을 만든 독일의 서정 시인으로 상징주의의 영향을 많이 받았다. 초기에는 반자연주의적이고 예술지상주의적인 작품을 썼으나 만년에는 예언자적 경향을 나타냈다. 1889년 파리에서 말라르메와 베를렌을 사귀면서 상징주의의 영향을 크게 받았다. 특히 말라르메와의 접촉은 그의 '예술을 위한 예술'의 근본 태도를 결정짓게 했다. 그의 초기 작품은 반자연주의적이고 고답적인 예술 지상주의적인 경향을 띠고 있다. 즉『찬가』,『순례행(巡禮行)』,『알가발』 등은 미와 고귀한 법칙에 봉사하는 작품이다. 그러나 그 후에 나온『영혼의 해』, 인생의 근원적인 여러 양상을 상징적으로 엮은『삶의 융단』,『제7륜(輪)』,『동맹의 별』,『새 나라』 등의 시집에서는 상징적인 마성을 띤 새로운 언어를 창조하여 미에서 정신의 왕국을 구축했다. 만년에는 예언자적인 풍모를 나타내기에 이르렀다. 게오르게는 베를린·뮌헨·하이델베르크 등을 오가며 문학단체 '게오르게 일파(George-Kreis)'를 결성했다. 많은 유명한 작가들이 이 단체의 회원이거나 여기서 나오는 간행물 〈예술 회보〉(1892~1919)에 기고했다. 이 간행물의 주요 목적은 쇠퇴하고 있던 독일 문어(文語)를 부흥시키는 것이었다. 나치즘의 부상에 강력히 반대하며 스위스로 망명했다가 결국 그곳에서 죽었다.

서 그의 시대와 구별되었기 때문이다. 에트슈미트가 의복 밑의 마음을 볼 수 있다면 이 시대의 암담한 문학을 그토록 공허하고 활기 없게 보지는 않으리라. 그런데 그가, 바로 그가 어떻게 데멜[6]에 대해 아무런 감정이 없을 수 있었을까! 에트슈미트는 인상주의 시대에 대해 이렇게 기술하고 있다. "우주적인 것을 시도했으나, 이루지 못하고 옹알이에 그쳤다."

그야 맞는 말일지도 모른다. 데멜이나 몸바르트, 그리고 다른 사람들을 봐도 그렇다. 하지만 내가 아무리 애정이 있다 해도 표현주의 작가들(요하네스 베허를 생각해보라)에게서 우주적인 것에 대한 감정을 황홀경에 빠진 옹알이와 다르게 표현하는 것을 전혀 발견할 수 없다.

이런 식으로 계속 이야기할 수도 있겠다. 에트슈미트는 어느 모로 보든 역사적인 것을 부당하게 대한다.

하지만 이런 의문이 생길 수 있다. 이런 식으로 확정지으면 다시 그에게 심히 부당한 일을 행하는 게 아닐까? 그가 대체 사실에 대한 객관적인 지혜를 전할 임무를 떠맡기라도 했단 말인가? 그는 다만 자신의 신념을 표현하고, 자신이 믿는 신을 알리며, 자신의 사랑을 발산하려는 것이 아닌가? 또 그래야 하는

---

6 Richard Dehmel(1863~1920). 독일의 서정시인이자 소설가 겸 극작가. 고전적인 낭만주의 전통양식을 거부하고 형식과 내용을 혁신하여 릴케와 게오르게 같은 젊은 작가들에게 중대한 영향을 끼쳤다. 그의 작품은 양식 면에서는 인상주의적이지만, 사실상 표현주의의 선구자였다. 니체의 영향을 받아 본능과 이성의 갈등 속에서 사랑과 정열을 찬미했다. 주요 작품으로 『구제』, 『그래도 사랑은』, 『여자와 세계』 등의 서정시집 외에 운문소설 『두 사람』, 희곡 『미헬 미하엘』 등이 있다.

것이 아닌가?

에트슈미트는 그렇게 했다. 그는 "표현주의는 모든 예술 속에서 실제로" 존재하는 것이라 말했다.

그에겐 이제 '표현주의'란 이름은 성스러운 가치를 지닌다. 어쩌면 그는 다른 이들에겐 '인상주의'가 그와 같은 작용을 하고 그런 가치가 있다고 여길지도 모른다. 어쩌면 사실이 그럴지도 모른다. 아무튼 하나의 이름에 대한 이러한 열렬하고 경건한 확신은 청춘의 징표다. 그런데 우리가 청춘을 사랑하려고 한다면 청춘에 대해 젊다는 것 외엔 아무런 요구도 하지 않는다. 이름과 스스로 만든 역사적 구조에 대한 격한 항거는 젊은이다운 것이다. 그것은 예의니 무례니 하는 것을 떠나 청춘(이때 굳이 나이를 따질 필요는 없으리라)의 권리이자 동력이다. 내가 괴테를 위대한 신앙인이라 부르든, 위대한 이교도나 표현주의자, 또는 그 외의 다른 이름으로 부르든 그것은 단지 내 감정의 문제이다. 나를 감동시키는 일체의 예술을 신성하다 일컫든 표현주의적이라 일컫든 그것은 나의 권리이다.

그러므로 에트슈미트 역시 어떤 예술이 부르주아 시대의 특징을 지니고 있다고 추측할 때 그것을 거부하고 평가하지 않으며 인정하지 않을 권리가 얼마든지 있다. 그 자신도 그런 일을 겪었다. 그는 예전에 그의 초기 노벨레들이 표현주의적이라 불리자 놀라워했다. 당시에 그는 표현주의에 대해 아무것도 모르고 있었다. 이전의 수많은 예술가들에게도 같은 일이 일어났다. 그들은 표현주의가 뭔지도 모르면서 표현주의 예술을 만들었던 것이다.

하지만 그럼에도 어느 시대의 예술에나 시대를 초월한 정신, 시대의 특징이나 나이가 없는 세계감정도 존재한다. 우리가 백 년쯤의 기간을 잡아서 1850년에서 1910년 사이에 나온 시들 중 그 같은 시대를 초월한 세계 감정이 표현된 시들을 추려본다면, 슈테판 게오르게나 요즘 젊은 시인들의 작품은 그다지 많지 않은 반면, 오늘날 '인상주의자'로 꼽히는 시인들의 작품은 제법 될지도 모른다.

문학에서 인상주의자와 표현주의자 사이의 주된 차이는 현재 내가 보기에 인상주의자는 그 명칭을 외부로부터 부여받았고, 표현주의자는 그것을 스스로 선택한다는 점인 것 같다.

예술을 둘러싼 논쟁도 견해를 둘러싼 모든 논쟁과 마찬가지다. 서로를 사랑하지 않은 한 서로를 이해하지 못하는 법이다. 또한 세계를 외부에서보다 자기 내부에서 더 많이 체험할 때만 서로를 사랑할 수 있다. 우리는 대상을 사랑하는 것이 아니라, 그 대상이 사랑이라는 더없이 따스한 힘을 발휘하고 넘치게 하는 우리의 영혼에 환영받는 계기가 되는 것이다. 프랑스인이나 일본인이 쓴 것이라서 어떤 시를 좋아할 수 없다든가, 어떤 사람이 가톨릭 신자나 유대인이라서 또는 보수적인 사람이라서 거부할 수 있다는 것은 나로서는 도저히 이해할 수 없는 일이다. 나는 괴테를 사랑하는 것과는 다른 차원에서 도스토옙스키를 사랑하고, 뫼리케를 코른펠트와는 다르게 사랑한다. 하지만 누구를 더 사랑하는지는 말할 수 없을지도 모른다. 나는 누구든 내 마음에 와 닿고, 내가 그의 일부가 되어 그에게 귀 기울일 수 있는 순간 그를 사랑한다. 하지만 언젠가 다른 때에 그가 내 몸에 전류를 흐르게 해주는 도체導體가 아니게 되면 사랑하지 않을지도 모른다.

나는 독서를 많이 하면서 고트프리트 켈러를 매우 좋아하면서 베르펠[7]도 좋아할 수 있다는 사실을 알게 되었다. 나는 온종일 횔덜린을 읽으면서 행복에 잠길 수 있고, 시켈레[8]의 『벤칼』에서 내게 많은 선물을 하는 페이지들을 발견할 수 있다.

나 역시 예술이 그윽하고 큰 목소리로 나를 부르는 곳에서는 어디서나 '표현주의'를 본다. 나는 전적으로 개인적인 나의 신학과 신화 속에서 우주적인 것의 울림, 원래의 고향에 대한 추

---

7 Franz Werfel(1890~1945). 독일의 유대계 시인이자 극작가 겸 소설가. 그는 표현주의 시인으로 출발하여 중기부터 극작가 및 소설가로서도 명성을 얻었다. 베르펠은 외곬으로 하느님을 찾았으며, 동포애로 일관한 반전적 평화론의 입장에 서서 유대인의 운명과 사명을 깊이 추구하였다. 처녀시집 『세계의 벗』에 이어, 시집으로는 『우리는 존재한다』, 『서로서로』, 『심판의 날』을 냈다. 희곡으로는 『낙원으로부터의 방문』, 『유혹』, 운문극인 『경인(鏡人)』, 『유대인 속의 바올로』, 『보헤미아의 하느님 나라』, 성서극 『약속의 길』이 있으며, 소설로는 부자(父子) 간의 갈등을 테마로 한 『죽인 자가 아니라 죽음을 당한 자에게 죄가 있다』, 『베르디』, 『바르바라』, 『베르나데트의 노래』가 있고 그 밖에 수필집 등도 있다.

8 René Schickele(1883~1940). 독일의 저널리스트이자 시인, 소설가 겸 극작가. 전쟁을 직접 체험한 후 평화와 이해를 강력히 호소하는 글을 쓰게 되었다. 그가 평생 추구한 목표는 프랑스와 독일 사이의 평화와 문화적·정치적 갈등의 해소였다. 작품으로 시집 『삶으로 가는 행군』과 소설 『이방인』, 3부작 소설 『라인 지방의 유산』, 『여자 위안사 벤칼』 등이 있다.

억, 시대를 초월한 세계감정, 개개인이 세계와 나누는 서정적인 대화, 임의의 비유에 의한 자기고백과 자기체험을 표현주의라 일컫기 때문이다.

에트슈미트가 자신의 논쟁적이지 않은 논문에서 고백하는 것이 바로 이런 표현주의이다. 그는 이렇게 말한다. "새로 왔다 해서 누구나 좋은 사람은 아니다. 다른 예술이라 해서 형편없는 것은 아니다."

그의 말과 행동이 언제나 똑같아 보이지 않더라도 그것 역시 그의 청춘의 권리이다. 청춘은 힘으로 넘치고, 가는 데마다 규칙과 인습의 벽에 부딪히기에 살아가기 힘들다. 아들이 가장 증오하는 것은 아버지가 사로잡혀 있다고 생각되는 규칙과 인습이다. 경건의 얼굴에 주먹을 날리는 행위는 어머니의 치마폭에서 벗어나기 위해 치러야 하는 통과의례의 하나이다. 이제 젊은 세대는 자신들을 시시콜콜 억압하며 키웠던 수십 년 묵은 부르주아 세계가 무너지고 있다고 느끼기에 기뻐 날뛰는 것은 당연하다고 하겠다.

이처럼 세계가 무너져가는 중에도 훌륭하고 독자적인 것도 있었다는 사실, 죽어가고 있고 또 죽은 이러한 삼촌들이 순전히 보잘 데 없는 희극 인물은 결코 아니었다는 사실, 이러한 부르주아적인 인상주의 시대 동안 수많은 이의 가슴 속에 시대를 초월한 불이 타올랐다는 사실, 이러한 사실을 알고 인정하며 그것에 대해 감사하는 것은 젊은이의 문제가 아니다.

그것은 그 시대와 예술을 더 많이 함께 겪어 이젠 오류를 범하지 말아야 할 사람들의 문제일지도 모른다. 또 그것은 젊은이보다 사랑의 능력을 더 자유롭고 수월하게, 더 노련하고 자비롭게 처리할 줄 아는 나이든 이들의 문제일지도 모른다. 노인은 언제나 걸핏하면 젊은이들을 버릇없다고 여긴다. 하지만 그러는 노인 자신이 언제나 젊은이의 거동과 방식을 모방한다. 그 자신이 광신적으로 되고, 그 자신이 불공정하며, 그 자신이 유일하게 구원을 준다고 여기고 쉽게 상처받는다. 노인이 젊은이보다 못하지 않고, 노자老子가 부처보다 못하지 않으며, 파랑이 빨강보다 못하지 않다. 노인이 젊은이처럼 굴려고 할 때만이 보잘것없어진다.

언제나 선두에 서려고 하는 웅변가와 단거리 선수들이 있다. 이들은 라이블의 작품을 사기 위해 뵈클린의 작품을 팔고, 라이블의 작품을 다시 피카소의 작품과 교환하는 자들이다. 이런 부류에 속하는 자는 가르칠 방법이 없다. 그런 자는 오늘은 하우프트만을, 내일은 입센을, 모레는 괴테를 서재에서 없애버리고, 부끄러워 빈자리를 은폐하려 할 것이다.

이와는 달리 어제와는 전혀 다른 것이 오늘 통용되는 것을 참아내지 못하는 자들이 있다. 그들은 베르펠의 책을 읽거나 코른펠트의 연극을 보러 가느니 차라리 자기 손이 썩어 문드러지는 것이 낫다는 섬뜩한 맹세를 할 것이다.

이 두 부류의 사람들에 대해 웃어넘길 다른 이들도 있다. 나는 이들을 즐겨 내 친구로 간주한다. 이들은 슈토름, 켈러, 데멜, 헤르만 방[9]에 대한 애정을 거절하지 않으면서, 바로 그 때문에 젊은이에게서 나오는 경고와 감동의 울림을 자신의 내면에 기꺼이 받아들일 사람들이다. 대체 그러지 못할 이유가 뭐란 말인가? 사랑도 예술과 마찬가지가 아니던가. 더없이 위대한 것을 아주 조금밖에 사랑할 줄 모르는 자는 아주 보잘것없는 것에 불타오를 수 있는 자보다 훨씬 불쌍하고 하찮은 존재이기 때문이다.

사랑은 놀라운 작용을 하므로, 예술에서도 그러하다. 사랑은 온갖 교양, 온갖 지성, 온갖 비판이 해내지 못하는 일을 해낸다. 사랑은 가장 멀리 있는 것을 연결해주고, 가장 낡은 것과 가장 새로운 것을 서로 나란히 세운다. 사랑은 일체의 것을 자신을 중심으로 관계시킴으로써 시간을 극복한다. 사랑만이 확실하고, 사랑만이 옳은 것은 사랑은 옳다고 주장하지 않기 때문이다.

사랑 앞에는 아무것도 신성한 것이 없다 — 사랑이 어떤 것을 사랑하기 전에는. 사랑이 어떤 것을 사랑하기 전에는 사랑 앞에 미심쩍은 것도 없다. 낡은 시시한 책이건 요란하게 선전

---

9 Herman Bang(1858~1912). 덴마크의 소설가. 목사였던 아버지는 미치고, 어머니는 일찍 죽어 고독한 소년시절을 보냈으며, 일찍부터 문학을 가까이했다. 그의 작품에는 정신병의 유전에 대한 공포와, 독일과의 전쟁에 져서 침체되었던 세기말적 기분이 깔려 있으며, 그러한 속에도 목가적이었던 어린 시절과 어머니에 대한 그리움이 넘치고 있다. 『희망 없는 세대』에서 전형적인 로스트 제너레이션을 그려 지위를 확립하였으며, 이어서 발표한 『길가에서』, 『티네』, 『하얀 집』 등도 명작으로 알려졌다. 『조국 없는 사람들』은 영락한 예술가를 그린 만년의 작품이다.

하는 팸플릿이건 정신의 숨결이 느껴지기만 한다면 사랑 앞에 서는 다 마찬가지다.

우리도 모두 소년 시절엔 실러의 작품과 인디언 이야기를 좋아하지 않았던가. 그러다가 저절로 생각이나 관점이 바뀌게 된다. 셰익스피어나 괴테를 10년마다, 5년마다 한 번씩 읽으면 그때마다 다른 면이 보이고, 다른 것을 사랑하게 된다. 모든 것이 다 좋게 생각되었던 것이다. 우리가 마음이 끌리는 대로 따라간다면, 완전히 새로운 문학의 리듬이 바뀌었다고 해서 낯설다고 당황해하지는 않을 것이다. 우리에게 '인간적인 것'의 어떤 강령이 있어서, 또는 어떤 도덕에도 굴복해선 안 되는 것을 우리의 의무로 여기기 때문은 아니다. 어떤 도덕이나 예술 사조에 왜 굴복해선 안 된단 말인가? 하지만 그것이 우리 사랑의 대상인 한에만 그렇게 하라. 어떤 도덕이나 예술 사조는 언제나 계기만 될 수 있을 뿐이지, 본질은 아니다. 우리 영혼에 본질적인 것은 다름 아닌 우리 내면에서 불타오르는 생명의 불꽃이다. 이 불꽃은 우리에게 은총과 신의 아들임을 의미한다. 이 불꽃만이 우리에게 언제나 절대적으로 중요하다.

그러니 에트슈미트의 논문 같은 글이 역사적으로 부당한 일을 저질러도 크게 우려하지 않아도 될 것 같다. 지금까지 켈러나 폰타네, 슈토름이나 입센을 사랑해온 자라면, 세상에 아무리 멋진 글이 나온다 한들 오늘날 이들을 내버리지 않을 것이다. 굳이 이들을 내버리겠다면 그렇게 하면 되겠지만, 그러면 자기만 손해다. 또 그러한 표현들에서 일방성과 대담한 전복적 성격을 참을 수 없는 자, 청춘이 열광적이고 청교도적이라기보다는 오히려 현명하고 자비로우며, 모든 것을 이해하기를 바라는 자는 그들을 거부하면 된다. 그 또한 자신의 손해가 될 것이다.

이 시급한 문제를 두고 아마 비평계에서 정화하고 정리하는 작업이 이루어질 것이다. 지금까지 읽은 책이든 안 읽은 책이든 좋은 처방전에 따라 논의해온 비평, 예감과 현대성이 충만하며 옛것을 알고 새로운 것의 도래를 감지하는 비평가, 어디서도 부당한 일을 행하려 하지 않고 저 위에서 떠돌며 언제나 현자이고자 하는 비평가는 이제 꽤나 골치깨나 아프게 생겼다. 하지만 비평가가 왜 골치 아프면 안 된단 말인가? 그러라고 있는 사람들이 아닌가.

(1918)

13

예술가와 정신분석

프로이트의 '정신분석'이 신경정신과 의사라는 매우 좁은 범위를 넘어 관심을 불러일으킨 이래로, 프로이트의 제자 융이 무의식의 심리학과 유형론을 확대 발전시켜 일부를 공표한 이래로, 정신분석학이 민중 신화, 전설과 문학에도 직접 관심을 기울인 이래로 예술과 정신분석 간에는 가깝고 생산적인 접촉이 생겨났다. 프로이트 학설에 속속들이 동의하든 하지 않든, 논쟁의 여지가 없는 사실이 드러나 영향을 미쳤다.

특히 예술가들이 이러한 새롭고 여러 모로 생산적인 고찰방식과 재빨리 친숙해지리라는 것은 예상할 수 있는 일이었다. 자신이 신경증 환자라서 정신분석에 관심을 기울인 자도 매우 많을 것이다. 그러나 이러한 차원을 넘어서 완전히 새로운 토대 위에 마련된 정신분석에 공식적인 학계 사람들보다 예술가들이 더 많은 애착과 성원을 보냈다. 독창적인 급진 사상의 경우 언제나 학자보다 예술가의 마음을 얻기 쉬운 법이다. 그리하여 오늘날 프로이트의 사상세계는 의학자나 심리학 전공자 사이에서보다도 젊은 예술가 세대 사이에서 더 많이 논의되고 광범위하게 수용되고 있다.

그런데 그 문제를 커피숍의 새로운 토론주제로 받아들이는 데 만족하지 않는 사람이라면 하나같이 예술가로서도 새로운 심리학으로부터 뭔가 배우려는 노력을 하게 되었다 — 오히려 새로운 심리학적 통찰이 창작 자체에 도움이 될 수 있는지, 있다면 어느 정도인지 하는 문제가 생겨났던 것이다.

약 2년 전에 어느 지인이 레온하르트 프랑크[1]의 장편소설 두 편을 읽어보라고 내게 권했던 생각이 난다. 그러면서 그는 그것이 가치 있는 문학작품일 뿐만 아니라 동시에 '일종의 정신 분석 입문서'이기도 하다고 알려주었다. 그 이래로 나는 프로이트 학설의 흔적이 여실히 드러나는 몇몇 작품을 읽었다. 비교적 새로

---

1 Leonhard Frank(1882~1961). 독일의 표현주의 소설가 겸 극작가. 부르주아 사회에 의한 개인 영혼의 파멸을 주제로 하는 작품을 주로 썼다. 제1차 세계대전에 반대 입장을 취했기에 1914년 스위스로 도피해야 했다. 같은 해 첫 작품 『도둑 떼』를 발간했다. 이 소설은 이상적인 사회를 만들기 위해 노력하지만 '착한 시민'으로 끝나고 마는 반항적인 젊은이들의 이야기이다. 스위스에 있는 동안 억압적인 교육제도를 비판하는 『원인』, 전쟁을 극렬하게 비난하는 『인간은 선량하다』를 펴냈다. 1918년 독일로 돌아왔으며, 자본주의 태도의 필연성과 사회주의 건설에 대한 그의 믿음은 소설 『시민』, 『옥센푸르트의 남성 4중창』에 나타나 있다. 같은 시기에 전우의 아내를 유혹하는 한 병사의 이야기를 다룬 『카를과 안나』라는 걸작을 썼다. 1933년 그의 책들은 나치에 의해 판금되고 불태워졌으며, 그는 다시 스위스로 가야 했다. 그는 1940년 강제수용소에 갇혔다가 여러 번의 탈출과 재수감을 거듭하다 미국으로 도망쳤다. 1950년 독일로 돌아와 마지막 주요작품인 『왼쪽은 심장이 있는 곳』을 출간했다. 이 작품은 자신을 다소 위장한 자전적 소설이다.

운 학문인 심리학에 조금도 관심이 없었던 나 자신이 보기에 프로이트, 융, 슈테켈과 다른 이들의 몇몇 저서들은 새로운 것과 중요한 것을 말하는 것 같았다. 그래서 나는 매우 깊은 관심을 가지고 그것들을 읽어보았다. 거기서 나는 전체적으로 정신생활에 관한 그들의 견해가 작가와 자신의 관찰에서 얻은 나의 거의 모든 예감을 입증해준다는 것을 발견했다. 나는 예감이나 순간적인 착상으로서, 무의식적인 지식으로서 부분적으로 내가 이미 알고 있던 것이 진술되고 표현되었음을 보았다.

문학작품에 대한 적용이나 일상생활의 관찰에 이 새로운 학설이 효과적이라는 것은 두 말할 필요가 없다. 그럼으로써 이제 하나의 열쇠를 더 확보한 셈이다. 절대적인 마법의 열쇠라고까지는 할 수 없어도, 유용성과 신뢰 면에서 재빨리 확증된 가치 있는 새로운 관점, 탁월한 새로운 도구가 추가된 것이다. 그렇다고 나는 작가의 삶을 가지고 되도록 상세한 병력을 만들어내는 문학사적인 개별 노력을 생각하는 것은 아니다. 정신분석학을 통해 니체의 심리학적인 통찰과 섬세한 예감을 확인하고 올바로 보게 된 것만 해도 우리에게는 매우 큰 수확이었다. 무의식에 대한 인식과 관찰이 시작되고, 심리 기제를 억압, 승화, 퇴행 등으로 해석함으로써 이를 데 없이 분명하고 명료한 도식이 생겨나게 되었다.

하지만 누구나 심리학에 접근하고 손쉽게 다룰 수 있게 되다보니 예술가가 심리학을 활용할 가능성은 불확실해졌다. 역사

지식이 많다고 역사시를 쓸 수 있는 것은 아니고, 식물학이나 지질학으로 풍경화를 그릴 수 없듯이, 학문적으로 심리학에 아무리 정통해있다 해도 사람들의 삶을 묘사하는 데 그다지 도움이 되지는 않는다. 알다시피 정신분석가들 자신이 정신분석 이전 시기의 문학작품을 어디서나 자신들의 이론을 입증하기 위한 증거이자 전거로 이용했다. 그러므로 시인들은 정신분석이 깨닫고 학문적으로 표현한 내용을 항시 알고 있었다는 것이다. 그러니까 시인은 분석적·심리학적 방법과는 정면으로 배치되는 특별한 종류의 사고를 하는 대표자로 입증되었다. 시인은 꿈꾸는 자이고, 분석가는 그 꿈의 해석자이다. 그러므로 새로운 심리학에 아무리 관심이 많다 한들, 시인이란 계속 꿈을 꾸며, 무의식의 외침을 따라가는 수밖에 없지 않겠는가?

그렇다, 시인에게 그것 말고는 다른 도리가 없었다. 어떠한 정신분석도 전에 시인이 아니었던 자, 전에 정신생활의 내적인 구조와 맥박을 느끼지 못한 자를 영혼의 해석자로 만들 수는 없다. 그자는 새로운 도식을 적용할 수만 있었고, 그로써 잠시 어안이 벙벙하게 만들 수는 있겠지만, 그렇다고 그의 능력을 본질적으로 높일 수는 없는 것이다. 정신의 문제를 문학적으로 파악하는 일은 예나 지금이나 분석적 재능이 아닌 직관적 재능의 소관이다.

그렇지만 그 문제는 이것으로 해결되지 않는다. 실제로 정신분석의 방법은 예술가들에게도 상당한 도움이 될 수 있다. 정신분석의 기법을 예술 분석에 그대로 적용하면 잘못이겠지만,

정신분석을 진지하게 받아들여 끝까지 추구한다면 잘하는 일이라 할 수 있다. 나는 예술가가 정신분석으로 얻을 수 있는 확인과 강화가 세 가지라고 본다.

먼저 환상과 허구의 가치에 대한 심층적인 확인이다. 예술가가 자기 스스로를 분석적으로 관찰한다면, 자신의 직업에 대한 불신, 환상에 대한 회의, 내면의 낯선 목소리와 같은 자신의 약점으로 생각해 괴로워하는 문제점들을 직시하지 않을 수 없을 것이다. 내면의 낯선 목소리는 자신의 시민적 견해와 교육을 옳다고 인정하며, 자신의 전체 행위를 '한낱' 그럴듯한 허구에 불과하다고 말한다. 하지만 바로 그 정신분석은 예술가가 가끔 '한낱' 허구로 평가했던 것이 최고의 가치를 지닌 것이라고 그에게 집요하게 가르친다. 그리고 예술가에게 정신적 근본 요구의 현존뿐만 아니라 모든 권위적인 잣대와 가치평가의 상대성도 소리 높여 상기시켜준다. 정신분석은 예술가에게 자기 자신의 존재를 확인시켜준다. 이와 동시에 정신분석은 예술가에게 분석 심리학에서 순전히 지적인 활동의 영역을 활짝 열어준다.

정신분석을 단지 피상적으로만 알고 있는 자라도 이 정도의 이용은 할 수 있을지도 모른다. 하지만 다른 두 가지 가치는 정신분석을 철저히 또 진지하게 자신에게 직접 시험해본 자에게만 밝혀진다. 그런 자에게 정신분석은 지적인 문제가 아니라 하나의 체험이 된다. 자신의 '콤플렉스'에 대해 몇 가지 해명을 듣거나 자신의 내면생활에 대한 명료하게 표현 가능한 몇 가지 정보를 얻는 것에 만족하는 자라면 가장 중요한 가치들은 놓쳐 버리게 된다.

기억, 꿈과 연상을 통해 정신분석의 방법과 정신적 근원의 탐색을 진지하게 한 단계 더 진전시킨 자라면 자신의 무의식과의 '보다 내밀한 관계'라고 칭할 수 있는 지속적인 이득을 얻게 된다. 그는 의식과 무의식 간의 보다 따뜻하고 보다 생산적이며 보다 열정적인 소통을 체험하는 것이다. 즉 그는 정신분석이 아니었다면 '잠재의식'에 머물러 어렴풋한 꿈속에서나 일어날 많은 일을 명료하게 인식하기 때문이다.

그리고 이것은 다시 윤리적인 것이나 개인적 양심에 대한 정신분석의 결과와 밀접하게 연관된다. 무엇보다 정신분석은 하나의 커다란 근본요구를 제기한다. 그 요구를 회피하거나 소홀히 하다간 즉각 보복을 당하고, 그 가시는 무척 깊이 들어가서 지속적인 흔적을 남기게 마련이다. 정신분석은 우리가 익숙하지 않은 자기 자신에 대한 진실을 요구한다. 정신분석은 우리가 가장 성공적으로 내면에 억압해 두었던 것, 여러 세대에 걸쳐 지속적으로 강하게 억눌러 왔던 것을 직시하고 인정하며, 탐구하고 진지하게 받아들이라고 우리에게 가르친다. 이는 벌써 정신분석을 행하는 첫 걸음부터 뿌리를 뒤흔드는 강력하고 엄청난 체험이다. 이를 의연히 견디고 계속 나아가는 자는 점차 고립되어 가고, 관습이나 기존의 가치관과 더욱 단절되어 가는 자신을 보게 된다. 또 멈추지 않고 의문과 회의에 시달리는 자신을 보게 된다. 하지만 반면 무너져 내리는 인습의 장막 뒤에서 진실, 즉 본성의 가차 없는 모습이 자꾸 떠오르는 것을 보거나 예감한다. 그도 그럴 것이 발전사의 한 단면은 정신분석이라는 강도 높은 자기검증을 통해서만 전정으로 체험되고, 가슴을 찢는 듯한 감정으로 느껴지기 때문이다. 아버지와 어머니를 거쳐, 농경민과 유목민을 거쳐, 원숭이와 물고기를 거슬러 올라가는 인간의 유래, 속박과 희망은 어디에서 보다 진지한 정신분석에서 가장 심각하고 가장 충격적으로 체험할 수 있다. 배워서 익힌 것이 눈에 보이게 되고, 알고 있던 것은 심장의 고동이 된다. 불안, 당혹과 억압이 환희 드러나자 삶과 개인의 의미는 더욱 순수하고 더욱 선명하게 떠오르게 된다.

그런데 정신분석이 지닌 이러한 교육적이고 고무적이며 자극적인 힘을 고무적으로 느끼는 이는 누구보다도 예술가일지도 모른다. 그도 그럴 것이 예술가에게 중요한 문제는 세상과 세상의 풍속에 되도록 편히 적응하는 것이 아니라 그 자신이 의미하는 바인 일회성이기 때문이다.

과거의 작가들 중 분석 심리학의 본질적인 명제를 둘러싼 지식에 매우 근접한 사람이 몇 있었는데, 그 중 가장 가깝게 근접한 작가는 도스토옙스키였다. 그는 프로이트와 그의 제자들에 앞서 훨씬 일찍 직관적으로 이 길을 갔을 뿐만 아니라 이러한 종류의 심리학의 실제 처리 방식과 기법을 나름대로 벌써 터득하고 있었다. 위대한 독일의 작가들 중 정신적 문제에 대한 견해가 오늘날의 정신분석과 가장 가까운 작가는 장 파울이다. 게다가 장 파울은 깊고 생동감 있는 예감으로 자신의 무의식과의 친밀한 지속적인 관계를 영원한 성과를 내는 원천으로 만든 예술가의 가장 찬란한 예이다.

　마지막으로 순수 관념론자에 꼽히기는 하지만 몽상가나 내면적으로 기이한 생각에 이끌리는 본성을 지닌 자로 분류되지는 않는 어느 작가의 말을 인용하고자 한다. 오히려 그는 전체적으로 매우 지적인 예술가로 꼽히곤 하는 작가다. 오토 랑크[2]는 다음의 편지 구절을 현대에 앞서 무의식의 심리학을 말해주는 가장 놀랄 만한 발언들 중 하나임을 맨 먼저 발견했다. 실러는 창작활동에 어려움을 겪고 있다고 호소하는 쾨르너[3]에게 이런 편지를 쓴다.

　"내가 보기에 자네가 어려움을 호소하는 이유는 자네의 지성이 자네의 상상력을 강제하고 있기 때문인 것 같네. 지성이 밀

---

2 Otto Rank(1884~1939). 오스트리아 심리학자. 정신분석학 이론을 전설·신화·예술·창조성에 대한 연구로 확대했으며 불안신경증의 근본 원인은 개인의 출생 시에 발생하는 심리적 외상이라고 주장했다. 그는 프로이트의『꿈의 해석』을 읽고 정신분석 이론을 활용하여 예술을 설명하고자『예술가』를 썼다. 이 책으로 프로이트의 도움을 받았으며, 대학에서 공부하는 동안『영웅의 탄생신화』,『시와 전설 속의 근친상간』이라는 책을 썼는데, 여기서 오이디푸스 콤플렉스가 시와 신화에 대한 풍부한 주제를 제공한다는 것을 보여주려 했다. 그런 뒤『출생의 외상』을 출간하면서 프로이트 및 빈 정신분석학회 회원들과 결별하게 되었다. 자궁에서 외부세계로 나올 때 유아에게는 성인기에 이르기까지 불안신경증으로 지속될 수도 있는 엄청난 불안이 생긴다고 주장한 이 책은 빈 학회 회원들에게는 정신분석 개념에 어긋나는 것으로 보였다.

3 Karl Theodor Körner(1791~1813). 독일의 애국 시인이자 극작가. 아버지 크리스티안 고트프리트 쾨르너가 실러의 후원자이자 친구였다. 조국애를 찬미한 야심작『츠리니』는 독일 전역에 걸친 명성을 안겨주었지만, 그 후 거의 잊혔다.

어닥치는 이념을, 마치 성문에서 벌써 그러듯 너무 엄격하게 검열한다면 그것은 좋지 않고, 영혼의 창조 작업에 불리하게 작용하는 것 같네. 하나의 이념이란 따로 떼어놓고 보면 매우 보잘것없고 무척 터무니없어 보이긴 하지. 그러나 그것은 역시 하찮아 보이는 다른 어떤 것과 결합되면 매우 유용한 부분을 이룰 수 있다네. 다시 말해 지성은 이 모든 것을 평가할 수는 없지. 이 다른 어떤 것과의 결합을 자세히 파악할 수 있을 때까지 그 이념을 오랫동안 꽉 움켜잡고 있지 않는다면 말이네. 반면에 창조적 두뇌의 소유자라면 지성이 성문의 초병을 철수시켜야 할 듯싶네. 그래서 이념들이 뒤죽박죽으로 쏟아져 들어오면, 그때 비로소 지성이 덩어리 전체를 조망하며 옥석을 가리면 될 거네."

이 글에 비판적 지성이 무의식과 어떤 관계를 맺어야 할지에 대한 이상적 관계가 모범적으로 표현되어 있다. 무의식, 통제되지 않은 착상, 꿈, 유희적인 심리상태에서 쏟아져 들어오는 자산을 억압해서도 안 되고, 무의식의 형상 없는 무한대에 지속적으로 탐닉해서도 안 된다. 그러지 말고 숨겨진 원천에 깊은 애정으로 귀 기울여야 한다. 그런 뒤에야 비로소 혼돈으로부터 비판하고 선택해야 한다. 위대한 예술가들은 모두 그렇게 했다. 어떤 기법이 이런 요구를 충족시키는 데 도움을 줄 수 있다면 그것이 바로 정신분석 기법이다.

(1918)

14
언어

작가가 다른 어떤 것보다 더 심하게 시달리는 부족과 지상에서의 결손은 언어다. 작가는 때로 언어를 너무나 미워하고 비난하며 저주를 퍼붓기도 한다. 또는 오히려 이러한 궁색한 도구를 가지고 일하도록 태어난 자기 자신을 미워하고 비난하며 저주를 퍼붓는 것으로도 볼 수 있다. 그는 화가나 음악가를 생각하며 부러워한다. 화가의 언어(색채)가 북극에서 아프리카에 이르기까지 모두에게 똑같이 이해되듯, 음악가의 음조 역시 만국의 언어로 말한다. 또 음악가는 단서의 선율에서부터 백 가지 성부의 오케스트라에 이르기까지, 호른에서 클라리넷에 이르기까지, 바이올린에서 하프에 이르기까지, 너무나 많은 새롭고 개별적이며 미묘한 차이가 나는 언어들을 마음대로 요리할 수 있다.

하지만 작가가 음악가를 특히 심하게 날마다 부러워하는 한 가지는 음악가가 음악만을 하기 위한 자신만의 언어를 갖고 있다는 사실이다! 하지만 작가가 글을 쓰기 위해 사용하는 언어는 학교에서 수업을 하고 시장에서 장사를 하며, 전보를 치고 소송을 벌일 때 사용하는 언어와 다를 바 없다. 자신의 예술을 위한 자신만의 도구, 즉 자신의 집이나 자신의 정원, 달을 내다보기 위한 자신만의 방 창문조차 없이 모든 것을 일상과 공유해야 하는 작가는 얼마나 가련한 존재인가!

작가가 '심장'이라 말할 때 그것은 인간 몸속에서 약동하는 가장 생기 있는 것, 자신의 가장 내밀한 능력과 약점을 뜻한다면, 그 단어는 동시에 하나의 근육을 의미하기도 한다. 작가가 '힘'이라고 말하면 그는 그 단어의 뜻을 두고 엔지니어나 전기 기술자와 싸움을 벌여야 하고, '지복至福'에 관해 말하면 그가 표현하는 개념에서 왠지 신학의 냄새가 풍긴다. 그는 어떤 하나의 단어를 쓸 때마다 동시에 다른 측면을 몰래 곁눈질하지 않을 수 없다. 또 그와 동시에 낯설고 방해하며 적대적인 상상을 떠올리며, 자신의 내부에서 장애와 제한을 겪지 않을 수 없다. 그것은 마치 어떤 소리가 좁은 벽에 부딪치는 바람에 퍼져나가면서 멎지 않고 억눌린 채 되돌아오듯, 자기 자신에 막혀 굴절하는 것과 같은 현상이다.

자기가 가진 것보다 더 많이 부풀려 내놓는 자를 사기꾼이라 한다면, 작가는 결코 사기꾼이 될 수 없는 사람이다. 작가는 자기가 주고자 하는 것의 10분의 1, 아니 100분의 1도 내놓지 못하기 때문이다. 작가는 듣는 이가 자기를 매우 피상적으로, 무척 아련하게, 그냥 대략적으로라도 이해한다면, 적어도 핵심 부분이나마 엉뚱하게 오해하지 않는다면 만족해한다. 그 이상은 꿈꾸기 어렵다. 그리하여 작가는 칭찬을 받든 비난을 듣든, 효과를 보든 비웃음을 사든, 사랑을 받든 배척을 당하든, 어느 경우나 자신의 생각이나 꿈 자체가 아니라, 언어라는 좁은 터널과 독자의 이해라는 더욱 좁은 터널을 뚫고 나온 그 100분의 1 정도만 이야기할 따름이다.

따라서 어떤 예술가나 젊은 예술가 전체가 새로운 표현과 언어를 시험하며 고통스러운 족쇄를 떨쳐버리려 하면 일반 사람들 역시 생사를 걸고 그토록 끔찍하게 저항한다. 같은 시민에게 함께 공유하는 모든 것은 하나의 성역이다. 그가 많은 사람들, 되도록 모든 사람들과 공유하는 것, 그에게 고독, 탄생과 죽음, 가장 내밀한 자아를 상기시키지 않는 모든 것은 신성하다. 일반 시민도 작가처럼 세계 공용어의 이상을 품고 있기는 하다. 하지만 시민들의 세계 공용어는 작가가 꿈꾸듯이 울창한 원시림이나 무한한 오케스트라 같은 것이 아니라 전신부호처럼 단순화된 기호체계다. 사용함으로써 수고도 덜고, 말과 종이도 아끼며, 돈벌이에도 도움이 되는 그런 것 말이다. 사실 문학이나 음악, 그러한 것이 돈벌이에 얼마나 방해가 되는가!

그런데 이런 일반 시민은 예술의 언어라 간주하는 어떤 언어를 배웠다면 그것으로 만족하며, 예술을 이해하고 소유한 것으로 생각한다. 그러나 자신이 그토록 힘들게 배운 그 언어가 예술의 아주 작은 일부분에만 유효하다는 것을 알게 되면 펄쩍 뛰며 화를 낸다. 우리 할아버지 시절에는 모차르트와 하이든의 음악 외에 베토벤도 인정하는 데까지 이른 열심히 노력하는 교양인들이 있었다. 그들은 그 정도만큼은 '함께 따라갔다'. 하지만 그 뒤 쇼팽, 리스트와 바그너가 등장해 또다시 새로운 언어를 배우라고, 또다시 혁명적이고 젊은 태도로, 유연하고 기쁜 마음으로 새로운 것에 다가가라고 요구받자 그들은 심히 불쾌한 기분이 들었다. 그들은 예술의 몰락과 시대의 타락을 인식했고, 그러한 시대를 살아가야 하는 자신들의 처지를 탄식했다.

오늘날 이처럼 불쌍한 사람들이 수없이 많다. 예술은 새로운 면모와 새로운 언어, 알아듣지 못할 새로운 소리와 몸짓을 보여준다. 예술은 줄곧 어제와 그저께의 언어를 말하는 것에 질려 있다. 예술은 또 한 번 춤추려 하고, 도를 넘는 행동을 하려 한다. 또 한 번 모자를 비스듬히 쓰고, 갈지자걸음을 걸으려 한다. 그러면 일반 시민은 그에 대해 격분한다. 그들은 조롱받고 자신들의 가치체계가 뿌리째 흔들린다고 느껴, 욕설을 마구 퍼부어대며 교양이란 덮개를 귀에 덮어씌운다. 자신의 개인적 위엄을 조금만 건드리고 모욕해도 판사한테 달려가는 이 같은 시민이 끔찍한 모욕을 당하며 살아갈 리 만무하다.

하지만 이런 분노와 겁 없는 흥분이 이들 시민을 자유롭게 해주지는 못한다. 또 자신의 내면을 분출시키거나 정화시켜주지도, 내적 불안과 불만을 제거하지도 못한다. 반면에 일반 시민에게서 듣는 불만 못지않게 일반 시민에 대해 털어놓은 불만이 많은 예술가는 고심해서 자신의 분노와 경멸, 격분을 쏟아놓을 새로운 언어를 모색하고 궁리하며 익히고 있다. 그는 욕설이 아무 소용없다고 느끼며, 욕하는 자가 옳지 않다고 여긴다. 우리 시대에는 이상으로 삼을 만한 것이 자기 자신밖에 없다. 또 예술가는 전적으로 그 자신이 되는 것, 자기 안의 본성이 빚고 준비한 대로 행하고 표현하는 것 외엔 아무런 소원도 바람도 없다. 그러기에 예술가는 일반 시민에 대한 적의를 가지고 되도록 개성적인 것, 되도록 아름다운 것, 되도록 눈에 띄는 것을 만든다. 그는 자신의 분노를 독설로 표출하는 대신 체에 거르고 다듬으며 매만져 불쾌와 불만감을 유쾌하고 아름다운 것으로 바꾸기 위해 새로운 표현, 새로운 아이러니, 새로운 희화, 새로운 방법을 빚어낸다.

자연에는 얼마나 무한히 많은 언어가 있으며, 인간들은 얼마나 무한히 많은 언어를 만들어냈는가! 산스크리트어에서 폴라퓌크어[1]에 이르기까지 여러 민족이 만들어낸 수천 가지의 단순한 문법은 비교적 빈약한 성과이다. 그 언어들이 빈약한 것은 언제나 가장 필요한 것으로 만족하기 때문이다. 그리고 일반 시민이 서로 간에 가장 필요하다고 여기는 것은 언제나 돈벌이

---

[1] Volapük(세계의 언어). 독일의 신부 요한 마르틴 슐라이어가 1879년경에 고안한 인공 세계어.

와 빵 굽는 것 등의 종류기 때문이다. 그러면 언어가 번성할 수 없다. 인간의 어떤 언어(문법을 말한다)도 고양이의 우아한 곡선을 이루는 긴 꼬리나 극락조의 오색찬란한 날개가 보여주는 활력과 재치, 광채와 명민함의 반도 따라가지 못한다.

그럼에도 인간은 개미나 꿀벌을 흉내 내려 하지 않고 본연의 그 자신이 되자마자 극락조나 고양이, 어떤 동물이나 식물도 능가하는 존재가 된다. 인간은 독일어, 그리스어나 이탈리아어보다 훨씬 전달력과 공명이 뛰어난 언어를 생각해냈다. 인간은 표현력과 화려한 색채가 극락조나 나비보다 훨씬 뛰어난 종교와 건축, 회화와 철학을 마술 부리듯 손쉽게 만들어냈다.

이탈리아 '회화'를 떠올리면 얼마나 풍요롭고 다채로운 울림이 느껴지는지 모른다. 경건함과 감미로움으로 가득 찬 합창소리가 울려 퍼지고, 갖가지 종류의 악기에서는 지극히 복된 소리가 울린다. 대리석 예배당에서는 서늘한 냄새가 은은히 풍기고, 수도승들은 무릎 꿇고 열렬히 기도하며, 아름다운 여자들은 따스한 풍경 속에 여왕처럼 군림하고 있다. 또는 '쇼팽'을 떠올리면 어떤가. 한밤의 우수가 깃든 음이 부드럽게 방울져 흘러내리고, 현악 연주에 따라 외지에서 느끼는 향수가 외롭게 하소연한다. 또 협화음과 불협화음으로 이루어진 선율에서는 극히 섬세한 개인적 고통이 온갖 학술 용어나 수치, 도표나 공식을 동원해서 표현할 수 있는 다른 괴로운 이의 심경보다 더 진실하고 훨씬 더 정확하고 섬세하게 표현되어 있다.

『젊은 베르터의 고뇌』와 『빌헬름 마이스터의 수업시대』가 같은 언어로 쓰였다고 진정으로 믿을 사람이 누가 있겠는가? 장 파울이 우리 학교 선생님들과 같은 언어로 말했다고 진정으로 믿을 사람이 누가 있겠는가? 작가란 이런 존재일 따름이다! 그들은 빈약하고 점잔 빼는 언어를 가지고, 전혀 다른 목적을 위해 만들어진 도구를 가지고 작업해야만 했다.

'이집트'라는 단어를 소리 내어 말해보라. 그러면 강철 같은 단단한 화음으로 신을 찬미하는 언어, 영원한 것에 대한 예감, 무한한 것에 대한 깊은 불안으로 가득 찬 언어가 들리리라. 왕들은 돌처럼 굳은 눈으로 수백만의 노예들을 무정하게 지나치고, 그 모든 것을 넘어 언제나 죽음의 시커먼 눈동자만 응시할 뿐이다 — 신성한 동물들은 진지하게 현세적인 눈으로 응시한다 — 무희들의 손에선 연꽃 냄새가 은은히 풍긴다. 이 '이집트'라는 단어 하나만 해도 하나의 세계, 온 세상을 품고 있는 별 세계이니, 그대는 등을 대고 누워 한 달 내내 그 단어만 생각하며 온갖 상상의 나래를 펼 수 있으리라.

그러나 불현듯 그대에게 무언가 다른 단어가 떠오른다. '르누아르'라는 이름이 들리면 그대는 부드러운 붓놀림으로 펼쳐진 환하고 밝은 장밋빛 세상을 보며 미소 지으리라. 그리고 '쇼펜하우어'라는 이름을 입에 올려보라. 그러면 똑같은 세계가 고뇌하는 사람들의 모습으로 그려져 있음을 보게 되리라. 잠 못 이루는 밤에 고뇌를 신으로 삼고, 한없이 고요한, 한없이 초라하고 슬픈 낙원으로 나 있는 멀고 험한 길을 심각한 얼굴로 순례하는 사람들 모습 말이다. 또는 '발트와 불트'[2]라는 소리가 떠오르면, 온 세상은 독일적인 속물의 둥지를 중심으로 흐릿하게 또 장 파울 식으로 유연하게 재편된다. 그곳에서 두 형제로 분열된 인류의 영혼은 악몽 같은 기묘한 유언과 개미처럼 우글거리는 속물들의 계략 속을 거닐면서도 아랑곳하지 않는다.

일반 시민은 공상가를 곧잘 광인과 비교한다. 예술가나 종교인, 철학자처럼 자신의 내면의 심연을 파고 들어가면 당장 미쳐버리고 말 테니 일반 시민의 말이 딱히 틀린 것은 아니다. 이 심연을 영혼이라 부르든, 무의식이라 부르든 또는 다른 무엇으로 부르든, 우리 삶의 어떠한 조그만 움직임도 그 심연에서 나온다. 보통 사람은 자신과 자신의 영혼 사이에 하나의 보초병, 즉 하나의 의식이나 도덕 같은 치안당국을 하나씩 세워둔다. 그래서 그는 먼저 당국의 검열을 받지 않고 그 영혼의 심연에서 직접 나오는 것은 아무것도 인정하지 않는다. 하지만 예술가는 영혼의 세계가 아닌 모든 검열 당국에 늘 불신의 시선을 보낸다. 또 예술가는 마치 두 집 살림하듯 이쪽과 저쪽, 의식과 무의식 사이를 몰래 드나든다.

예술가는 이편, 즉 일반 시민이 살아가는 알려진 낮의 세계에 머무를 때는 언어의 빈곤에 무한히 짓눌린다. 그는 작가로

---

2 Walt und Vult. 장 파울의 소설 『개구쟁이 시절』에 나오는 쌍둥이 형제 이름.

사는 것을 가시방석 위의 삶처럼 느낀다. 하지만 저편, 즉 영혼의 세계에 들어서면 말이 마법처럼 온 사방에서 마구 흘러든다. 별들이 노래하고 산봉우리는 미소 짓는다. 세상은 완벽하고 하느님의 말씀 그대로다. 그곳에서는 단어 하나도 철자 하나도 부족함이 없고, 모든 것을 말로 표현할 수 있다. 그곳에서는 모든 것에서 소리가 울려 퍼지고, 모든 것이 구원받는다.

(1918)

15

시에 대하여[1]

   열 살 때의 어느 날이었다. 우리는 학교에서 읽기 시간에 시를 한 편 읽고 있었다. 시의 제목이 「슈펙바허의 어린 아들」[2]이었던 것 같다. 어린 소년의 영웅적인 행위에 관한 시였다. 그는 전쟁에서 총알이 빗발치는 가운데 같이 싸우거나 어른들에게 총알을 모아 주거나 또는 그 밖의 영웅적인 행동을 했다. 우리 사내애들은 그 시에 감동했다. 나중에 선생님이 약간 반어조로 "이게 좋은 시냐?"라고 우리에게 물으시자 우리는 모두 "네." 하고 힘차게 대답했다. 그러자 선생님은 미소 짓는 얼굴로 고개를 가로 저으며, "아니야, 이건 좋은 시가 아니야."라고 말씀하셨다. 선생님 말씀이 옳았다. 그것은 우리 시대와 예술의 법칙과 취향으로 보자면 좋지 않은 시였고, 우아하지도 진실하지도

---

1 1918년에 썼던 것을 1954년 새로 고쳐 쓴 글이다—원주.

2 Johann Gabriel Seidl의 시.

않은 졸작이었다. 그럼에도 우리 사내애들은 엄청난 감동의 물결에 휩싸였다.

10년이 지나 스무 살쯤 되었더라면 나는 어떤 시든지 한 번만 읽어보면 좋은 시인지 나쁜 시인지 당장 자신 있게 말할 수 있었으리라. 그것은 너무나 쉬운 일이었다. 한 번 훑어보고 두 줄쯤 읊조려보면 금방 알 수 있었다.

그로부터 다시 수십 년이 흘렀다. 그동안 너무나 많은 시들이 내 손과 눈을 스쳐 지나갔다. 그러나 요즘은 누가 내게 시를 보여주면 좋은 시라고 해야 할지 그렇지 않다고 해야 할지 전혀 갈피를 못 잡겠다. 가끔 내게 시를 보여주는 사람이 있는데, 대개는 자기 시에 대한 '평'을 받아 출판사 문을 두드려 보려는 젊은이들이다. 그 젊은 시인들은 노련할 줄 믿었던 중견 시인이 아무런 경험이 없는 것을 보고 늘 놀라며 실망하곤 한다. 우유부단하게 시들을 이리저리 뒤적이다가 시의 가치에 대해 아무런 말도 자신 있게 하지 못하기 때문이다. 스무 살 때라면 2분 만에 자신만만하게 해치웠을 텐데 지금은 여간 어려운 게 아니다. 오히려 어려운 게 아니라 불가능하게 되었다. 아닌 게 아니라 젊은 시절엔 그 '노련미'란 것도 저절로 생기는 줄 알았다. 하지만 그것이 저절로 생기는 게 아니었다. 노련한 것에 재능이 있어서 노련미를 갖춘 사람들이 있다. 그들은 어머니 뱃속부터는 아니더라도 학창시절부터 노련미를 지니고 있다. 그런 반면 40세나 60세가 되어서도, 아니 100세까지 살다가 죽어도 '노련미'가 무엇인지 제대로 익히지도 이해하지도 못하는 사람들이 있으니, 내가 바로 그런 부류에 속한다.

내가 스무 살 때 시들을 그토록 확신을 갖고 평가할 수 있었던 것은 당시 몇몇 시와 시인을 무척, 거의 배타적으로 좋아해서 어느 책이나 시든 곧바로 그것들과 비교했기 때문이다. 그것들과 비슷하면 좋고, 그렇지 않으면 별 볼일 없는 것이었다.

물론 지금도 특히 좋아하는 몇몇 시인이 있고, 그 중 몇몇은 옛날부터 좋아한 시인이었다. 하지만 지금은 곧장 이런 시를 떠올리게 하는 시들을 가장 미심쩍게 본다.

아무튼 시인과 시 일반에 대해서가 아니라 '형편없는' 시, 다시 말해 시를 쓴 당사자 외에는 누가 보더라도 평범하고 변변찮으며 없어도 그만인 그런 시에 대해서만 이야기하겠다. 나는 세월이 흐르면서 그런 시들을 적잖게 읽어 왔다. 그리고 전에는 그런 것이 형편없다는 것과 왜 형편없는지도 정확히 알고 있었다. 그런데 지금은 더 이상 자신이 없다. 습관이나 지식이 다 그렇듯이, 이러한 확신과 지식마저 어느 순간 미심쩍게 보였다. 그런 것이 갑자기 지루하고 건조하며 공허하게 느껴졌고, 맹점이 보였던 것이다. 내 마음속에서 그에 대한 반감이 일었다. 결국 그것은 더 이상 지식이 아니라 시대에 뒤진 것이었고, 내 뒤에 쳐져 있는 어떤 것이었다. 전에 왜 그런 것을 가치 있게 보았는지 알다가도 모를 일이었다.

그런데 지금은 시를 어떻게 생각하고 있는가 하면, 의심할 여지없이 '형편없는' 시는 가끔 인정하고 칭찬해주고 싶은 마음이 드는 반면, 훌륭한 최상의 시들은 가끔 미심쩍게 생각된다.

가끔 교수나 공무원, 또는 광인에 대해 느끼는 감정도 이와 마찬가지다. 다시 말해 보통 우리는 공무원 나리라고 하면 나무랄 데 없는 시민이고, 정당성을 인정받은 신의 피조물이며, 인류의 믿을 만하고 유용한 구성원이라고 알고 있다. 반면 미친 자는 우리가 참으며 가엾게 여기지만 아무런 가치가 없는 불쌍한 사람이자 불행한 환자다. 하지만 그러다가 가령 교수나 광인을 특히 많이 상대하다 보면 갑자기 그 반대가 진실임이 드러나는 날이나 순간이 온다. 그럴 때면 광인이 조용하고 내적으로 안정된 행복한 사람, 현자이자 신의 총아이며 자기 자신과 자기 자신에 대한 믿음에 만족하는 개성적인 사람임을 알게 된다. 하지만 교수나 공무원은 평범한 성격에 개성도 특성도 없는, 없어도 그만인 별것 아닌 존재인 것 같다.

때로는 형편없는 시에 대해서도 이와 비슷한 생각이 들기도 한다. 갑자기 그 시들이 더 이상 형편없어 보이지 않는다. 갑자기 향기와 특성, 순진함이 느껴진다. 분명한 약점과 결점이 감동적이고 독창적이며, 사랑스럽고 매혹적으로 다가온다. 그에 비해 우리가 보통 사랑하는 가장 아름다운 시는 약간 밋밋하고 상투적으로 보인다.

아닌 게 아니라 표현주의가 등장하면서부터 일부 젊은 작가들의 작품에서 그와 비슷한 모습을 볼 수 있다. 그들은 원칙적으로 '좋은' 시도 '아름다운' 시도 더 이상 짓지 않는다. 그들은 아름다운 시는 차고 넘친다고 생각하다. 그들은 계속 예쁜 시를 만들어내고 이전 세대부터 시작된 인내력 겨루기를 계속하기 위해 이 세상에 태어난 게 결코 아니란 것이다. 그 점에서 그들의 말은 전적으로 옳다. 그들의 시는 보통 '형편없는' 시에서만 접할 수 있는 감동을 가끔 전해주기도 한다.

그 이유는 쉽게 찾을 수 있다. 한 편의 시는 매우 분명한 뜻을 가지고 생겨난다. 시는 체험하는 영혼의 분출이자 외침이고 아우성이며, 탄식이자 몸짓이고 반응이다. 영혼은 그런 반응을 하며 격앙된 감정이나 체험을 방어하고자 하거나 그 자신을 의식하고자 한다. 이 같은 일차적이고 본래적이며 가장 중요한 기능 면에서 보자면 어떤 시도 평가의 대상이 될 수 없다. 시는 맨 먼저 시인 자신에게 말을 건다. 시는 시인의 안도의 한숨이자 아우성이고 꿈이며, 그의 미소이자 버둥거림이다. 누가 간밤의 꿈에 대해 미학적 가치를 따지고, 우리의 손짓과 고갯짓, 몸짓과 걸음걸이에 대해 합목적성을 평가하려 하겠는가?! 손가락이나 발가락을 빠는 갓난아기는 펜대를 물어뜯는 작가나 긴 꼬리를 펼치는 공작만큼이나 현명하고 올바르게 행동한다. 이들 중 누가 누구보다 더 낫다고 할 수 없고, 누가 더 옳고 누가 덜 옳다고 할 수 없다.

때로 어떤 시는 시인의 긴장을 해소하여 그를 자유롭게 하는 것 외에 또한 다른 사람의 마음을 움직이고 즐거움과 감동을 선사하기도 한다. 우리가 아름답다고 하는 시가 그런 시다. 아마 많은 사람들에게 공통되고, 모두에게 공감되는 요소가 표현된 경우이리라. 하지만 그게 결코 확실한 것은 아니다.

그러나 이 점에서 우려스러운 순환이 시작된다. '아름다운' 시를 쓴 시인이 인기를 얻으니까 시의 원래적이고 근원적이며 성스러운 기능은 더 이상 알려고 하지 않고 그저 아름다워지려고만 하는 시들이 자꾸만 양산되는 것이다. 이런 시들은 애초부터 다른 사람, 즉 청자나 독자를 위해 쓰인다. 그런 시들은 더 이상 한 영혼의 꿈이나 춤의 스텝, 아우성이 아니다. 또 체험에 대한 반응도 더듬거리며 말하는 최고의 소망이나 마법의 주문도 아니며, 현자의 몸짓이나 광인의 찡그린 얼굴도 아니다. 그런 시는 단지 의도를 가지고 만들어낸 생산품이자 제조품, 대중의 입맛에 맞춘 초콜릿 봉봉에 불과하다. 그것들은 널리 퍼지고 팔리기 위해, 그리고 구매자에게 명랑함이나 고양된 기분, 기분전환을 선사하기 위해 만들어졌다. 바로 이런 종류의 시들이 대중의 갈채를 받는다. 그런 시에는 진지하게 애정을 쏟으며 몰입할 필요가 없다. 그런 시 때문에 괴로움을 겪거나 충격을 받는 대신, 매력적이고 알맞은 진동에 편안하고 즐겁게 공명할 수 있다.

그런데 이러한 '아름다운' 시들이 가끔 길들여지고 매만져진 모든 것처럼, 교수나 공무원처럼 너무나 지겹고 미심쩍어진다. 그리고 때로 정확한 세상이 지겨워질 때면 가로등을 때려 부수고 사원에 불 지르고 싶은 충동이 인다. 그런 날이면 지 신성한 고전 시인의 시에 이르기까지 '아름다운' 시들이 모두 약간은 마치 검열을 거친 듯, 거세된 듯, 지나치게 지당하고 지나치게 온순하며 지나치게 설교조로 생각된다. 그럴 때면 형편없는 시에 마음이 끌린다. 그럴 때는 어느 것도 형편없게 느껴지지 않는다.

그러나 이 경우에도 환멸이 호시탐탐 기회를 엿보고 있다. 형편없는 시를 읽는 것은 극히 단기간의 즐거움이니 금세 그것에 질리고 만다. 그렇다면 대체 무엇 때문에 읽어야 한단 말인가? 누구나 직접 형편없는 시라도 지어보면 안 될까? 그렇게 해보라. 그러면 형편없는 시를 짓는 것이 심지어 최고 아름다운 시를 읽는 것보다 훨씬 행복함을 알게 될 것이다.

(1918)

16
책 정리하기

　최근에 나는 또다시 책을 검사해야 했다. 외적 상황에 의해 어쩔 수 없이 나는 내 장서의 일부를 정리해야 했다. 그러므로 나는 서가 앞에 서서 한 걸음 한 걸음씩 책의 열을 따라 발걸음을 옮기면서 곰곰 생각에 잠겼다. "이 책이 필요한가? 이 책을 사랑하는가? 이 책을 꼭 다시 읽을 것인가? 그것을 분실하면 정말 마음이 아플 것인가?"

　나는 '역사적 사고'를 결코 배울 수 없었던 사람들 부류에 속하고, 관점에서 역사적 사고를 인간적 사고보다 훨씬 선호했던 시대에 속하지도 않기에 역사서부터 정리하기 시작하면서 몇 가지 장애에 부딪쳤다. 멋진 회상록 판, 이탈리아와 프랑스의 전기, 궁정 이야기, 정치가의 일기장. 그런 것들은 치워버리자! 정치가들의 견해가 언제 옳은 적이 있었던가? 내게는 횔덜린의 시구가 권세가의 온갖 지혜보다 더 가치 있지 않았던가? 그런 것은 치워버리자!

예술사가 그 대열에 합류했다. 이탈리아와 네덜란드, 벨기에와 영국의 회화를 다룬 바자리[1]의 깔끔한 특별 작품. 예술가 서한 모음집. 이런 것은 없어도 그리 마음이 아프지 않았다. 그런 것은 치워버리자!

철학자들이 다가왔다. 마우트너의 사전을 지니고 있을 필요가 있을까? 아니다. 언젠가 에두아르트 폰 하르트만을 다시 읽을 날이 오겠는가? 아, 아니다. 하지만 칸트는? 나는 망설였다. 결코 알 수 없는 일이다. 그래서 칸트는 그냥 놓아두기로 했다. 니체는? 서간과 함께 꼭 필요하다. 페히너는? 아쉬울지도 모르니 그냥 놓아둔다. 에머슨은? 저쪽에 치워버리자! 키르케고르는? 아니다, 우리는 아직 그를 간직하고 있다. 쇼펜하우어는 말할 것도 없다. 『독일의 영혼』, 『유령 책』, 『게토 책』, 『희화화해서 본 독일인』과 같은 시가선과 스크랩북은 매력적으로 보이긴 하지만 그것이 필요할까? 그런 것은 치워버리자! 그런 것은 모두 치워버리자!

그런데 이젠 작가들을 처리할 순간이다! 최근의 작가는 언급하지 않으련다. 하지만 괴테의 서한집은? 그 중의 일부는 부정적 평가를 받았다. 그릴파르처의 전집은 어떻게 할 건가? 있어야 하는가? 아니, 있어야 할 필요가 없다. 그러면 아르님의 전

---

1 Giorgio Vasari(1511~1574). 이탈리아의 화가이자 건축가 겸 미술사가.

집은? 아, 그건 없으면 아쉬울지도 모른다. 그냥 놓아두자. 티크와 빌란트도 마찬가지다. 헤르더는 중요하게 대우해야 할 사람이다. 발자크는 어떨지 몰라 그냥 놓아두었다. 아나톨 프랑스는 생각해봐야 할 사안이었다. 적에 대해서는 기사답게 대할 필요가 있어 그는 구원받았다. 스탕달은? 책이 많았지만 꼭 필요한 사람이다. 몽테뉴는 말할 필요도 없다. 반면 마테를링크는 없애도 되겠다. 보카치오가 쓴 『데카메론』의 네 가지 판은! 그 중 한 가지만 남기기로 한다. 그런 다음 동아시아 책 차례다. 라프카디오 헌은 없애기로 하고, 다른 것은 모두 그대로 놓아둔다.

영국 작가들의 경우는 몇 가지 우려가 생겼다. 버나드 쇼의 많은 책은? 몇 권은 빼내야 했다. 새커리 책들은? 그 중 절반이면 충분하다. 필딩, 스턴, 디킨스는 자질구레한 것까지 그대로 두기로 한다.

러시아 작가들의 경우도 거의 모두 남겨두기로 한다. 고리키와 투르게네프의 경우는 망설이며 결단을 내리지 못했다. 톨스토이의 소책자는 강력한 공격을 받았다. 스칸디나비아 작가들 중 몇몇은 내려왔다. 함순과 스트린드베리는 남았고, 뵈른손[2]과 예이예르스탐[3]은 사라졌다.

---

2 Bjørnstjerne Martinius Bjørnson(1832~1910). 노르웨이의 시인·극작가·소설가 겸 언론인·대중 연설가·연극연출가.
3 Gustaf af Geijerstam(1858~1909). 스웨덴의 소설가.

전쟁문학은 누가 수집하겠는가? 몇 백 파운드의 책을 싸게 넘겨줄 수 있다. 그 중 산 것은 별로 없고 대부분 집으로 배달되었다. 나는 그것의 20분의 1도 읽지 않았다. 1915년과 1916년도에 무슨 질 좋은 종이가 있었겠는가!

며칠 뒤 그 일을 마쳤을 때 비로소 나는 최근에 책과 나의 관계 역시 무척 변했음을 알게 되었다. 전에는 관대하게 아끼는 마음으로 참고 있던 문학의 전체 장르들을 지금은 웃으며 정리한다. 더 이상 진지하게 생각할 수 없는 저자들이 있다. 하지만 크누트 함순이 아직 살아 있다는 게 얼마나 위안이 되는가! 야메스가 있다는 게 얼마나 좋은 일인가! 심리묘사가 취약한 지루한 작가의 두꺼운 전기를 치운 것은 참으로 다행한 일이다. 방이 더 환해진다. 지금 훨씬 환히 빛나는 보물은 남겨둔다. 괴테와 횔덜린, 도스토옙스키의 모든 책은 남겨둔다. 뫼리케는 미소 짓고 있고, 아르님은 대담하게 빛을 발한다. 아이슬란드의 전설은 온갖 걱정을 견디고 살아남는다. 민담과 민속본은 끈질기게 남아 있다. 돼지가죽으로 제본하고 신학적 명성을 지녔으며, 대체로 모든 새 책보다 훨씬 자유분방한 낡은 고서들 역시 아직 그대로 있다. 그런 책들은 즐거운 마음으로 일단 살아남게 한다.

(1919)

17

가을 저녁, 서재에서의 독서

오늘 아이들과 함께 정원에서 모은 바짝 마른 나무가 벽난로에서 타고 있다. 낮에는 아직 따뜻해서, 우리는 저녁이 되어서야 서재에만 불을 땐다. 아이들은 한 시간 동안 내 곁에 있다. 그들은 불 속을 들여다보고, 수수께끼를 알아맞히고, 풀무를 가지고 논다. 그런 뒤 나는 혼자 남아 나뭇가지 몇 개를 불 위에 얹어 놓고 책을 읽는다.

그 사이에 자주 독서를 중단한다. 난롯불은 돌보아줘야 한다. 길어도 10분에 한 번은 살펴보고, 가지를 얹어주고, 불을 지피고, 포개어 쌓아야 한다. 생각과 걱정이 방금 읽은 책에서 나온 영상들 사이를 무리하게 파고든다. 곧 난방을 해야 하지 않을까? 하지만 그러면 버릇을 잘못 들이게 되고, 나중에 추운 한겨울에 갑자기 석탄 없이 지내게 된다. 그러면 무엇 때문에? 무엇 때문에 서재에 난방을 한단 말인가? 무엇 때문에 책을 읽고, 책을 쓰고,

시에서 기쁨을 얻는단 말인가? 무엇 때문에 이 모든 일을 한단 말인가? 4년 동안 현명한 큰 세계는 은밀하고 행복한 백치들인 우리 시인들에게 천둥벼락을 치며 우리가 바보이고 감상적인 멍청이라는 지혜, 세상에는 우리의 순진한 관심과는 다른 중요한 문제가 있다는 지혜를 알려주었다. 적들이 그런 말을 하면 우리는 미소 지었고, 고향에서 같은 소리가 나면 우리는 움찔했다. 우리는 전쟁 시인과 전쟁 선동자를 지켜보았고, 이성적이고 인간적이며 예의바른 말을 소리 높여 말하자마자 우리는 돌멩이와 오물 세례를 받았다. 우리는 조국이 없는 자들이었고, 우리는 위대한 시대에 대한 아무런 의식이 없는 자들이었다.

세상이 빙빙 돌아가는 지금, 바보인 우리 시인이 3년 전에 한 말이 시장의 진리가 된 지금 이러한 시장의 지혜는 우리를 더 이상 기쁘게 하지 않는다. 우리는 다시 물러섰고, 시를 짓고 어린이 같은 행동을 한다. 분별력과 신문은 우리가 그로써 몹시 부당한 일을 하고, 우리가 시대를 제대로 평가하지 못하고, 우리가 충분히 사회적이지 못하다고 우리에게 말한다. 우리의 가슴은 그 사이에 그 일을 다르게 알고 있다. 그 때문에 나는 우리의 전체 존재와 행위가 아직 어떤 가치와 의의가 있는지에 대해 조금도 진지하게 걱정하지 않는다. 아무도 더 이상 의의가 없고, 어느 누구의 행위도 나의 행위보다 더 많은 가치가 있는 것은 아니다. 우리는 위대한 시대로부터 그 정도만큼은 배웠다. 우리는 그 당시 황홀해하며 시대의 위대성을 들먹이는 전쟁주의자의 말을 믿으려

하지 않았다. 이제 그 위대한 시대는 호경기를 맞은 온갖 철학의 범위를 훨씬 넘어 우리에게 점차 분명해진다. 이 시대는 우리에게 위대하고, 우리 시인, 사상가, 몽상가, 경건한 자에게 날로 더 위대해진다. 바보, 영혼, 정신의 시대가 시작된다. 엄밀히 말하자면 우리는 적들의 다리가 부러지고 무덤에 누워 있는 것을 기뻐해야 한다. 다시 말해 전쟁 선동자, 아우성을 치는 전쟁 시인, 위대한 시대를 부르짖는 논설위원 같은 자들이.

그런 뒤 나는 예전과는 달리 더 이상 양심을 가책을 느끼지 않고 다시 책을 읽는다. 나는 어떤 멋진 책에 열중하면 이 미친 세계의 모든 대신과 왕들이 몇 년 전부터 했던 것보다 더 낫고 현명하며 소중한 일을 한다는 것을 알고 있다. 그들이 파괴한다면 나는 건설한다. 그들이 흩트린다면 나는 주워 모은다. 그들이 신을 부정하고 십자가에 매달았다면 나는 신을 사랑한다.

내 책상에 책들이 잔뜩 쌓였고, 전쟁과 곤경에도 불구하고 나의 작업은 착실히 계속 진행된다. 종이는 아직 많이 있는 것 같다. 그러나 책 더미를 이리저리 살펴본 결과 내게 재미있는 것이나 내가 읽을 만한 것이 별로 없다는 것을 고백하지 않을 수 없다. 전쟁을 거치는 동안 책이 더 나아지지 않고 더 형편없어졌다는 생각이 들었을 뿐만 아니라 무엇보다도 나의 취향이 완전히 변해버렸다. 장편소설은 나를 불안하게 하고, 에세이는 나로 하여금 역겨운 기분이 들게 한다. 나는 문학책 대신에 이젠 교부의 책을 훨씬 즐겨 읽는다. 그것은 훨씬 더 재미있고 진실하다. 아무튼 나는 아직 책을 읽는다. 나는 아직은 모든 인쇄물을 무가치하게 보는 입장은 아니다.

커다란 책 더미에서 아직 몇 권의 사랑스러운 이름과 멋진 내용이 눈에 띄기에 나는 나처럼 때때로 저녁에 난롯불과 책을 사랑하는 사람들을 위해 그 책의 이름을 밝히고자 한다.

빌헬름 셰퍼에 관해서는 두 권으로 나온 책 『서사적인 저술』(게오르크 뮐러)이 발간되었다. 그것은 지금까지 조그만 단행본으로 흩어져 있던 책들을 모은 것이다. 요술에까지 재능이 있는 그 예술가는 유리 공을 가지고 노는 분수처럼 가끔 자신의 멋진 능력을 발휘하다가, 가끔 그 일을 완전히 잊어버리기도 한다. 그는 기본적으로 온갖 단순한 수완을 발휘하기에는 너무 훌륭하고 진지하기 때문이다.

최근의 작품들 중 나는 내게 인상을 준 몇 권의 새로운 책도 읽었다. 표현주의자들이 등장한 이래로 내가 다시 드라마를 읽을 수 있다는 사실이 나의 관심을 끈다. 나는 전에는 그것을 읽을 수 없었다. 나는 드라마에 대한 거부감으로 가득 차 있었다. 드라마는 규칙이 있었고, 막과 결말, 어떤 구조나 그와 같은 것이 있어야 했다. 나는 드라마를 쓰고 싶은 생각이 없는 것처럼 드라마를 읽고 싶지도 않았다. 이제 이런 젊은이들의 작품은 읽기가 무척 쉽다고 생각되고, 내게 기쁨을 안겨주며 때로는 나를 황홀하게 만들기도 한다. 그 작품은 규칙과 형식을 무시했다. 그래서 나는 그들의 드라마를 올바르고 단순한, 다소간 멋진 시작법詩作法처럼 읽을 수 있다. (파울) 코른펠트의『유혹』
은 무척 내 마음에 들었다. 그리고 거미줄처럼 촘촘히 짜인 그
의『전설』과 (빌헬름) 레만의『나비 인형』(피셔 출판사)도 마음
에 들었다. 슈미트라는 자는 토마스 데 셀라노의『아시시의 성
프란체스코의 삶』을 번역(바젤, 라인하르트 출판사)했다. 이로써
다른 어느 시대보다 우리 시대와 더 친숙한 그 성자의 삶에 대
한 가장 오래되고 친절한 원전 중의 하나를 접할 수 있게 되었
다. 그 책이 우리에게 친숙한 현상도 언젠가 변할 것이다. 그리
고 현대의 프란체스코[1] 열광에 많은 심각한 오해가 있다는 사
실이 드러날 것이다. 그러나 사랑하는 경우 결국 이해와 오해
는 구별하기 어려울 것이다.

나는 내면에서 불타오르는 열정을 가라앉히고 밤의 서늘함을
피해 침대로 도피하기 전에 크누트 함순의 새 책이 나왔다는 사
실을 친구들에게 털어놓으려고 한다. 책의 제목은『지상의 축복』
(뮌헨의 랑겐 출판사)이다. '위대한 시대'의 바빠 일하고 현혹된 자
들 중의 아무에게도 그 책에 관해 이야기하지 마라. 그러나 저녁
이면 가끔 난롯불 가에 앉아 불꽃을 바라보며 지상의 정신을 사
랑하는 몇몇 가까운 친구들에게는 그 책에 관해 이야기하라.

(1918)

---

1 프란체스코 수도회의 창시자(1182~1226).

18

몇 권의 책에 대하여

내게도 어느 날 떠날 시간이 왔다. 오랜 전쟁이 끝난 후 나는 군무원 역할에서 벗어나 민간인이 되려고 할 수 있었다. 그 일은 쉽게 되지 않았고, 지금까지도 성공하지 못했다. 실종된 화가 뵈클린(그는 20년 내로 우리 자식들에 의해 발견될 것이다)의 '모험'처럼 우리 각자는 지금 가차 없는 태양 아래 홀로 의연히 해골과 곰팡이의 나라를 향해 말을 타고 가고 있다. 대중의 본능을 찬미하는 것을 작가의 업이라 생각하는 이는 살아가기가 덜 힘들다. 그들은 군가와 연대가를 만들었고, 지금은 민주주의를 신봉한다고 고백한다. 그들은 선의로, 자신과 그들이 비위를 맞추는 대중에 대한 선의로 그 일을 한다. 이런저런 운명으로 인해 저 최초의 전쟁 정신병을 모면한 우리 같은 다른 이들은 우리의 정신병을 이제야 겪는다. 우리는 벌써 예전에 유럽의 정신이 죽음과 고통스런 재탄생을 향해 다가가고 있다고 예감했다. 우리는 그러한 사실이 전쟁과 전쟁의 전체 결과에 의해 입증되었으며, 함께 몰락할 형을 받았음을 알게 된다.

30년 전쟁이 끝난 뒤 귀향하는 촌뜨기처럼 다시 돌아오지만, 그때처럼 더 이상 아무것도 발견하지 못한다. 우리는 신문 구독을 취소하고, 잠시 더 사는 것과 우리의 조그만 밭을 갈면서 우리가 이미 반쯤 떠난 이 세계의 광기에 대해 곰곰 반추하는 것 외엔 아무것도 바라지 않는다.

그럼에도 많은 일이 계속 벌어진다. 그래서 예나 다름없이 책을 읽기도 하고, 일이 활발히 진행되는 것에 대해 현명하게 미소 짓는다. 몇 년간 강철과 피에 싸여 있었던 가정 잡지들이 다시 정감을 발견하고 칭찬하는 것이 보인다. 그럼에도 몇 가지 징표를 해석하고, 운명의 상형문자를 일상의 언어로 번역하려고 고심하는 사람들은 보다 진지한 관심의 대상이 된다. 시켈레의 책(『제네바 여행』), 아네트 콜프와 다른 이주자들은 유럽의 정신이 지난 몇 년 동안 노골적으로 드러난 자신의 촉수에 고통을 당했다는 것에 대해 많이들 말하고 있다. 작가와 이야기꾼은 같은 재료를 가지고 나름대로 작업하고, 그럼으로써 마델룽의 『인간 키루스』나 마이링크의 『녹색 얼굴』 같은 다채로운 작품이 생겨난다. 시민은 이러한 찡그린 얼굴에 대해 깜짝 놀라면서도, 정작 자신의 찌푸린 얼굴은 훨씬 더 추하다는 것을 알지 못한다. 에밀 싱클레어[1]의 작품인 『데미안』에 이런 문장이 나온다. "우리는 서로를 이해할 수 있지만, 각자 자기 자신만을 해석할 수 있다."

전체적으로 볼 때 사람들은 책을 예전보다 덜 진지하게 여긴다. 우리에게 필요한 지혜는 노자의 책에 적혀 있다. 그 지혜를 유럽어로 번역하는 일은 현재 우리의 유일한 정신적 과제다. 그것 말고도 정신적인 충고의 글과 말, 표현주의를 둘러싼 다툼이나 언어를 마음대로 적용하고 배열하는 작가의 권리를 둘러싼 다툼은 너무나 재미있게 보인다. 하지만 미학적 관습을 느슨하게 함으로써 많은 소중한 전통 역시 불가피하게 사라지고 만다(르누아르가 등장해 무엇이 사라졌는지 잘 생각해보라?!). 이 모든 것으로 우리가 기꺼이 동의하는 삶의 한 부분이 실현된다.

내가 이번 달에 읽은 몇 가지를 간략히 기록하도록 하겠다.

쿠르트 볼프 출판사의 새 잡지 〈게니우스〉의 상반기 책. 많은 커다란 판화가 담긴 4절판 책을 보았는데, 그 중에 가장 아름다운 것이 엘 그레코의 톨레도 풍경이다. 조형예술을 단연 많이 보았다. 책의 앞에 놓인 보링거의 말이 방향이나 입장을 행복하게 제시한다. 나는 옛날과 최근 예술품의 많은 아름다운 모사품에 진심으로 매료당했다. 그 중에 자꾸만 다시 보게 되는 너무나 잘 알려진 것은 몇 개 없었다. 오늘날의 표현주의자들을 고딕 양식이나 흑인의 조형 예술 등과 연결시키면서 하나

---

1 헤세는 처음에 『데미안』을 에밀 싱클레어라는 가명으로 발표했음.

의 통일을 암시하려는 시도가 희미하게 엿보이긴 하지만, 그렇다고 늘 그렇듯이 해로운 영향을 끼치지는 않는다. 책에서 묘사되는 현대의 예술품 중 코코슈카의 그림이 가장 큰 양향을 끼친다. 잡지의 문학 부문은 본질적으로 좀 더 빈약하고, 서정시도 단편소설도 진정으로 특징 있는 작품은 보이지 않는다. 가장 가치 있는 것은 부분적으로 마술이 기본 소재가 되는 베르펠의 너무나 멋진 작품이고, 지적인 측면(표현의 측면이 아닌)에서 보자면 쿠르트 핀투스의 『세계 시민에게 고하는 말』이 가장 소중하다. 전체적으로 사람들은 이러한 첫 번째 책에서 확실히 기쁨을 얻고, 다음 작품을 즐거운 마음으로 기다린다. 장기적으로 명시선의 성격이 약화되지 않고 잡지의 활동에 영향을 끼칠 것인지? 전문적 지식을 갖추는 것과 진정으로 최상의 작품을 순전히 객관적이고 고르는 일이 훌륭한 원칙이다. 하지만 대체 그런 작품이 있단 말인가? 공평한 자의 미소 짓는 지혜는 편파적인 자의 열정과 마찬가지로 하나의 착각이 아닌가? 지식인에겐 미심쩍어 보이긴 해도 열정은 언제나 탁월한 동력을 지니고 있다.

오래 전에 지나간 표현주의 이전 시대의 작가인 에밀 슈트라우스와 카이저링이 새 책을 냈다. 슈트라우스가 더 내 마음에 든다. 카이저링의 우아한 우수憂愁는 그의 최근 책들에서 언제나 아름다웠지만, 가끔은 달콤하고 유약하기도 하다. 겉보기에 곧은 사람처럼 보이는 슈트라우스는 좀 더 복잡한 본성을 지니고 있다. 그의 『거울』은 우수에 젖은 책이자 또한 약간 피곤한 책이기도 하다. 고독에 관한 책이지만, 흐릿한 날 창문들을 닫고 으스름함 속에서 실내악을 연주할 때처럼 결코 전적으로 특별한 슬픔에 충만해 있지는 않다.

우리는 여전히 새로운 것을 알게 된다. 최근 들어 나는 처음으로 어느 작가의 책 두 권을 읽었다. 수십 년 동안 아마 가장 많이 읽힌 작가라 할 수 있지만 나는 그를 아직 알지 못했다. 그자는 카를 마이[2]다. 뭔가를 안다는 사람들은 언제나 그가 매우 역겨운 작자이고 삼류 문사라고 말했다. 한때 그를 둘러싼 일종의 논쟁이 벌어지기도 했다. 이제 나는 그를 알고 있다. 그리고 젊은이에게 책을 선물하려는 삼촌들에게 그의 책을 진심으로 추천한다. 그의 책은 환상적이고 불굴의 의지를 지녔으며 터무니없는 내용을 담고 있다. 구조는 튼튼하고 화려하다. 그의 책은 온갖 세련된 기법에도 불구하고 무척 신선하고 소박하다. 그가 소년들에게 어떤 영향을 미쳐야 할까! 그가 전쟁을 체험했으며, 평화주의자였더라면! 열여섯 살 소년이 더는 군에 입대하지 않을 텐데!

마지막으로 외국 책, 프랑스 책에 대해 이야기하겠다. 그 프

---

2 Karl Friedrich May(1842~1912), 독일의 베스트셀러 작가. 젊은이들을 위해 사막의 아랍인들과 서부 황야의 미국 인디언들을 다룬 탐험과 모험소설을 썼으며, 사실적인 세부묘사로 유명하다. 60여 권이 넘는 작품 가운데 유명한 것으로 『은빛 호수 속의 보물』, 『사막에서』, 『비네토우』, 『아르디스탄과 지니스탄』 등과 자서전 『나의 인생과 투쟁』 등이 있다.

랑스인은 물론 오늘날의 정신적인 프랑스를 함께 건설한 사람들 중 한 명이긴 하지만, 전쟁의 가증스러움에 대해 일평생 단 한 시간도 찬미하지 않았다. 그는 로맹 롤랑[3]이다. 그의 『바보 브뢰뇽』은 멋지고 즐거운 놀라움으로 다가온다. 시대 문제를 다룬 책이거나 비극, 미래의 꿈이 아니라 인간성을 다룬 사랑스럽고 친근한 책이다. 태양과 바람, 시골 공기와 싱그러운 아침, 오래된 독한 와인이 있는 휴가지에서 읽을 책이다. 그것은 건강 그 자체처럼 좋으며 즐거움을 안겨준다. 롤랑은 누구보다도 가장 올바른 방식으로 정신적 휴가를 보낸 사람이다. 우리는 초민족적인 인간성이 미약하게나마 아직 남아 있는 것에 대해 어느 누구 이상으로 그에게 감사해야 한다. 그는 전쟁 발발 5년째에도 자신의 고향에서 너무나 끔찍한 체험을 해야 했다. 내가 이 용감한 영웅을 사랑하고 존경하긴 하지만, 솔직히 말하자면 몇 년 동안 시대 문제와 비판에 몰두하는 그의 모습이 전적으로 내 마음에 든 것은 아니었다. 나는 오랫동안 그에게서 어떤 노래, 단순한 삶의 기쁨과 문제가 없는 인간성의 표현

---

3 Romain Rolland(1866~1944). 프랑스의 문학가·사상가. 『장 크리스토프』로 노벨 문학상을 수상했다. 그의 삶과 글은 당대의 사회와 정치 및 정신세계에서 일어난 주요 사건들, 즉 프랑스 군부의 반유대주의를 폭로한 드레퓌스 사건, 파시즘에 대한 투쟁, 세계대전에 맞선 평화에의 추구 등과 깊은 관련을 맺고 있다. 그는 스피노자와 톨스토이의 글에 심취했으며, 음악에 대한 열정을 지녔다. 스스로 국제적십자사의 포로수용소에서 일하기도 하였으며, 제2차 세계대전 중에는 반전운동의 선두에 나서는 등, 항상 세계의 평화를 위해 일하였다. 정신적인 자서전 『내면의 여로』를 집필하다가, 1944년 파리 해방을 앞두고 죽었다. 작품으로 『장 크리스토프』, 『매혹된 영혼』, 『미켈란젤로의 인생』, 『바보 브뢰뇽』 등이 있다.

을 듣고 싶었다. 그는 세월이 흐르면서 인간성의 옹호자들 중 한 명이 되었다. 하지만 그는 아직 작가였던가? 그가 아직 충분히 어린아이였으며, 이야기를 꾸며낼 때의 순수하고 본래적인 기쁨을 얻기 위한 적당한 소박성이 그의 내면에 아직 있었던가? 그 답은 그가 줄 수 있었던 가장 아름다운 답이다. 그가 내게 보내준 증정본에 그 책에 대해 말할 수 있는 최상의 내용이 짧은 헌사로 적혀 있다. 그는 그 책을 "멜랑콜리에 맞서기 위한, 오래된 부르고뉴 산 와인이 든 작은 병"이라고 칭한다.

(1919)

19

환상적인 책

예전에 나는 좋은 읽을거리와 나쁜 읽을거리가 무엇인지 꽤 정확히 알고 있었다. 예전에 사람들은 너무나 많은 일에서 원칙적으로 올바른 일을 잘 알고 있었기에 살아가고 생각하는 것이 즐거웠다. 이제는 모든 일이 미심쩍어졌다. 나와 책과의 관계도 점점 그렇게 된다.

전쟁 중에 나는 너무나 자주 좋은 읽을거리와 나쁜 읽을거리에 대해 곰곰 생각하지 않을 수 없었다. 그도 그럴 것이 대략 50만 명에 달하는 사람들에게 읽을거리를 골라주는 것이 내 직책이었기 때문이다. 그때 나는 옛날의 훌륭한 원칙으로 시작했다가 낭패를 당했다. 날마다 쇄도하는 독자들의 수많은 요청으로(독일에 있던 독일의 전쟁포로들이었다) 인간이 읽을거리를 윤리적 원칙이나 미학적 원칙에 따라 고르지 않는다는 것을 깨우치게 되었다. 물론 교양 있는 사람은 그 원칙을 알고 지킨다.

그래서 기본적으로 마음에 들지 않으면서도 많은 것을 높이 평가하는가 하면, 교양이 제동을 걸지 않았다면 마음이 끌렸을 다른 것을 포기하기도 한다.

당시 매우 인기 있는 작가였지만, 나는 그때까지 이름만 알고 있던 어떤 문필가를 이런 에움길에서 알게 되었다. 그는 전쟁포로들의 희망 도서목록에 번번이 올라 있었다. 그는 카를 마이다. 내 주변의 사내 녀석들이 그에게 열광했다는 기억이 떠올랐다. 그 외에는 그에 대해 칭찬하는 말을 들은 기억이 없고 죄다 나쁜 평가뿐이었다. 그는 인품이 미심쩍고, 파렴치한 작자이며, 이상이나 성스러운 열정이 없는 대단히 사악한 책 제조업자라는 것이다. 어디서 알게 되었는지는 몰라도 나는 그렇게 알고 있었다. 어차피 세상에는 선한 양도 있고 악한 염소도 있는 법인데, 이 마이 씨는 염소 쪽에 속했다.

마침내 호기심에서 그의 책 두 권을 읽어본 지금 나는 깜짝 놀라고 말았다. 다시 말해 그는 단순히 책 제작자가 아니라 놀랄 만치 소박한 성실성을 지니고 있었다. 그는 가령 '소원 성취로서의 문학'이라 일컬을 수 있는, 전적으로 본래적인 문학 유형에 속하는 더없이 찬란한 대표자였다. 두꺼운 책 속에서 그는 자신이 살면서 이룰 수 없었던 온갖 소원을 성취한다. 거기서 그는 마치 강력하고 부유한 왕처럼 존경받는다. 그는 충직하고 강력한 동지들을 통솔하고, 어떤 적보다 우월한 모습을 보이며, 현명함과 고결함의 힘으로 기적을 행한다. 그는 패자를 구원하고 포로를 풀어주며 불구대천의 원수들을 서로 화해시킨다. 또 죄인을 신앙의 바른 길로 개종시키고, 완강한 악당을 때려눕힌다. 어떤 이들은 호전적이고 탐욕스러운 악동 같은 소망으로 온전하고 소박한 본성이 복잡하게 꼬이기도 한다. 하지만 그는 힘세고 강력해지기를 바라고, 또 말할 수 없이 교활하고 노련해지기를 바랄 뿐 아니라 놀랄 만치 선해지려고도 했다. 그래서 그의 소설 주인공은 이름만 바뀔 뿐 언제나 같은 이상형을 구현하고 있다. 이때 그가 민족주의의 시각으로 자비를 유럽의 기독교적 자비로 생각한다는 사실, 유럽의 화기가 미개 민족의 원시적인 무기보다 우월하듯 유럽의 기독교적 도덕이 다른 어느 보다도 우월하다는 착각에 빠져 있다는 사실은 그다지 중요한 문제가 아니다. 이러한 점에서도 그는 선의를 지니고 있으며, 부러워할 만한 단호함으로 목표를 향해 돌진한다.

그를 위대한 작가라고 부르고 싶지는 않다. 그러기엔 그의 언어가 너무 틀에 박혀 있고, 영혼의 비상하는 폭이 너무 협소하다. 하지만 그는 우리의 척박하고 황량해진 독서 풍토에서 눈에 번쩍 띄는 자극적인 작품으로 없어서는 안 될 영원한 문학 유형을 대변한다. 이 시대의 '더 나은' 다른 작가들의 상상력이 부족한 게 그의 탓은 아니다. 더 우아한 재능을 가지고도 달성하지 못한 일을 미심쩍은 재능을 지닌 어떤 사람이 성취했다면 이는 다른 사람들의 잘못인 것이다.

최근 들어 어떤 현실적인 결함 때문에서도 우리의 산문문학이 환상적인 문학으로 새로운 방향전환이 이루어졌다. 인상주의자의 우아하고 현명하고 가꾸어진 몸짓이 갑자기 피곤하고 시들하게 느껴졌던 것이다. 그것은 더 이상 시대가 원하는 모습이 아니었기에 더 이상 젊은이의 호응을 얻지 못했다. 우리 독일에서는 마이링크가 자신의 장편소설로 잘 알려진, 의식적으로 손질한 환상적인 유무를 시작했다. 매우 우아하고 섬세한 음조를 자유자재로 구사한 그 역시 유난스런 수단을 마다하지 않았다.

그 말고 한 사람을 더 들자면 프라이가 있다. 그의 소설『보이지 않는 졸레만』도 같은 길을 갔고, 얼마 전에는 멋지고 흥미진진한 그의 신작『카스탄과 창녀들』이 (뮌헨의 델핀 출판사에서) 발간되었다. 클라분트의 산문집도 어느 정도 그런 부류에 속하는데, 그의 매우 멋진『브라케』에는 그런 것 말고도 개인적이고 실제적인 종류의 암시와 의미가 가득하다.

이러한 책들의 '환상성'은 현대 회화에서 전통의 완전한 해체와는 달리 하나의 실험은 결코 아니다. 그것은 새로운 영향과 성과에 대한 의식적인 추구나 새로운 것을 만들겠다는 시도가 아니다. 오히려 이 모든 것의 근저에는 넓은 세계에서 유럽 정신이 해체되고 새로 구축되는 것과 정확히 부합하는 과정이 자리하고 있다. 예술에는 결코 개개인의 의지나 우연이 아닌 필연성이 늘 반영된다. 세련된 것에서 조야한 것으로, 토마스 만에서 하인리히 만으로, 르누아르에서 표현주의로의 방향전환은 우리 영혼의 새로운 영역으로의 전환이며, 우리 무의식의 새로운 원천과 심연을 열어 보이는 것이다.

이때 언제나 불가피하게 먼 유년의 한 조각, 한 조각의 격세유전이 함께 떠오르고, 동시에 훨씬 아름답고 소중하며 고상한 전통은 붕괴하게 된다. 하지만 무너져 내리는 것을 붙잡으려 한들 아무 소용없으며, 새로 떠오르는 것을 조롱과 무시로 막으려 한들 더욱 소용없는 짓이다. 전쟁도 혁명도 그걸 막을 수 없으며, 고루한 인간이 창문을 닫고 눈을 감아도, 또 귀를 틀어막아도 구세계는 붕괴하기 마련이다.

우리 할아버지 시대에 나왔던 환상적인 책, 변덕스런 기분과 유희, 심오하고 절묘한 난센스가 넘치는 진정한 수작인 에두아르트 뫼리케의 『리프문트 마리아 비스펠』이 최근 슈투트가르트의 슈트레커와 슈뢰더 출판사에서 나왔다. 발행인 에게르트빈데크가 우스꽝스러운 이 책에 뫼리케의 온갖 '속삭이는 말'과 작가 뫼리케의 필적이며 스케치를 함께 실었다. 대작가 뫼리케는 언제나처럼 이 책으로도 다시 오해받을 것이고, 그럼에도 심오하고 찬란한 영향을 미칠 것이다. 누군가 총명한 사람이 나타나(베르트람이 쓴 『니체』만큼이나 근사한 방식으로) 뫼리케의 진면목을 우리에게 보여줄 날이 왔으면 좋겠는데. 그의 동시대인인 레나우나 그에 앞선 횔덜린이 그랬듯, 그를 현대적인 감수성의 선구자 중 한 명으로 보여줄 날 말이다.

(1919)

20

빌헬름 셰퍼의 주제에 대한 변주

화가는 그림을 평가할 때 환히 불 밝히고 앞에 다가섰다 물러났다 하면서 다양한 각도에서 관찰한다. 뿐만 아니라 그림을 돌려보기도 하고 위아래를 뒤집어 거꾸로 걸어보기도 한다. 그런 뒤 그림이 이런 시험을 견딘다 해도 그림의 색상이 서로 어우러져 마법 같은 효과를 낼 때야 비로소 만족한다.

나는 위대한 벗이라 여기는 진리를 대할 때도 언제나 그런 식으로 한다. 참되고 올바른 진리라면 뒤집어 놓더라도 끄떡없어야 할 것 같다. 참인 것은 그 역도 참일 수 있어야 한다. 그도 그럴 것이 모든 진리란 특정한 극에서 바라본 세상에 대한 짧은 핵심적 표현이고, 어떤 극에든 그 반대 극이 있어야 하기 때문이다.

내가 무척 높이 평가하는 문필가 중 빌헬름 셰퍼가 있다. 그는 몇 해 전 작가의 임무를 하나의 문장으로 말해준 적이 있었다. 그는 자신이 찾아낸 그 문장을 자신의 어떤 책에서 언급하기도 했다. 그 문장은 내게 깊은 감명을 주었고, 의심할 여지없이 훌륭하고 참되며 탁월한 표현이었다. 그런 점에서 셰퍼는 대가답다고 할 수 있다. 작가에 대한 그 명제는 오랫동안 내 마음속에 남아 있었다. 나는 그 명제를 결코 다시는 잊지 않았고, 늘 가끔씩 뇌리에 떠올리곤 했다. 그런데 우리가 절대적으로 완전히 동의하는 진리라면 그렇지 않은 법이고, 꿀꺽 삼키는 대로 즉시 소화되기 마련이다. 그 문장은 이러했다.

"작가의 임무는 단순한 것을 의미심장하게 말하는 것이 아니라 의미심장한 것을 단순하게 말하는 것이다."

이 멋진 경구(지금도 내가 감탄하는)가 왜 내게 완전히 받아들여지지 않고, 내 안에 일말의 빈곳과 저항감을 남겼을까? 나는 가끔 오랫동안 곰곰이 생각하며, 이 문장을 머릿속으로 백 번도 넘게 분석해보았다. 거기서 맨 처음 발견한 것은 가벼운 부조화, 사소한 오류였다. 수정처럼 투명하고 너무나 깔끔하게 표현된 이 명제의 극히 사소한 균열이었다. "의미심장한 것을 단순하게 말하기. 단순한 것을 의미심장하게 말하기가 아닌."

마치 흠잡을 데 없는 대구법 같지만 딱히 그렇지는 않다. 이 문장에서 두 번 쓰인 '의미심장한'이란 단어의 뜻은 정확하지 않고, 매우 정확히 같은 뜻은 아니기 때문이다. 작가가 말해야 한다는 '의미심장한 것'은 의심할 여지없이 완전히 솔직하고 분명하다는 뜻인데, 여기서 말하는 '의미심장한'은 '절대적으로 가치 있는' 정도의 뜻이다. 하지만 이와 반대로 다른 '의미 심장한'에는 무시의 뜻이 담겨 있다. 어떤 작가가 '단순한 것', 즉 누가 보더라도 중요하지 않은 것을 '의미심장하게' 표현한다면, 그 명제의 의미에서 보면 무언가 거짓말을 하는 셈이다. 이때 그의 행위를 지칭하는 '의미심장한'이란 말은 짐짓 꾸미는 행위이므로, 절반은 반어적인 의미로 쓰인 것이다.

여태 왜 그 생각을 못했나 하고 의아하게 생각하기도 했지만 그 문장을 한 번 뒤집어보는 간단한 실험을 함으로써, 나는 핵심에 좀 더 가까이 다가가게 되었다. 뒤집으니 이런 문장이 되었다.

"작가의 임무는 의미심장한 것을 단순하게 말하는 것이 아니라 단순한 것을 의미심장하게 말하는 것이다."

그런데 보라, 내 눈앞에 새로운 진리가 나타났다. 뒤집어 놓는 것만으로도 문장이 형식상으로 더 나아졌다. 그도 그럴 것이 '의미심장한'이란 단어가 앞에서는 슬쩍 의미가 달라졌던 반면, 이제는 앞뒤로 같은 의미를 갖게 되었기 때문이다.

그러면서 문장을 뒤집으니 셰퍼의 진리가 원래 말했던 것보다 훨씬 참되고 가치 있다는 점을 문득 깨달았다. 물론 셰퍼의 문장은 이전처럼 여전히 참되고 멋지긴 했다 셰퍼의 극에서 볼 때 말이다. 하지만 내가 취한 반대 극에서 볼 때 뒤집어진 문장은 전혀 새로운 힘과 온기를 띠며 빛을 발했다.

셰퍼는 작가의 임무란 임의의 것과 사소한 것을 의미심장한 것처럼 꾸며내는 일이 아니라, 진정으로 가치 있고 중요한 것을 선택해 되도록 단순하게 묘사하는 일이라고 말한 것이다. 그러나 내가 뒤집어 놓은 문장의 뜻은 이랬다.

"작가의 임무는 무엇이 의미심장하고 중요한지 결정하는 일이 아니다. 또 모든 게 뒤죽박죽인 세상에서 후대의 독자를 위해 어느 정도 후견인으로서 취사선택을 해 다만 가치 있고 진정으로 중요한 것을 전달해주는 일이 아니다. 아니, 그 정반대인 것이다! 작가의 임무는 사소하고 하찮은 것에서 영원하고 어마어마한 것을 인식하고, 신은 어디에나 존재하고 모든 사물에 깃들어 있다는 이러한 보물, 이러한 지식을 번번이 발견하고 알려주는 일이다."

나는 원래의 문장에도 수긍하고 동의하는 입장이었지만 나의 극에서 보니 작가의 의미와 임무에 대한 표현이 훨씬 가치 있고 참되게 여겨졌다. 작가의 직분이란 가장 깊은 의미에서 생각해보건대 세상에서 의미심장하고 의미심장하지 않은 것을 구별하는 일이 아니다. 내 생각에는 그와 정반대로 작가의 직분, 성스러운 직분은 '의미'라는 것이 그저 하나의 단어에 불과함을, 의미란 지상의 어떤 사물에도 없거나 또는 모든 사물에 있음을, 진지하게 받아들여야 할 사물은 없으며 진지하게 받아들여서는 안 될 사물이 있음을 자꾸만 보여주는 것이다. 확실히 셰퍼가 한 말과는 다르다. 셰퍼가 거부하는 작가는 자기 스스로도 하찮게 생각하는 것을 기교나 숙련된 재능으로 보기 근사하게 만드는 사람이고, 사물의 의미를 과장해서 요컨대 거짓 연기를 하는 사람이다. 나 역시 그런 종류의 작가를 거부한다. 하지만 나는 '의미심장한 것'과 '단순한 것' 사이의 경계를 믿지 않는다는 점에서 셰퍼와 견해를 달리한다.

이러한 사고에서 출발하여 나는 늘 약간 모호하고 답답하게 여겼지만 우리의 스승이나 문학사가로부터도 결코 만족할 만한 답을 얻을 수 없었던 문학과 정신사의 현상에 대해서도 세월이 흐르면서 좀 더 깊은 통찰을 얻게 되었다.

그러한 기이한 현상은 한편으론 문제적 작가의 현상이고, 다른 한편으론 좀스러운 작가나 목가시인의 현상이다. 작품은 결코 매혹적이지 않은데 위대하고 중요하다는 불가사의한 분위기를 풍기는 일련의 작가들이 있다. 그들은 거대한 인류의 소재를 '선택'하고 인간적인 것의 거창한 소재를 다루었던 것이다. 다른 한편으로 크고 거창한 세계사적 사고를 피력하지 않는 이른바 소박한 작가들이 있다. 그들은 자신의 문제를 포함해 인류의 기원이나 문제에 대해서는 일절 신경 쓰지 않는다. 그보다는 오히려 사랑의 감정과 우정이라는 소소한 운명, 덧없음에 대한 슬픔, 풍경과 동물이나 노래하는 새, 하늘의 구름에 대해 노래하고 공상하는 것을 더 좋아한다. 우리는 이런 작가를 너무나 좋아하고 그의 작품을 자꾸만 읽게 된다. 이런 작가를 어디에 자리매김하고 어떻게 평가해야 할지 늘 당혹스럽다! 거창한 것이라곤 결코 말할 줄 모르지만 너무나 사랑스러운 이러한 단순한 영혼들을! 아이헨도르프나 슈티프터 같은 모든 작가들이 그런 부류에 속한다.

그리고 다른 한편으로 저 위대한 문제적 작가들이 석연찮은 명성을 누리며 버티고 있다. 거창한 문제를 제기하는 입센이나 헤벨 같은 작가들(단테나 셰익스피어, 도스토옙스키 같은 소수의 진정으로 위대한 선지자적 작가는 이들과 함께 들먹이지 않겠다), 저 이상한 거인들은 작품에서 너무나 심오한 문제들을 울려대지만, 우리에게 전체적으로 그다지 기쁨을 안겨주지는 못했다.

그런데 저 아이헨도르프나 슈티프터 같은 작가들, 이들 모두는 단순한 것을 의미심장하게 말하는 작가다. 그 이유는 그들이 단순한 것과 의미심장한 것의 차이를 도무지 깨닫지 못하기 때문이며, 완전히 다른 차원에서 살면서 완전히 다른 극에서 세상을 바라보기 때문이다. 바로 이들, 이들 목가시인들, 풀잎 하나도 계시로 여기는 단순하고 눈 밝은 이들 신의 자식들, 우리가 보다 소박한 작가라고 일컫는 바로 이들은 우리에게 최상의 것을 안겨준다. 그들은 우리에게 '무엇'이 아닌 '어떻게'를 가르쳐준다. 거창한 생각을 품은 거인들 곁에 선 이들은 아버지 곁의 자애로운 어머니 같다. 우리에게 자주 아버지보다 어머니가 얼마나 더 필요하던가!

진리를 뒤집어보는 건 언제나 유익하다. 한 시간 동안 내면의 그림을 뒤집어 걸어두면 언제나 유익하다. 사고가 더 경쾌해지고 착상이 더 빨리 떠오른다. 그리하여 우리의 조각배가 세상이라는 강물을 보다 수월하게 미끄러져 간다. 만일 내가 교사라서 수업을 해야 한다면, 작문 같은 것을 시킬 학생이 있다면, 원하는 아이들에게 한 시간씩 따로 면담을 하며 이렇게 말하리라.

"얘들아, 우리가 너희들에게 가르치는 것은 매우 좋은 거란다. 하지만 가끔은 우리의 규칙과 진리를 한번쯤 그냥 시험 삼아 재미로 뒤집어보렴!"

심지어 어떤 단어의 철자를 하나하나 바꾸어보면 때로 교훈과 재미, 탁월한 착상의 놀랄 만한 원천이 생기기도 한다.

다시 말해 그런 유희를 함으로써 사물에 붙은 꼬리표가 떨어져 나가고 그 사물을 새롭고도 놀랍게 우리에게 말해주는 분위기가 생겨난다. 낡은 유리창에 엷은 색칠 놀이를 하다가 비잔틴 모자이크가 나오는 것이나 차 주전자에서 증기기관이 나오는 것도 그러한 분위기에서다. 우리는 바로 이런 분위기, 이런 정신 자세, 세계를 익숙한 모습 그대로가 아닌 새롭고 더욱 의미심장하게 발견하려는 이러한 마음가짐을 의미 없는 것의 의미에 관해 말하는 저 작가들에게서 발견할 수 있다.

(1919)

21
최근의 독일 문학

독일 젊은이들의 정신적 상태에 대한 표상을 얻으려는 마음에 몇 달 동안 젊은 작가들의 많은 작품을 읽었다. 꽤 유익했지만 크게 만족스럽지는 않았다. 그래서 이런 일을 더 이상 계속하지 않을 생각이다. 이런 모든 책을 읽은 뒤 최근 문학의 모습으로 남겨진 것은 가령 다음과 같다.

독일의 젊은 작가들은 옛날 가락을 노래하는 아류에 속하지 않는 한 문학 형식에 따라 두 그룹으로 분류할 수 있다. 한 그룹은 옛 시 형식 대신 새로운 형식을 도입했다고 여기는 이들로 구성된다. 여기서는 몇 년 지나자 벌써 다시 모방자 근성과 속물근성이 이상하게 번성하고 있다. 슈테른하임을 선두로 한 문학 혁명의 몇몇 선구자와 최초의 주도자들의 문법과 구문상의 혁신, 특성이 교의처럼 충실히 모방되었다. 1880년대에 금박 칠을 한 시인이 고전주의자를 모방하던 것 이상으로 노예적이고 몰취미하게 모방되었다. 이런 전체 문학은 벌써 늙은 티와 곰팡내를 풍기며, 작가들이 아직 성숙한 연령에 도달하기 전에 죽어가고 있다.

그러나 두 번째 그룹, 진지하게 여길 만한 보다 강력한 그룹은 망설이긴 하지만 다소 의식적이고 결연히 혼돈을 향해 다가가고 있다. 어렴풋하나마 붕괴된 문화와 형식을 다른 새로운 것으로 대치할 수 없다고 느끼고 있다. 이들 작가들은 우선은 해체에 이르고, 우선은 쓰라린 길을 끝까지 간 연후에야 새로운 규정과 형식, 결합이 생겨날 수 있음을 느끼거나 느끼고 있는 것 같다. 이들 작가들 중 일부는 익숙한 옛날 언어와 형식을 거의 그대로 사용한다. 벌써 전반적으로 붕괴가 일어나고 있으니 형식 따위는 마치 아무래도 상관없다는 식으로 말이다. 다른 이들은 초조하게 서두르며, 독일 문학 언어의 해체를 의식적으로 가속화시키려고 한다. 몇몇은 자기 집을 허물어뜨리는 비통한 심정으로, 다른 이들은 절망적 상황에서 부리는 억지 익살로 또는 될 대로 되라는 식으로 약간은 피상적인 세계 멸망의 분위기로. 이러한 후자는 어차피 예술이 충족시켜주겠다고 더 이상 약속하지 못하므로, 자기들을 지탱해주는 토대가 우지끈 무너지기 전에, 최소한 고루한 인간을 웃음거리로 삼아서 자미나마 웃고 즐기자는 심산이다. 문학적 '다다이즘'이 모두 이에 해당한다.

그러나 우리가 새로운 형식을 찾으려는 별 성과 없는 노력을 포기하고 정신적 내용에 초점을 맞추면, 최근 문학의 다양한 모든 그룹에서 하나의 통일된 모습을 얻을 수 있다. 이러한 내용은 어디서나 똑같다. 어디서나 두 가지 핵심 주제가 전면에 부각된다. 다시 말해 권위와 바야흐로 몰락의 길에 접어든 권위 문화에 대한 반발, 그리고 에로틱이다. 아들에 의해 궁지에 몰리고 혹평 받는 아버지와 자신의 성적 욕구를 새롭고 거침없으며 보다 아름답고 진실하게 표출하려는 사랑에 굶주린 젊은이, 이들이 어디서나 되풀이되는 두 가지 유형이다. 그들은 언제까지나 자꾸만 묘사될 것이다. 그들은 젊은이의 두 가지 주된 관심사를 실제로 대변하고 있기 때문이다.

이 모든 혁명과 혁신의 배후에 체험과 계기로서 뚜렷이 인식되는 두 가지 큰 힘이 세계대전과 지그문트 프로이트가 기초를 세운 무의식의 심리학이다. 세계대전의 결과로 발생한 모든 옛 형식의 붕괴와 지금껏 통용되던 도덕과 문화에 대한 거부는 정신분석에 의하지 않고는 도저히 해석할 길이 없어 보인다. 젊은이가 보건대 유럽은 중증 신경증 환자이니 자신이 만들어놓은 질식할 것 같은 강박관념의 속박을 끊지 않는 한 어쩔 도리가 없다. 그렇지 않아도 아버지와 교사, 사제, 정당과 학문의 권위가 땅에 떨어졌으니, 옛날의 모든 치부와 불안, 신중함을 가차 없이 파헤치는 이 심리학은 새로운 끔찍한 적수다. 전쟁 중에 정부 편을 들면서 국수주의라는 기괴하고 노망든 이론으로 사람들을 현혹하던 저 교수들이 이제는 프로이트의 업적을 다시 무효로 만들고 세상을 계속 몽매한 상태로 유지시키려는 부르주아 계급의 앞잡이 노릇을 하고 있다는 게 지금 젊은이들의 생각이다. 젊은이들의 정신세계의 이러한 두 가지 요소, 즉 권위주의 문화와의 단절(이런 현상은 많은 사람들의 경우 심지어 독일어 문법에 대한 광적인 증오로 표출된다)과 우리의 정신세계를 과학적으로 탐구하고 그것에 합리적으로 영향을 끼칠 가능성에 대한 예감, 이 두 가지 요소가 최근의 문학 전체를 지배하고 있다.

여기에다가 정신분석에서 '의사에 대한 전이'라고 일컫는 면, 즉 프로이트가 됐건 슈테른하임이 됐건 자신의 해방자로 여기는 인물에 대한 환자의 광신적이고 맹목적인 복종도 한 몫 거들고 있다. 하지만 여기에 아무리 불명료하고 모호한 점이 많고 아무리 어설픈 점이 있다 해도, 이 두 가지 요소는 젊은이의 사고 속에 엄연히 존재하며, 그것들은 강령이나 이론이 아니라 실질적인 힘으로 작용한다.

전쟁 이전 문화의 붕괴에 대한 인식과 이제 마침내 학문이 되어가는 심리학에 대한 열렬한 수용, 이것을 토대삼아 젊은이들은 집을 짓기 시작한다. 토대는 훌륭하다. 하지만 최근 문학을 살펴볼 때 아직 이렇다 할 성과가 보이지 않는다. 전쟁 체험도 프로이트 체험도 풍성한 성과로 이어지지 못하고, 혁명적 분위기로 자족감에 취한 나머지 전진과 미래보다는 외침과 거드름만 만연하고 있다. 이런 현상은 현재로서는 납득할 만하지만 오래 계속된다면 참기 어려울 것이다. 이들 젊은이의 대부분은 마치 어중간하게 정신분석을 한 정신질환자 같은 인상을 풍긴다. 그러니까 정신분석에 관해 최초의 위대한 체험은 했으나 아직 그 결과는 나오지 않은 것이다. 대부분의 경우 타개와 해방을 통해 자신의 개성에 대한 깨달음과 그 개성의 권리에 대한 주장과 선언에 까지는 이른다. 하지만 그걸 넘어서서는 어둠과 목표상실이 지배한다.

독일의 새로운 장편소설에서 관사의 생략과 구문의 왜곡에 대해, 많은 사람들이 격분하고 있듯이, 흥분해봤자 무슨 소용이 있겠는가! 관사는 만약 유용하다면 반드시 다시 등장할 것이다. 그리고 옛 문법과 옛 글의 아름다움을 신봉하는 자라면 젊은이의 글쓰기에 아랑곳하지 않고 계속 괴테를 읽는 것을 아무도 막지 못할 것이다. 한창 놀고 공부할 열여섯, 열일곱과 스물의 나이에 전쟁터에 휩쓸려갔던 이런 젊은이들에게는 넘어 뛴 반항기 시절을 특별히 강도 높게 누릴 권리가 충분히 있다. 그들 자신도 불행을 죄다 우리 기성세대 탓으로 돌리는 것이 능사는 아니라는 사실을 깨달을 것이다. 비록 백 번 천 번 옳다고 해도, 단순히 옳다는 것만으로는 세상에서 아무것도 이룰 수 있는 게 없다. 그런 사실을 확실히 인식할수록 젊은이들은 두 가지 위대한 체험에서 지금껏 거둔 성과가 얼마나 미미하고 무가치한지도 더욱 확연히 깨닫게 될 것이다. 지금까지의 결과로 봐서는 세계대전도 정신분석도 뉘우침과 광란이 반쯤 섞인 사춘기의 기분보다 더 효과적인 작용을 했다고 볼 수 없다.

나는 독일 문학이 금방 회복되리라고는 믿지 않는다. 또 독일 문학의 전성기가 임박했다고도 믿지 않는다. 오히려 그 반대다. 하지만 시를 짓는 것과는 다른 목표들이 있다. 시가 형편없거나 아예 시가 없더라도 얼마든지 뜻있고 즐거운 생활을 할 수 있다.

젊은이들의 획기적인 두 가지 체험이 아직은 아무런 성과를 내지 못했고, 아직 한참 동안은 그럴 것이다.

전쟁은 전쟁터에서 돌아온 젊은이들에게 폭력과 총질로는 아무것도 할 수 없고, 전쟁과 폭력은 복잡 미묘한 문제를 너무나 미개하고, 너무나 어리석으며 잔인한 방식으로 해결하려는 시도라는 사실을 조만간 깨우쳐줄 것이다.

그리고 도스토옙스키와 니체를 선구자로 하고, 프로이트를 최초의 건축사로 삼은 새로운 심리학이 젊은이들에게 가르쳐주는 것은 이런 것이리라. 개성의 해방과 자연스런 충동을 신성시하는 것은 하나의 길의 시작에 불과하며, 개인의 모든 자유는 개개인의 최고의 자유, 즉 스스로를 의식적으로 또 즐겁게 인류의 한 부분으로 고찰하여 해방된 힘으로 인류에 봉사하는 것과 비교할 때 하찮고 보잘것없을 따름이라고 말이다.

(1920)

22

책 읽기에 대하여

유형을 정하고 그것에 따라 인간을 분류하는 것은 우리 정신의 타고난 욕구이다. 테오프라스토스[1]의 '성격론'과 우리 조부들의 네 가지 기질론에서부터 최신 심리학에 이르기까지 유형화에 대한 욕구가 감지된다. 누구나 무의식적으로도 유년 시절 그에게 매우 중요하게 되었던 성격의 유사성에 따라 주변 사람들을 여러 유형으로 분류하곤 한다. 그러한 분류는 순전히 개인적인 경험에서 나온 것이든 학문적인 유형 형성론에 따른 것이든 가치 있고 유익하긴 하지만, 때로는 경험 영역을 통해 단

---

1 Theophrastos(BC 372경~287경). 그리스 소요학파 철학자, 아리스토텔레스의 제자. 그의 일반적인 경향은 아리스토텔레스 철학의 주제들을 더욱 강하게 체계적으로 통일하고 아리스토텔레스주의 전체에 들어 있는 초월적·플라톤적 요소를 줄여나가는 것이었다. 남아 있는 중요한 저술로는 『식물 탐구』, 『식물의 성장』, 『성격론』이 있다. 『성격론』은 아리스토텔레스가 윤리학과 수사학을 위해 연구한 결과에서 이끌어낸 30가지 도덕 유형을 간략하면서도 힘차게 개괄하고 있다. 이 저술은 나중에 장 드 라 브뤼에르의 대작 『성격론』의 기초가 되었다.

면을 다르게 드러내 보이는 것도 꽤 바람직하고 생산적이다. 그러면 누구나 각 유형별 특징을 자체 내에 지니고 있으며, 어떤 사람은 이런 유형에, 또 어떤 사람은 저런 유형에 속한다는 것을 확인하게 된다.

이제부터 책 읽기의 세 가지 유형, 또는 더 정확히 말해 세 단계를 말하고자 한다. 그렇다고 독자층을 이러한 세 유형으로 나눈다거나, 어떤 독자는 이런 부류에, 또 어떤 독자는 저런 부류에 속한다고 말하려는 것은 아니다. 오히려 우리 각자가 때로는 이런 그룹에, 때로는 저런 그룹에 속한다는 것을 말하려는 것이다.

먼저 순진한 독자가 있다. 우리 각자는 때로 순진하게 독서한다. 이런 독자는 식사하는 자가 음식을 집어 들 듯 책을 집어 든다. 그는 단순히 집어 드는 자이다. 그런 자는 배불리 먹고 마신다. 그는 인디언이야기 책을 집어 드는 소년, 백작부인 소설을 집어 드는 하녀, 쇼펜하우어 책을 집어 드는 대학생과 같다. 이런 독자가 책과 맺게 되는 관계는 개인 대 개인의 관계가 아닌, 말과 구유의 관계, 또는 말과 마부의 관계와 같다. 다시 말해 책은 이끌고, 독자는 따라가는 식이다. 책의 소재는 객관적으로 받아들여지고, 현실로 인정된다. 하지만 소재만 그런 것은 아니다! 대단히 교양이 많은 독자, 그러니까 세련된 독자, 다시 말해 순수 문학의 애호가들도 있다. 이들은 전적으로 순진한 독자층에 속한다. 이들은 소재에 매달리지는 않는다. 그들은 소설을 예컨대 거기서 일어나는 죽음이나 결혼에 따라 평가하지는 않지만, 작가의 관점을 고스란히 받아들인다. 그들은 책에 기술된 미학적인 면을 완전히 객관적으로 받아들이고, 작가의 동요를 함께 즐기며, 작가의 세계관에 완전히 감정이입한다. 또 작가가 자신의 인물에 부여한 해석을 남김없이 넘겨받는다.

소박한 독자가 소재나 환경, 줄거리에 관심을 보인다면, 이들 교양 있는 독자는 예술이나 언어, 작가의 교양과 정신적 능력에 관심을 보인다. 그들은 이런 것들을 무언가 객관적인 것, 어떤 문학작품의 궁극적인 최고의 가치로 받아들인다. 그런 점에서 이들은 카를 마이의 작품을 읽는 어린 독자가 올드 셰터핸드의 행동을 실제적인 가치로, 현실로 받아들이는 것과 다를 바 없다.

이런 순진한 독자는 읽을거리와의 관계에서 주체적 개인이나 그 자신이 될 수 없다. 그는 소설의 사건을 그 사건의 긴장도나 위험성, 에로틱, 찬란함이나 비참함에 따라 평가한다. 또는 그는 작품의 성과를 결국 언제나 인습에 불과한 미학의 잣대로 재면서 작가를 평가한다. 이러한 독자는 책이란 충실하고 주의 깊게 읽히고, 그 내용과 형식의 진가를 인정받으려고 있는 것이며, 오로지 그러기 위해 존재하는 것이라고 간단히 믿어버린다. 빵은 먹으라고 있고, 침대는 거기서 누워 자라고 있는 것처럼 말이다.

하지만 세상의 모든 사물에 대해서처럼 책에 대해서도 완전히 다른 입장을 취할 수도 있다. 인간은 자신의 교양이 아닌 자신의 본성을 따르자마자 어린이가 되어 사물을 갖고 놀기 시작한다. 빵을 산이라며 터널을 뚫을 수도 있고, 침대는 동굴이나 정원 또는 눈밭이 되기도 한다. 이러한 어린이다움과 천재적인 놀이 본능을 보여주는 경우가 두 번째 유형의 독자이다. 이러한 독자는 어떤 책의 유일하고 가장 중요한 가치를 평가할 때 책의 소재나 형식은 문제 삼지 않는다. 어떤 사물이든 열 가지, 백 가지의 의미를 가질 수 있음을 어린들이 알고 있듯이, 이런 독자들 역시 알고 있다. 이러한 독자는 예컨대 어떤 작가나 철학자의 저작을 읽을 때 사물에 대한 해석과 가치 평가를 자기 자신에게, 또 독자들에게 설득하려고 애쓰는 작가나 철학자의 모습을 지켜보며 미소 지을 수 있다. 또 겉보기에는 작가의 자의나 자유로 보이는 것이 실은 불가피한 필연성이고, 수동성임을 알아볼 수 있다. 이러한 독자는 문학 교수나 문학 비평가들이 전혀 모르는 것도 알고 있을 정도이다. 다시 말해 그런 독자가 볼 때 소재와 형식의 자유로운 선택이란 아예 있을 수 없다는 것이다.

문학사가가 실러는 몇 년도에 이러저런 소재를 선택해 5운각의 단장격으로 다루기로 결정했다고 말한다 해도 이 유형의 독자는 소재도 단장격短長格의 형식도 작가가 마음대로 선택한 것이 아님을 알고 있다. 그런 독자는 작가가 소재를 마음대로 다루는 게 아니라 소재에 꼼짝없이 휘둘리는 모습에 즐거워한다. 이런 입장에서 보면 소위 미학적 가치는 거의 완전히 사라져버리고, 작가의 과실과 불확실성이야말로 가장 커다란 매력과 가치를 지닐 수 있다. 이러한 유형의 독자는 마부를 따르는 말馬처럼 작가를 따르는 것이 아니라, 짐승의 발자국을 쫓는 사냥꾼처럼 작가를 쫓는다. 그러다가 갑자기 작가의 자유처럼 보이는 것의 이면, 즉 작가의 불가피한 필연성과 수동성을 들여다보는 것이, 그의 뛰어난 기법이나 세련된 언어 기교가 주는 어떠한 매력보다 더욱 독자를 매료시킬 수 있다.

이러한 방식의 마지막 단계로 세 번째이자 마지막 유형의 독자를 만날 수 있다. 다시 한 번 강조하지만 독자들을 이러한 유형 중의 하나로 분류할 필요는 없다. 누구나 오늘은 둘째 단계에, 내일은 셋째 단계에, 모레는 첫째 단계에 속할 수 있다. 그러면 이제 마지막이자 셋째 단계를 살펴보기로 하자. 이것은 겉보기에 우리가 보통 '훌륭한 독자'라고 칭하는 것의 정반대 유형이다. 이러한 세 번째 독자는 너무나 개성적이고 너무나 주관적이어서 자신의 읽을거리에 완전히 자유로운 태도를 취한다. 그는 교양을 쌓거나 재미를 얻기 위해 책을 읽는 것이 아니다. 그는 책을 세상의 모든 대상과 다르지 않게 이용한다. 책은 그에게 단지 출발점이자 자극일 뿐이다. 무엇을 읽든 기본적으로 그에게는 매 한가지이다. 철학자의 책을 읽는 것은 그의 말을 믿거나 그의 이론을 받아들이기 위해서가 아니다. 또한 그 이론을 공박하거나 비판하려는 것도 아니다. 그가 작가의 책을 읽는 것도 작가의 시각으로 세계를 해석하기 위해서가 아니다. 독자 자신이 해석하는 것이다. 그는 완전히 어린이라고도 할 수 있다.

그는 모든 것을 가지고 논다. 그리고 어떤 관점에서 보면 모든 것을 가지고 노는 것이 가장 생산적이고 가장 성과가 많을 수도 있다. 이러한 독자는 어떤 책에서 멋진 구절, 지혜나 진리가 표현된 것을 보면 시험 삼아 일단 뒤집어본다. 그는 모든 진리는 그 역도 진리임을 진즉 알고 있다. 그는 모든 정신적 입장은 하나의 극極이며, 거기에는 등가의 반대 극도 존재함을 진즉 알고 있다. 그는 연상에 의한 사고를 높이 평가하는 점에서는 어린이라고 할 수 있다. 물론 그는 그것 외에 다른 것도 알고 있다. 그러므로 이런 독자는, 또는 누구든 이런 입장을 취하는 순간 소설책이든 문법책이든, 열차시각표나 인쇄소의 활자체 견본에서조차 자기가 원하는 것을 읽어낼 수 있다. 상상력과 연상능력이 최고조에 이르는 순간 우리는 더 이상 종이 위에 쓰인 것을 읽는 것이 아니라, 읽는 것에서 받은 자극과 착상의 물결 속에서 헤엄쳐 다니는 것이다. 그런 자극과 착상은 텍스트로부터 나올 수 있고, 심지어 활자의 모양으로부터만 생겨날 수 있다.

어느 신문에 실린 광고가 계시가 될 수도 있다. 전혀 보잘것없는 단어 하나를 가지고도 뒤집어 보면서, 또 퍼즐 놀이를 하듯 단어의 철자를 가지고 놀다가 더없이 행복하고 긍정적인 생각이 떠오를 수 있다. 이런 순간에는 동화 「빨간 모자」가 하나의 우주론이나 철학, 또는 활짝 핀 에로틱 문학으로 읽힐 수 있다. 또한 담배 박스에 쓰인 '콜로라도 마두로'라는 글자를 읽고,

그 단어와 철자, 울림을 가지고 놀면서 마음속으로 지식과 추억, 사념의 수많은 온갖 나라를 돌아다닐 수도 있다.

하지만 그것이 과연 독서라고 할 수 있겠냐며 내게 반론을 제기하는 사람도 있겠다. 괴테의 책을 펴놓고, 괴테의 의도나 견해와는 무관하게 하나의 광고나 철자의 우연한 뒤섞임처럼 읽는 사람을 과연 독자라고 할 수 있겠는가? 당신이 마지막이자 세 번째 유형의 독자라고 칭한 이러한 단계는 실은 가장 저급하고 유치하며 야만적인 단계가 아닌가? 그런 독자에게 횔덜린의 음악성, 레나우의 열정, 스탕달의 의지나 셰익스피어의 광막함이 무슨 소용이란 말인가?! 옳은 지적이다. 사실 세 번째 단계의 독자는 더 이상 독자가 아니다. 계속 이 단계에 속하는 사람은 이내 더 이상 아무것도 읽지 않을 것이다. 그도 그럴 것이 양탄자의 문양이나 담벼락에 놓인 돌멩이의 질서도 그에게는 가장 질서정연한 철자로 가득 찬 더없이 멋진 페이지만큼이나 소중할 터이기 때문이다. 그에게는 알파벳 철자들이 적힌 종이 한 장이 비길 데 없이 희귀한 책일지도 모른다.

(1920)

23

오해받는 작가

(설문에 대한 응답)

오해받는 작가에 대한 귀하의 질문에 곧장 답변하지 않더라도 나를 나쁘게 생각하지 마십시오. 나는 한 시간 동안 힘자라는 데까지 애를 썼습니다. 하지만 기억이 좋지 않아 필요한 작가들이 떠오르지 않았습니다. 그런 뒤 과거를 함께 포함시켜 장 파울이나 브렌타노, 아르님 등 당시뿐만 아니라 오늘날에도 오해받는 옛날 작가를 생각하자 그때서야 모두 오해받은 작가였다는 사실을 갑자기 깨닫게 되었습니다.

그 자체로 벌써 미심쩍은 현상인 작가는 인간 무리 내에서 오해받을 운명을 분명히 지니고 있는 것 같습니다. 그것이 작가의 본래적인 운명이고 주된 사명인 것 같습니다. 물론 그것은 언제나 난방 되지 않는 지붕 밑 다락방에서의 고독한 굶주림이라는 거칠고 끔찍한 형태나 또는 광기라는 적지 않게 사랑받는 형태로 일어나는 것은 아닙니다. 읽히지 않기 때문에 오해받는 작가들이 있습니다. 위대한 독일 작가들은 오늘날 모두 여기에 속합니다. 어떤 작가들의 책은 수십 권 내지 수백 권밖에 팔리지 않아서 적지 않게 오해받고 있습니다. 그도 그럴 것이 정상인은 시인을 진정으로 인식할 수 없고 진정으로 인정할 줄 모르기 때문입니다. 진정한 인식과 인정은 문학사가의 허구에 불과합니다. 작가는 자신이 알든 모르든 언제나 형이상학가입니다. 그는 자신이 알든 모르든 결코 '현실'과 관계하지 않습니다. 작가의 사명과 본질은 인간을 우연성과 가변성에서 인식한다는 점에 있습니다. 또 현실 대신, 우연한 인간성 대신 인간성에 대한 시인 자신의 꿈, 인간의 운명에 대한 자신의 예감을 대체시킨다는 점에 있습니다. 단테나 괴테, 횔덜린을 비롯하여 모든 작가가 그렇게 했습니다. 자신이 알려고 했든 하지 않았든, 알든 모르든 상관없이 말입니다. 자신의 행위의 본질을 의식하는 작가, 소박성을 잃어버린 작가에게는 따라서 자신의 불안정한 상황에서 탈출할 방법이 두 가지 밖에 없습니다. 다시 말해 그것은 비극적인 종말을 맞는 것, 즉 인간적인 것으로부터 떨어져 나가는 것이거나 또는 유머로 도피하는 것입니다. 모든 위대한 작가는 이 두 가지 길 중 하나를 걸어갔습니다. 세 번째의 길은 존재하지 않습니다.

인류가 작가를 필요로 하고, 심지어 그들을 사랑하고 존중하며, 대체로 과대평가한다는 것은 우리 인간생활의 깊고 비극적인 어리석은 짓에 속합니다. 그렇지만 인류가 작가들을 결코 이해하지 못하고, 그들의 외침을 결코 따르지 않으며, 그들의 행위를 결코 진지하게 여기지 않는 것 역시 마찬가지입니다. 인류에게 작가가 없다면 삶의 유희는 가장 사랑스러운 매력을 잃어버릴 겁니다. 그러나 만약 인류가 작가를 이해하고 그들을 진지하게 여기며 그들을 따른다면, 인류는 몰락하고 배의 바닥짐을 잃어버리게 될지도 모릅니다. 인류에게 남은 재고를 유지하고 인류의 존속을 확실히 하려면 많은 구속과 진지함, 많은 피상적인 관념론, 많은 도덕과 우둔함이 필요합니다. 따라서 작가는 번번이 오해받아야 하고, 유명하고 인기 있는 작가들 역시 마찬가지입니다. 따라서 슈티프터 같은 작가가 자꾸만 자살하고, 횔덜린 같은 작가가 미쳐버려야 합니다.

진정한 작가가 아닌 작가들이 많이 있습니다. 한 방울 정도만, 10분의 1방울 정도만 작가 정신을 지닌 작가들이 많이 있습니다. 하지만 세상에서 명예롭게도 유명해지고 굶어죽고 마는 모든 작가는 오해받고 있으며, 또 그래야만 합니다.

(1926)

24

가을-자연과 문학

한 시간 동안 나는 집에서 달아나 있었다. 시원하고 그늘진 방의 바닥에는 대형 여행 가방이 놓여 있다. 벌써 4분의 3이 채워진 가방에는 책과 필기도구, 신발과 내의, 우편물이 들어 있다. 가을이 되었기 때문이다. 나는 해마다 겨울이 오기 전에 보다 따뜻한 남쪽이 아닌 북쪽으로 도망을 친다. 북쪽의 집에는 따뜻한 난로와 욕실이 있다. 그곳에는 안개와 눈, 그 외에 다른 불편한 점이 있긴 하지만 친절한 사람들, 모차르트와 슈베르트 공연, 그리고 그와 같은 재미있는 일들이 있다.

아, 가을이 되면서 얼마나 빨리 다시 이런 일이 벌어지는가! 올해는 늦여름이 오래 지속되었고, 결코 끝날 수 있을 것 같지 않았다. 하루하루 사람들은 더 확실한 징조, 즉 비와 바람, 안개를 기다렸다. 그러나 하루하루 호숫가 골짜기에서 금빛의 맑고 따뜻한 대기가 올라왔다. 다만 해는 여름과는 달리 날마다 떠오르는 지점이 달라졌고, 출발점이 코모 근방으로 멀리 밀려났다. 그러나 주의 깊게 살펴볼 때만 이 모든 것을 알아챌 수 있었다. 날들 자체는 다른 맑은 날과 다르지 않았다. 아침에는 해가 밝게 빛났고, 정오에는 뜨겁게 불타올랐으며, 저녁에는 화려한 빛을 내며 점차 식어갔다. 그런데 이제 잠깐 날씨가 바뀌어 이틀 동안 지속된 뒤 갑자기 가을이 살금살금 다가왔다. 정오에는 아직 따뜻할 수 있고, 저녁에는 아직 금빛으로 찬란히 빛날 수 있다. 그렇지만 진작부터 더 이상 여름이 아니다. 공기 속에는 죽음과 작별이 깃들어 있다.

작별을 고하면서 — 내일 몇 달 예정으로 여행을 떠나려고 하기 때문이다 — 나는 숲 속을 거닐었다. 멀리서 이 숲은 녹색으로 보이만, 가까이서 보면 이 숲은 오래되어서 죽음에 가까이 있다는 것을 알 수 있다. 밤나무 낙엽은 말라서 바삭거리는 소리를 내고, 점점 누렇게 변한다. 아카시아의 고운 잎은 축축하고 시원한 숲과 협곡에서 아직 짙고 푸르스름하게 보이지만, 어디에나 벌써 앙상한 가지에 힘없이 달려 있다. 가지에는 금빛의 조그만 나뭇잎들이 하나하나 희미하게 반짝이며 조그만 미풍에도 떨어지기 시작한다.

아직 우듬지는 모두 환하게 빛나고 있지만, 시든 낙엽이 벌써 쌓이는 여기 무덤가에서 나는 지난해 봄 부활절이 되기 전에 두 가지 색으로 피어 있는 지칫과 식물의 꽃들과 아네모네로 가득 찬 넓은 지역을 발견했다. 당시 여기는 얼마나 축축한

풀 냄새가 났고, 나무의 속은 얼마나 부풀어 있었넌가! 이끼 속에는 물방울이 떨어져 싹이 나고 있지 않았던가! 이제 나무 같은 시든 풀과 시들고 앙상한 나무딸기 덩굴, 모든 것이 말라 있고, 죽어서 굳어 있다. 바람이 일면 모든 것이 맞부딪치며 가냘프게 덜커덩거리는 소리를 낸다. 사방의 나무들 속에서 일곱 명의 잠자는 성인[1]이 휘파람 소리를 낼 뿐이다. 그들은 겨울에는 침묵할 것이다.

나는 온갖 종류의 쓸데없는 일을 곰곰 생각한다. 나는 여행 가방에 반쯤 짐을 채우고 생각에 잠겨 있다. 파울 리스트 출판사에서 내게 보내준 독일의 키플링 판 몇 권을 가져갈 것인가? 많은 칭찬을 받은 그 판의 한 권을 나는 흡족한 마음으로 읽었다. 그러나 키플링을 읽는 게 꼭 필요한 일인가? 아, 그가 없어도 상관없을 것이고, 그러면 트렁크가 더 가벼워질 것이다. 반면에 나는 인젤 출판사에서 펴낸 『옛 가곡과 새 가곡』을 반드시 가져간다. 멜로디와 그림이 실린 그 민요 집은 우리 시대의 가장 아름다운 독일 책들 중의 하나이다. 옛날의 모범에 따라 만들어진 보석이지만 새로운 정신이 없는 것은 아니다. 어쩌면 요한 페터 헤벨의 매력적이고 잘 간추려 뽑은 선집을 가져갈지도 모른다. 그것은 필립 비트코프가 프라이부르크의 헤르더 출판사에서 발행한 것으로 그 안에는 리히터의 오래된 스케치들

---

1 박해를 피해 200년간을 동굴에서 잠갔다는 성자들을 일컬음.

도 들어 있다. 그리고 레클람 출판사에서 발간한 베르누이의 바흐오펜 판도 분명히 가져갈 것이다. 그리고 필경 카를 구스타프 카루스의 『지상에서의 삶에 대한 12개의 서한』도 가져갈 것이다. 나는 그의 '영혼'을 젊은 시절부터 잘 알고 있다. 독일 낭만주의의 가장 위대한 정신들 중 한 명인 그는 이제 크리스토프 베르누이와 한스 케른에 의해 다시 새로이 (첼레의 캄프만 출판사에서) 편집되었다. 아, 대관절 우리 시대는 낭만주의 정신에 대해 무엇을 알고 있단 말인가! 독일 정신의 이런 대담하고 위대한 물결은 실패로 끝난 것 같다. '낭만주의'란 단어는 욕설이 되었다. 오늘날의 독일인은 자기에게 이익이 되지 않고 터무니없으며 젊은이답고 이상주의적으로 생각되는 것에는 뭐든지 낭만주의라는 딱지를 붙인다. 자신을 가장 소리 높여 애국주의자라고 칭하는 자들은 그 욕설을 오늘날 젊은 독일의 어느 정도 보다 고상한 거의 모든 움직임에, 다음에 있을 어떤 전쟁과는 다른 보다 고상한 것을 목표로 하는 거의 모든 노력에 적용하고 있다!

아, 그 이야기는 그만 하기로 하자! 모든 책을 집에 놔두기로 하자! 아무 생각도 하지 않기로 하자! 생각하는 일은 오늘날 인정받는 스포츠가 아니다. 차라리 콧구멍을 넓히고 이처럼 소멸한 여름으로부터, 이처럼 빨리 찾아온 가을로부터 되도록 많은 것을 들이마시려고 노력할 것이다! 아, 이때 기쁨을 주는 무슨 냄새가 난다. 축축하고 조금 진하며 번질거리는, 약간 곰팡내 냄새 나는 버섯이 있다는 것을 알려준다. 이곳에는 그다지 자주 보기 힘든 우산처럼 생긴 식용버섯이다. 그도 그럴 것이 테신 사람은 그 버섯을 매우 즐겨 먹고(리소토에 넣어 먹으면 굉장히 맛이 좋다) 눈에 불을 켜고 그것을 찾아다니기 때문이다. 나는 어떤 사람을 만났다. 그는 사냥꾼처럼 긴장해서 주위를 살피며 내 곁을 지나 살금살금 수풀을 돌아다녔다. 시선은 날카롭게 땅을 향하고 있었고, 손에는 가늘고 긴 나뭇가지를 들고 있었다. 그는 무언가가 있다고 생각되는 곳마다 그 나뭇가지로 메마른 낙엽을 뒤적이고 다녔다. 하지만 그는 머리가 두껍고 우산처럼 생긴 그 귀여운 버섯을 찾지 못했다. 그것은 내차지가 되었다. 나는 오늘 저녁 그 버섯을 먹을 것이다. 그러므로 내일 나는 이곳을 떠난다. 몇 달 후에는 다시 도시인처럼 되고, 몇 달 후에는 다시 넥타이 차림에 옷깃이 달린 옷이며 조끼와 외투를 입을 것이다. 그렇게 위장을 하고 사람들 틈에서, 도시와 레스토랑에서, 연주회장이나 무도장에서 겨울을 보낼 것이다. 그곳에는 우산처럼 생긴 버섯이 없고, 봄에는 푸른색과 붉은색을 띤 지칫과 식물이 피지 않으며, 가을에는 양치류가 살랑이지 않는다. 그런데 어떻든 나와는 상관없는 일이다!

어제 낯선 신사가 우리 집에 찾아왔다. 그는 내년이 나의 50회 생일이 되는 해라고 내게 주의를 환기했다. 그는 나의 인생에서 일어난 온갖 종류의 이야기를 듣기 위해 왔다고 했다. 그 이야기를 듣고 축하 기사를 쓸 것이라고 했다. 나는 그가 나를 위해 그토록 애를 쓰니 감동적이지만 들려줄 게 아무것도 없다고 말했다. 그리고 죽어가는 사람한테 어떤 낯선 신사가 찾아오기라도 했을 때처럼, 이런 기념일을 위해 내게 관심을 기울여줘서 무척 고맙다고 말했다. 나는 내가 거의 다 죽어가는 몸이라는 것을 그에게 환기시키고, 가장 많은 추천을 받은 관棺 공장의 목록을 그의 손에 쥐어주었다. 나는 이 낯선 신사, 그의 고약한 취미로부터 벗어나지 못했다. 가을이 되었다. 조락凋落, 회색 머리, 기념일, 공동묘지의 냄새가 난다.

어디에나 조그만 붉은 패랭이가 피어 있다. 그것은 갈색의 낙엽 뒤에 있는 시든 풀밭에서 열렬히 고개를 끄덕이고 있다. 그것은 함께 몰락의 노래를 부르지 않고, 웃고 불타오르며 자신의 조그만 붉은 깃발을 나부낀다. 첫 서리가 내릴 때야 비로소 그것은 죽음을 맞이한다. 조그만 형제들이여, 나는 너희를 사랑한다. 너희는 내 마음에 든다. 너희들 중의 하나, 불타오르는 조그만 패랭이를 집어 들고 주머니에 꽂은 뒤 저 건너편 다른 세상, 즉 도시로, 겨울 속으로, 문명 속으로 가져간다.

(1926)

25

시인의 고백

우리 시대에 혼이 담긴 인간의 가장 순수한 유형인 시인은 기계의 세계와 지적인 활동의 세계 사이에서 흡사 진공의 공간으로 내몰려 질식하도록 판결을 받은 것 같다. 그도 그럴 것이 시인은 우리 시대가 광적으로 전쟁을 선포한, 인간의 바로 저 힘과 욕구들의 대변자이자 옹호자이기 때문이다.

그렇다고 시대를 한탄하는 것은 어리석은 일이리라. 이 시대는 다른 시대보다 더 낫지도 못하지도 않다. 이 시대는 그것의 목적과 이상을 공유할 수 있는 자에게는 천국이고, 그것의 목적과 이상에 항거할 수밖에 없는 자에게는 지옥이다. 그러므로 우리 같은 시인에게는 이 시대는 지옥인 셈이다. 시인은 자신의 기원과 소명 의식에 충실하려면 산업과 조직을 통해 삶을 지배하는 성공에 취한 세계에도, 가령 오늘날 우리 독일의 대학에 만연하고 있는 합리화된 지성의 세계에도 합류할 수 없다. 오히려 시인의 유일한 임무는 영혼의 종복이나 옹호자, 기사가 되는 것이기에 지금 이 순간의 세계에서 자신이 다른 사람들과는 달리 고독을 겪고 고통을 당하는 판결을 받았다고 생각한다. 유럽에는 현재 시인이 얼마 없다. 그들 모두는 비극, 즉 과대망상의 특성을 지니고 있다. 반면에 독서하는 시민이 사랑하는 '시인'들은 넘쳐나고 있다. 이들은 재능과 취향을 가지고 '오늘은 전쟁, 내일은 파시즘' 등과 같은 시민의 강령에 쓰여 있는 이상과 목적을 늘 찬미한다.

하지만 진정으로 '시인'이라 불릴 수 있는 사람들 중 일부는 이런 지옥의 진공 공간 속에서 말없이 파멸을 맞는다. 다른 시인들은 고통을 감수하고 고통을 신봉하며 운명에 굴복한다. 그들은 다른 시대에 시인이 썼던 관冠이 오늘날 가시 면류관이 되었다고 생각하면 운명에 저항하지 않는다. 나는 이런 시인들을 사랑한다. 나는 그들은 존경하고 사랑하며, 그들의 형제가 되려고 한다. 우리가 고통을 겪긴 하지만, 이는 항의하거나 모욕하기 위해서가 아니다. 우리는 우리를 둘러싸고 있는 기계의 세계와 야만적인 욕구의 숨 쉴 수 없는 공기 속에서 질식한다. 하지만 우리는 전체로부터 풀려나지 못하고, 이런 질식과 고통을 세계 운명에서 우리의 몫으로, 우리의 사명이자 우리의 시련으로 받아들인다.

우리는 이 시대의 어떤 이상도 신뢰하지 못한다. 장군의 이상도 볼셰비키의 이상도, 교수의 이상도 공장주의 이상도 신뢰하지 못한다. 하지만 우리는 인간이 불멸의 존재며, 인간의 온갖 왜곡된 상이 다시 회복되고 온갖 지옥에서 정화되어 떠오를 수 있다고 생각한다. 우리는 우리 시대를 설명하고 낫게 하며 가르치려 하지 않고, 우리 자신의 꿈과 우리의 고통을 드러내면서 시대에 영상의 세계, 영혼의 세계를 자꾸만 열어주려고 한다. 이러한 꿈은 부분적으로 고약한 악몽이고, 이러한 영상은 부분적으로 소름끼치는 도깨비 모습이다. 우리는 그것을 미화해서는 안 되고, 아무것도 거짓으로 속여서는 안 된다. 그러니까 시민들의 재미있는 '시인'들은 그 일을 충분히 해내고 있다. 우리는 인류의 영혼이 위험에 처해 있고 나락에 가까이 있음을 숨기지 않는다. 하지만 우리는 인류의 불멸성을 신뢰한다는 사실도 숨기지 않는다.

(1927)

26
글 쓰는 밤[1]

　토요일 저녁은 내게 중요했다. 이번 주에 저녁 시간을 몇 번 잃어버렸다. 두 번은 음악을 위해서였고, 한 번은 친구를 위해서였으며, 한 번은 병 때문이었다. 저녁을 잃는다는 것은 내게는 대개 하루를 잃는다는 의미이다. 나는 밤늦은 시각에 글이 가장 잘 쓰이기 때문이다. 내가 거의 2년째 작업 중인 방대한 문학작품이 최근 들어 책에서 가장 중요한 것을 결정하는 단계에 들어섰다. 몇 년 전(지금과 같은 계절이었다)에 『황야의 늑대』가 바로 이처럼 중요하고 흥미진진한 단계에 들어섰던 때가 떠오른다. 내가 연습하는 문학의 종류 중에서 합리적이고 의지에 좌우되며, 근면에 의해 해결되는 작업은 거의 없다. 내게 새로운 문학은 한동안 나의 체험, 나의 사고, 나의 문제의 상징과 담당자가 될 수 있는 어

---

1 『나르치스와 골트문트』를 집필하던 중인 1928년 12월 2일에 쓰임─원주.

느 인물이 내 눈에 띄는 순간 생겨나기 시작한다. 이런 신화적인 인물(페터 카멘친트, 크눌프, 데미안, 싯다르타, 하리 할러)의 출현은 모든 것을 생겨나게 하는 창조적인 순간이다. 내가 썼던 거의 모든 산문 문학은 영혼의 전기이다. 그 모든 문학에서 문제되는 것은 이야기, 갈등이나 긴장이 아니다. 나의 문학은 기본적으로 독백이다. 그러한 독백에서는 단 하나밖에 없는 개인, 곧 신화적인 인물이 세계와 자신의 자아에 대한 관계에서 고찰된다. 사람들은 이러한 문학을 '장편소설'이라고 부른다. 실제로는 그것들은 젊은 시절부터 나의 신성하고 위대한 모범, 가령 노발리스의『푸른 꽃』이나 횔덜린의『휘페리온』이 장편소설이었던 것만큼은 결코 장편소설이라 할 수 없다.

그러므로 나는 다시 한 번 짧고 아름다운, 무겁고도 흥분된 시기를 체험한다. 그 시기에 문학이 위기를 겪는다. '신화적' 인물과 관계 있는 모든 사고와 삶의 분위기가 내게 극도로 선명하고 분명하며 절박하게 되는 시기이다. 전체 재료, 생겨나는 책을 상투적으로 만들려고 하는 체험과 생각한 것의 전체적인 분량은 이 시기에(결코 오래 지속되는 않았다!) 유동적이고 융합될 수 있는 상태에 있지 않았다. 그 재료는 지금 포착되어 형식이 되어야 하거나 또는 결코 그렇게 될 필요가 없다. 지금이 아니면 너무 늦기 때문이다. 나의 모든 책에는 그런 시기가 있었다. 결코 완성되지 않고 인쇄되지 않은 책의 경우에도 그러했다. 적절한 수확 시기를 놓쳤던 것이다. 그러다가 갑자기 나의 문학의 인물과 문제가 내게서 멀리 달아나고, 절박함과 중요함을 잃어버리기 시작하는 순간이 왔다. 이는 오늘날 카멘친트와 크눌프, 데미안이 내게 더 이상 현실성이 없는 것과 마찬가지다. 몇 달 동안의 작업이 이런 식으로 다시 사라지는 바람에 폐기처분될 수밖에 없었던 적이 여러 번 있었다.

이런 토요일 저녁이 이제 나에게 속하고 나의 일하는 시간이 되었다. 나는 하루의 보다 많은 대부분을 그 날을 준비하는 데 활용했다. 여덟 시경에 나는 서늘한 옆방에서 나의 저녁 식사인 요구르트 한 접시와 바나나 하나를 가져왔다. 그런 뒤 조그만 스탠드 옆에 앉아 펜을 집어 들었다.

나는 아무리 필요한 일이라 해도 그런 일을 즐겨하지 않았다. 나는 그저께부터 오늘의 작업 시간을 즐거운 마음으로 기대한 것이 아니라 두려워했다. 나의 소설(『나르치스와 골트문트』를 말한다)이 미묘한 대목에 걸려 있었기 때문이다. 그것은 책에서 거의 유일한 부분이었다. 그 부분에서는 사건이 저절로 흘러가고, 흥미진진하게 진행되기 때문이다. 그런데 나는 특히나 자신의 책들에서 '흥미진진한' 줄거리를 가장 혐오한다. 나는 또한 될 수 있는 한 언제나 그런 흥미진진한 줄거리를 피해왔다. 그러나 이 대목에서는 그런 줄거리를 피할 수 없었다. 즉 내가 들려줘야 하는 골트문트의 체험은 꾸며내거나 없어도 되는 체험이 아니라, 골트문트라는 인물을 생겨나게 한 최초의 가장 중요한 착상이었다. 그 체험은 그의 본질에 속했다.

나는 세 시간 동안 책상에 앉아 '흥미진진한' 문제 때문에 골머리를 앓았다. 나는 그것을 너무나 객관적으로, 너무나 짧게, 그리고 될 수 있는 한 덜 흥미진진하게 표현하려고 했다. 나는 그렇게 하는 데 성공했는지 알지 못한다. 때로는 우리는 훨씬 나중에 가서야 그 결과를 알 수 있다. 그런 뒤 나는 너무나 기진맥진해서 슬픈 기분으로 잔뜩 글을 써놓은 원고 옆에 오랫동안 앉아 익히 잘 아는 달갑지 않은 사고 과정에 시달리고 있었다. 저녁의 이러한 글쓰기, 2년 전쯤 언젠가 내게 환영으로 나타났던 한 인물을 이처럼 천천히 형상화하는 일, 이러한 절망적인 동시에 기쁨을 안겨주는 소모적인 작업이 정말로 의미 있고 필연적인 것일까? 카멘친트, 크눌프, 베라구트, 클링조어, 황야의 늑대에 이어 이제 또 하나의 인물, 다시 말해 새로운 화신, 내 자신의 본질이 언어에 의해 다르게 섞이고 다르게 세분화되어 구현된 인물을 창조하는 것이 과연 필연적인 것일까?

　나는 내가 지금 하고 있고, 평생 동안 해온 일을 전에는 시작詩作이라고 불렀다. 그리고 그 일이 적어도 아프리카 여행이나 테니스 치는 일만큼의 가치와 의미가 있다는 것을 의심하는 사람은 아무도 없었다. 하지만 오늘날에는 사람들은 그것을 '낭만주의'라고 부른다. 더구나 그 말에는 심한 경멸의 어조가 담겨 있다. 대체 낭만주의가 왜 열등한 것이라는 말인가? 노발리스, 휠덜린, 브렌타노, 뫼리케와 독일 최고의 정신, 그리고 베토벤에서부터 슈베르트를 거쳐 후고 볼프에까지 이르는 독일의 모든 작곡가가 행한 것이 낭만주의가 아니던가? 최근의 일부 비평가들은 한때는 문학으로, 그런 뒤에는 낭만주의로 불린 것에 대해 지금 반어적인 의미가 담긴 '비더마이어[2]'라는 어리석은 명칭을 붙이기까지 했다. 그들은 그로써 무언가 '부르주아적 것', 무언가 매우 구식인 것, 감상적이고 기발한 생각을 하는 것, 근사한 현대에 비해 어리석고 유희적인 기분이 들며 웃음이 터져 나오게 하는 무언가를 말하고 있다. 그리하여 그들은 낮 동안에 걸쳐 정신과 영혼을 움직이게 하는 모든 것을 말하고 있다. 그리하여 한 세기의 독일과 유럽의 정신생활, 슐레겔, 쇼펜하우어, 니체의 동경과 환영幻影, 슈만과 베버의 꿈, 아이헨도르프와 슈티프터의 시작詩作이 우리의 웃음을 자아내는, 다행히도 오래 전에 사라져버린 한때의 낡은 유행이었다니! 하지만 이러한 꿈은 유행이나 사랑스러운 외관, 하찮은 양식적 문제를 중요시하지 않았다. 그 꿈은 2천 년 된 기독교 신앙, 천년 된 독일 정신과의 대결이었다. 그 꿈은 인간성의 개념을 중요시했다. 오늘날 무엇 때문에 인간성이 그토록 경시되며, 무엇 때문에 그것이 우리 민족의 지도층에 의해 우스꽝스럽게 치부되는가? 무엇 때문에 우리는 우리 몸의 '단련'을 위해 엄청난 돈을 쓰고, 그리고 우리 분별력의 숙련을 위해서도 꽤 많은 돈을 쓰는가? 그런데 우리 영혼의 계발을 위해 노력하는 것에는

---

2 1815~1848년 사이의 독일 예술 사조로 작품에서 우직한 소시민을 그리고 있음.

왜 참지 못하고 웃음을 터뜨린단 말인가?

"너의 영혼에 해를 끼친다면 온 세상을 얻는다 해서 그게 네게 무슨 소용이겠는가?"라는 말이 정신에서 나왔다면, 이런 정신이 정말로 낭만주의거나 또는 '비더마이어'란 말인가? 그것이 정말로 끝나고, 극복되고, 더 나은 것에 의해 대체되고, 처리되어 우스꽝스럽게 되었단 말인가? 공장, 주식 거래소, 운동장이나 경마장 매표소, 대도시의 술집이나 무도장에서의 '오늘날의 삶'이 『바가바드 기타』[3]나 고딕 성당을 만든 사람들의 삶보다 정말로 더 낫고 성숙하며, 현명하고 바람직하단 말인가? 오늘날의 삶이나 오늘날의 유행도 분명 나름대로의 권리가 있다. 그건 좋은 것이고, 하나의 변화이자 새로운 것에의 시도이다. 하지만 예수 그리스도로부터 슈베르트나 코로[4]에 이르는 지금까지의 모든 것을 어리석고 낡으며, 극복되고 우스운 것으로 간주하는 것이 과연 옳고 필요하단 말인가? 앞선 시대의 모든 것에 대한 새 시대의 이 같은 격렬하고 거칠며 광란 질주자 같은 증오가 정말 이러한 새 시대의 강함에 대한 증거란 말인가? 그들은 이처럼 지나친 방어 규칙에 기울어지는 것으로 봐서 약자이자 심각한 위험에 처한 자, 불안에 떠는 자들이 아닐까?

---

3 고대 인도의 힌두교 경전의 하나로 거룩한 신의 노래라는 뜻이다. 인도의 대서사시 『마하바라타』의 제6권에 들어 있다.

4 Camille Corot(1796~1875). 풍경화를 주로 그린 프랑스의 화가. 인상주의 풍경화에 영향을 주었으며 그것을 예고했다고도 볼 수 있다. 형식에 얽매이지 않는 자유분방함과 선명한 색으로 두드러진 그의 유화 습작들은 그것을 바탕으로 완성된 작품 못지않게 높은 평가를 받고 있다.

나는 다시 한 번 이 모든 질문을 어느 밤 시간 나의 내면에 받아들였다. 그렇지만 그에 대한 답을 얻기 위해서가 아니라 질문의 고통을 나의 내면에 받아들여, 다시 한 번 쓰디쓴 맛을 보기 위해서였다. 나는 살아온 이래로 그 질문의 답을 알고 있었기 때문이다. 그러면서 나는 나의 눈앞에서 크눌프, 싯다르타, 황야의 늑대와 골트문트를 보았다. 그들은 순전히 형제들이었고 순전히 가까운 친지들이었지만, 되풀이해서 나타나지는 않았다. 그들은 순전히 질문하는 자이고 괴로워하는 자들이었다. 그렇지만 내게는 삶이 내게 가져다준 것이 최상의 것이었다. 나는 그들을 환영하고 긍정했다. 나는 내 행동이 수상쩍다 해서 그런 행동을 안 하지는 않을 것임을 또 다시 알고 있었다. 나는 행복한 자들의 온갖 행복, 스포츠맨의 온갖 기록과 건강, 자본가의 온갖 돈, 복싱선수의 유명함이 내게 아무런 의미가 없으리라는 것을 다시 알고 있었다. 내가 그런 것을 얻는 대가로 단지 최소한의 고집과 열정이라도 내보여야 한다면 말이다. 또한 나는 나의 '낭만적인' 노력의 가치를 위해 온갖 역사적이고 사상적인 근거 제시를 하지 않고, 온갖 분별력, 온갖 도덕, 온갖 지혜가 반대의 말을 할지라도 유희를 계속해서, 나의 인물을 형상화하리란 것도 알고 있었다.

나는 이런 확신을 품고 마치 거인처럼 의연히 잠자리에 들었다.

(1928)

27

침대에서의 읽을거리

호텔에서 서너 주 이상 묵으려면 언제나 한 번은 어떤 불편한 점을 고려해야 한다. 결혼식을 하는 바람에 음악과 노래가 온종일 밤새도록 그치지 않고, 아침이면 술 취한 무리들이 복도를 점령하고 있다. 또는 왼쪽 방 투숙객이 유리로 자살 시도를 하는 일도 있고, 증기가 건너오기도 한다. 또는 권총 자살을 하는 일도 있는데, 그것은 그 자체로 비교적 점잖은 행동이긴 하지만, 옆방 투숙객이 조용히 행동하기를 바라는 시각에 그런 일을 하곤 한다. 때로는 수도관이 터지기도 하는데, 그러면 헤엄을 쳐서 탈출해야 한다. 그리고 아침 여섯 시에 호텔방 창문에 사다리가 놓이면서 한 무리의 남자들이 타고 올라와 지붕을 갈기도 한다.

나는 이제 벌써 3주 동안이나 바덴의 오래된 하일리겐호프에서 아무 방해받지 않고 살았으므로 얼마 안 있어 무슨 문제가 일어나리라 예상할 수 있었다. 이번에는 가장 무해한 종류의 것이었다. 스팀이 고장 나는 바람에 우리는 온종일 추위에 떨어야 했다. 나는 오전에는 씩씩하게 참고 견뎠다. 일단 약간의 산책을 한 다음 따뜻한 나이트가운을 입고 작업하기 시작했다. 증기스팀의 쇠막대 속에서 목을 고롱고롱 하는 소리나 쉭쉭 하는 소리가 나서 생명이 다시 살아 숨 쉬는 것 같을 때마다 반가운 기분이 들었다. 그러나 문제가 그렇게 빨리 해결되지는 않았다. 오후가 되어 손발이 차가워지자 나는 마음을 접고 항복했다.

나는 옷을 벗고 침대에 들어가 몸을 뉘었다. 그런데 대낮에 베개를 베고 누움으로써 일단 사물의 질서가 깨지고 일종의 과도한 일이 벌어졌으므로 나 역시 평소에 안 하던 다른 일을 하게 되었다. 내 글을 잘 알고 평하는 사람들은 거의 모두 내가 원칙 없는 사람이라는 견해를 갖고 있었다. 감각이 그리 예민하지 않은 이런 사람들은 어떤 관찰을 하거나 어떤 대목을 보고 내가 해선 안 되는 거침없고 안일한 목표 없는 생활을 한다고 결론 내린다. 그것은 내가 아침에 오랫동안 누워 있는 것을 좋아하고, 삶이 힘들고 어려울 때면 가끔 와인 한 병을 마시기도 하며, 방문객을 맞거나 누구를 찾아가지 않기 때문이다. 비슷한 자질구레한 일로 이런 형편없는 관찰자들은 내가 유약하고 게으르며 방탕한 사람이라고 결론 내리기도 한다. 어디서나 쉽게 포기하고, 무언기를 하겠다고 힘을 내지 않으며, 비도덕적이고 무절제한 생활을 한다는 것이다. 그들이 이런 말을 하는 것은 내가 나의 습관과 악덕을 신봉한다고 고백하고, 그런 것을 비밀에 붙이지 않는 것이 화나고 주제 넘는 것 같기 때문이다. 내가(그것이 물론 더 쉬운 일일지도 모른다) 세상을 속이고 단정하고 시민적인 처신을 하는 척 하려고 한다면, 와인 병에 오드콜로뉴 상표를 붙이려고 한다면, 방문객들에게 성가시다고 말하는 대신 내가 집에 없다고 거짓말을 하려고 한다면, 요컨대 내가 속이고 거짓말 하려고 한다면 나의 명성은 최고가 될지도 모르고, 금세 명예박사 학위를 받게 될지도 모른다.

실제로 나는 시민적 규범을 덜 받아들일수록 나 자신의 원칙을 더욱 엄격히 지키는 편이다. 나는 그 원칙을 근사하다고 여기며, 나를 비판하는 사람들은 그 원칙을 단 한 달도 지킬 수 없을 것이다. 그 중의 하나는 신문을 읽지 않는 원칙이다. 그렇다고 문인으로서의 오만이나 일간지가 오늘날의 독일인이 '문학'이라고 칭하는 것보다 못하다는 잘못된 신념 때문에 그러는 것은 아니다. 단순히 정치나 스포츠, 금융제도에 관심이 없어서이다. 그리고 세계가 새로운 전쟁으로 치닫는 것을 매일 무력하게 지켜보는 것을 몇 해 전부터 참을 수 없게 되었기 때문이다.

그런데 내가 신문을 보지 않는 내 습관을 일 년에 몇 번 30분 동안 어길 때면 어떤 흥분된 즐거움을 맛보기도 한다. 그것은 내가 일 년에 한 번 영화관에 들어설 때 느끼는 은밀한 전율과 같은 것이다. 침대로 도피했지만 유감스럽게도 다른 읽을 거리가 없는 약간 대책 없는 날에 나는 두 개의 신문을 읽었다. 그 하나인 〈취리히 차이퉁〉은 발간된 지 사오 일밖에 안 된 아직 약간은 새로운 것이었다. 그것을 지니고 있는 것은 그 호에 내 시가 들어 있기 때문이다. 다른 신문은 일주일쯤 된 것으로, 그 역시 돈을 주고 산 것은 아니었다. 그것은 포장지의 형태로 내 수중에 들어왔다. 그런데 나는 이 두 신문을 호기심과 긴장감을 가지고 읽었다. 다시 말해 나는 물론 그 언어가 내게 이해되는 줄만 읽었다. 스포츠, 정치, 증권시장처럼 서술에 특별한 은어가 필요한 영역은 읽지 않고 넘어가야 했다. 그러다 보니 남는 것은 시시한 뉴스나 문예란뿐이었다. 그리고 나는 온갖 심사숙고를 한 끝에 사람들이 왜 신문을 읽는지 이해하게 되었다. 나는 다양한 전달 내용에 매혹되어 무책임하게 살펴보는 것의 매력을 이해했다. 또 한 시간 동안 영혼 속에서 많은 나이 든 사람들과 하나 됨을 느꼈다. 그들이 다년간 아무 일도 하지 않으면서 죽을 수 없는 것은 단지 라디오 애청자인 데다가 시시각각 새로운 뉴스를 기대하기 때문이다.

작가들은 대체로 상상력이 꽤 빈곤한 사람들이다. 그래서 나는 스스로 고안해내기 어려운 이 모든 뉴스에 다시 매혹되고 깜짝 놀란다. 나는 밤낮으로 곰곰 생각해보아야 할 몹시 특이한 이야기들을 읽었다. 여기에 실린 기사들 중 나를 냉정하게 만든 것은 몇 개밖에 없었다. 사람들이 여전히 암과 맞서 격렬한 투쟁을 하지만 성공을 거두지 못한다는 내용은 다원주의의 근절을 위한 미국의 새로운 재단의 보고만큼이나 나를 놀라게 하지 않았다. 하지만 스위스 어느 도시에서 나온 기사는 주의 깊게 서너 번 읽었다. 그 도시에서는 어느 젊은이가 부주의로 자신의 어머니를 살해하는 바람에 유죄 판결을 받았고, 게다가 100프랑의 벌금까지 받게 되었다. 이 불쌍한 젊은이는 불행한 일을 당한 것이다. 그는 어머니 눈앞에서 총기를 만지작거리다가 총알이 발사되는 바람에 어머니를 죽이고 말았다.

그 사건은 슬펐지만, 생각해낼 수 없는 것은 아니었다. 신문마다 더 고약하고 섬뜩한 기사들이 실려 있었다. 그러나 나는 벌금 계산에 얼마나 많은 시간을 보냈는지 고백하기 부끄러울 지경이다. 어떤 사람이 자기 어머니를 총으로 쏘아 죽였다. 고의로 그런 일을 했다면 그는 살인자다. 세상이란 으레 그런 것이듯, 그는 어리석은 살인 행위를 규명하고 그를 인간으로 만들려고 하는 현명한 사라스트로[1]에게 넘겨지지 않고, 상당 기간 동안 감옥에 갇힐 것이다. 또는 아직 늙은 야만적인 군주가 지배하는 나라에서는 질서를 유지하기 위해 그의 어리석은 머리를 잘라버릴 것이다.

그러나 이 살인자는 결코 살인자가 아니다. 그는 대단히 슬픈 일을 당한 불운한 사람이다. 그런데 법정은 어떤 도표를 토

---

1 모차르트의 오페라 『마술피리』에 나오는 인물로 파미나를 감금하고 있는 신전 주인.

대로, 목숨의 가치나 벌금의 교육적인 힘을 어떤 기준으로 산정하여 이 부주의로 망가진 삶을 100프랑의 벌금으로 평가하게 되었는가? 나는 판사의 솔직성과 선의를 단 한 순간도 의심하지 않는다. 나는 그가 공정한 판결을 내리려고 무척 애썼으며, 합리적인 고려와 법의 자구字句 사이에서 고심했다고 확신한다. 그러나 이러한 판결 기사를 읽고 납득하거나 흡족해할 사람이 대체 세상 어디에 있겠는가?

나는 문예란에서 나의 유명한 동료들 중 한 명과 관련된 다른 기사를 발견했다. '알림 면'에 위대한 통속작가 엠(M.)이 자신의 마지막 소설을 영화화하기 위한 계약 체결 문제로 에스(S.)에 체류하고 있다는 소식이었다. 나아가서 엠(M.) 씨가 자신의 다음 작품은 적지 않게 중요하고 흥미진진한 문제를 다룰 건데, 2년 내로 이 위대한 작업을 끝마칠 수 있을 거라고 말했다는 소식이었다. 나는 이 기사에도 오랫동안 관심을 가졌다. 이 동료는 그런 예언을 할 수 있기 위해 매일 자신의 일을 얼마나 충실하고 훌륭하며 꼼꼼하게 하는지! 하지만 왜 그런 예언을 한단 말인가? 혹시 그 일을 하다가 더 급한 다른 문제가 생겨 그 다른 일을 할 수 있지도 않을까? 그의 타자기가 고장 나거나 그의 여비서가 병에 걸릴 수 있지도 않을까? 그렇다면 사전 예고가 어째서 좋단 말인가? 만약 그가 2년 후에 일을 끝내지 못했다고 고백해야 하는 경우가 생긴다면 어떻게 되겠는가? 또는 소설의 영화화로 많은 돈을 벌어 부자의 삶을 영위하기 시작한다면 어떻게 되겠는가? 그럴 경우 여비서가 회사를 계속 이어 나간다면 혹시 몰라도 그의 다음 소설도 그 외에 그의 어떤 작품도 완성되지 못할 것이다.

다른 신문 기사로 나는 체펠린 비행선이 에커너 박사의 지휘로 미국에서 되돌아오려고 한다는 것을 알게 된다. 그러므로 그 전에 미국으로 날아갔던 모양이다. 멋진 업적이다! 이 기사를 접하니 기분이 흐뭇해진다. 에커너 박사의 지휘로 18년 전 언젠가 보덴 호와 아를베르크를 넘는 첫 체펠린 비행선을 타고 날아본 적이 있는 나는 오랜 세월 동안 그를 더 이상 생각하지 않았다. 나는 굳세고 믿을 만한 선장 얼굴에 힘은 세지만 말수가 적은 한 남자가 기억난다. 나는 그와 대화는 몇 마디밖에 나누지 못했지만 당시 그의 얼굴과 이름을 뇌리에 새겨두었다.

그런데 오랜 세월이 흐르고 숱한 운명을 맞이한 뒤 이 남자는 여전히 일하고 있다. 그는 자신의 일을 계속 밀고 나아가서 결국 미국까지 날아갔다. 전쟁도 인플레이션도 개인적 운명도 일을 해서 자신의 뜻을 관철하려는 그를 막을 수 없었다. 아직 그의 모습이 눈에 선히 보인다. 그 당시 1910년에 내게 다정하게 말을 건넨 뒤(추측하건대 그는 나를 통신원으로 안 모양이다) 자신의 비행선 선실 속으로 기어 올라갔다. 그는 전쟁 때 장군이 아니었고, 인플레이션 시절에 은행가가 되지 않았다. 그는 여전히 비행선 제작자이자 기장이다. 그는 자신의 일에 충실했다. 두 신문에서 나를 당황스럽게 하는 수많은 새로운 소식을 읽은 터에 이런 기사는 마음에 위안을 준다.

그러나 이제 그만하면 됐다. 오후 내내 나는 두 신문을 읽으며 보냈다. 스팀은 여전히 차가우니, 나는 잠을 약간 청하려고 한다.

(1929)

28

문학과 비평이라는
주제에 대한 메모

훌륭한 비평가와 형편없는 비평가에 대하여

타고난 정원사, 타고난 의사, 타고난 교육자처럼 자신의 직업에 재능을 타고난 사람은 언제나 복 받은 희귀한 현상이다. 타고난 작가는 더욱 희귀하다. 그는 자신의 천부적 재능에 합당한 자격이 없어 보이기도 하고, 그 재능으로 작품을 만들 수 있게 해주는 성실성과 용기, 인내심과 노력을 들이지 않고 자신의 재능에 만족해하는지도 모른다. 그렇지만 그는 언제나 매혹적인 힘을 갖고 있고, 자연의 총아이며, 근면과 성실성, 훌륭한 신조로도 대체할 수 없는 천부적 재능을 소유하고 있을 것이다.

타고난 비평가는 타고난 작가보다 더 드물지 않을까 싶다. 다시 말해 비평 활동의 첫 번째 동인은 근면과 학식, 부지런함과 노력, 당파심이나 허영심, 악의가 아니라 은총, 타고난 명민함과 타고난 분석적 사고력, 진지한 문화적 책임감이다. 이러한 은총 받은 비평가도 자신의 재능을 꾸미거나 손상시키는 개인적 특성을 지니고 있을지도 모른다. 그러니까 그는 자비로울 수도 악의적일 수도, 허영심이 있거나 겸손할 수도, 야심이 있거나 안일할 수도 있다. 또 자신의 재능을 가꾸거나 함부로 낭비할 수도 있다. 그는 그저 성실하기만 한 사람, 단지 학식만 쌓은 사람에 비해 창조성이란 은총에서 늘 앞설 것이다. 문학의 역사, 독일 문학의 역사를 살펴보면 타고난 비평가보다는 타고난 작가를 더 흔히 만날 수 있는 것은 분명한 사실이다. 청년 괴테와 가령 뫼리케나 고트프리트 켈러 사이의 시기만 해도 수십 명이나 되는 진정한 작가의 이름을 댈 수 있다. 그러나 레싱과 가령 훔볼트 사이의 기간에는 비중 있는 이름으로 채우기가 더 힘들어진다.

냉정하게 따져보면 작가는 이제 대중에게 무용지물이고 예외적이며 희귀한 현상이 된 듯하다. 반면에 언론의 발달로 비평가는 상설기관이자 하나의 직업이며, 공공생활에 불가결의 요소가 되었다. 문학적 생산이나 문학작품에 대한 수요가 있건 없건 간에, 비평가에 대한 수요는 실제로 존재하는 것 같다. 사회는 전문가로서 시대 현상을 지적으로 관장하는 기관을 필요로 한다. 우리는 작가 관청이나 작가 사무실을 상상하면 웃음이 나오겠지만, 수백 명의 비평가가 언론사에 정식으로 고용되어 있다는 사실에는 익숙해져 있고, 이를 당연하다고 여긴다. 그에 대해선 뭐라고 할 말이 없으리라.

그러나 타고난 진정한 비평가는 희귀한 현상이고, 비평 기법은 세련되게 할 수 있고 숙련된 기술은 훈련시킬 수 있을지언정 진정한 재능은 향상시킬 수 없기에, 비평가라는 직함을 지닌 수백 명의 사람들이 평생 직업 활동을 하는 것을 볼 수 있지만, 그들이 직업의 기술은 웬만큼 익혔을지 몰라도 직업의 가장 내적인 의미는 그들에게 생소하다. 이는 수백 명의 의사나 사업가들이 어쩌다가 필요해서 익힌 직업을 내적인 소명의식 없이 틀에 박힌 도식에 따라 수행하는 것과 마찬가지다. 이러한 상태가 나라에 손해를 의미하는지는 모르겠다. 독일 민족처럼(말이나 글에서 자신의 언어를 제대로 구사하는 이가 만 명에 한 명도 나오지 않고, 독일어를 제대로 할 줄 몰라도 장관도 대학 교수도 될 수 있는 나라에서는) 문학적 요구가 소박한 민족에게는 프롤레타리아 의사나 교사처럼 프롤레타리아 비평가가 존재한다는 게 그리 중요한 문제가 아닐지도 모른다.

하지만 작가에게는 매우 흠결 있는 어떤 비평 기구에 의지해 있는 것이 커다란 손실이다. 작가가 비평을 꺼린다고, 예술가의 허영심 때문에 핵심을 찌르는 진정한 비평보다 뭐든 간에 멍청한 아첨을 선호한다고 생각하면 오산이다. 오히려 그 반대다. 모든 존재가 사랑을 추구하듯 작가는 사랑을 추구할지도 모른다. 하지만 이와 마찬가지로 그는 이해와 인정받기를 추구하기도 한다. 작가가 비판을 견디지 못한다는, 평범한 비평가의 작가에 대한 잘 알려진 조롱은 아무 근거 없는 말이다. 모든 진정한 작가는 진정한 비평가라면 누구든 반긴다. 자신의 예술을 위해 비평가에게서 많을 것을 배울 수 있을까 해서가 아니다. 비평가가 그렇게 할 수 있는 것도 아니다. 그래도 자신의 행위가 이해되지 않은 채(과대평가 되거나 과소평가 되든 상관없이) 마비적인 기능을 하는 비현실 속을 떠도는 대신, 자신과 자신의 작업이 자기 민족과 문화의 객관적인 평가 속에, 재능과 성과의 상호관계 속에 편입되어 가는 것을 보는 것 자체가 작가에게는 대단히 중요한 계몽과 교정을 의미하기 때문이다.

무능한(핵심을 짚을 수 없고, 도식적인 방법으로 단지 바깥에서부터 더듬어 찾을 수밖에 없는 가치들에 대해 늘 판단을 내려야 하므로 불안한 마음에 공격적인) 비평가들은 허영심이 강하고 비평에 과민하다고, 그러니까 지성 일반에 적대적이라고 즐겨 작가들을 비난한다. 그러다보니 결국 순진한 독자는 진정한 작가와 〈플리겐데 블래터〉[1]의 긴 머리 휘날리는 바보 같은 엉터리 작가를 더 이상 도저히 구별할 수 없게 된다. 나는 2류 비평가들이 가령 그들 자신의 가치판단으로 영향력을 행사하지 않고 객관적인 정보에 의한 판단을 촉구하도록(물론 나 자신의 이해관계 때

---

1 Fliegende Blätter(팸플릿). 독일의 유명한 유머 만화 주간지 이름. 1845년부터 1929년까지는 뮌헨의 브라운과 슈나이더 출판사에서 나왔고, 1929년부터 1944년까지는 잡지 〈메겐도르퍼 블래터〉에 통합되어 슈라이버 출판사에서 나왔다.

문이 아니라 소홀히 여겨진 듯싶은 작가들을 위해) 개인적으로 여러 번 시도해보았다. 그러나 진실한 준비 자세나 객관적인 관심, 그러니까 정신의 문제에 대한 열성 같은 것은 조금도 찾아볼 수 없었다. 이런 직업인들의 응답에서는 언제나 '우릴 좀 가만히 내버려둬요! 그런 문제를 그렇게까지 너무 심각하게 생각하지 말아요! 이봐요, 우리는 날이면 날마다 지긋지긋한 부역賦役에 진저리가 난단 말이오. 우리가 써대는 글마다 그렇게 눈에 불을 켜고 살핀다면 어떻게 먹고산단 말이오'를 의미하는 몸짓밖에 볼 수 없었다.

요컨대 2류 3류 직업 비평가의 자기 직업에 대한 관계는 가령 평범한 공장노동자의 자기 일에 대한 관계처럼 애정도 책임감도 없다. 그는 젊었을 때 인기 있던 어떤 비평 방법을 습득했다. 그가 그때 배운 것은 모든 것을 부드러운 회의懷疑로 비웃는 방법이거나 모든 것을 과장된 최상급으로 칭송하는 방법, 또는 다른 어떤 식으로든 자기 직업의 본래적인 임무를 회피하는 방법이었다. 또는 그는(이것이 가장 흔한 경우다) 문학적 성과에 대한 비평에는 일절 관여하지 않고 성과 대신 작가의 출신이나 신조 또는 경향에만 관심을 기울인다. 적대 진영에 속한 작가는 투쟁을 통해서든 조롱을 통해서든 배척당한다. 자기 진영에 속한 작가는 칭찬받거나 적어도 보호받는다. 어느 진영에도 속하지 않는 작가는 배후에 아무 세력도 없으니 종종 무시당한다.

이러한 상황의 결과는 작가의 환멸뿐만 아니라, 대중이 자신의 정신적이고 예술적인 삶의 상황과 움직임을 볼 수 있다고 생각하는 거울의 심각한 왜곡이다. 실제로 우리는 언론이 정신적 삶에 관해 제공하는 상과 이러한 정신적 삶 자체 사이에서 엄청난 괴리를 발견한다. 대중의 어느 층에도 아무런 영향을 미치지 않는 이름과 작품이 간혹 몇 년에 걸쳐 중요하게 다루어지고 자세히 거론되는가 하면, 그날그날의 삶과 분위기에 지대한 영향을 미치는 작가와 작품이 철저히 묵살되기도 한다. 기술이나 경제의 어느 영역에서도 대중이 이처럼 자의적이고 전혀 예견치 못한 보도를 감수하는 경우는 없으리라. 가끔 예외적인 경우가 있음을 인정해야겠지만, 평균적인 일간지에서 문예란보다 스포츠나 경제 면 기사가 훨씬 객관적이고 양심적이라 할 수 있다.

천부적인 진정한 비평가라도 뜻하지 않게 실수나 무례를 저지를 수 있다. 그럼에도 그의 비평은 점잖고 양심적이긴 하나 창조력이 결여된 동료의 비평보다 늘 더 적합할 것이다. 진정한 비평가는 어느 누구보다 언어의 진정성과 질에 대한 확실한 감각을 지니고 있는 반면, 평범한 비평가는 원본과 모방품을 쉽게 혼동하는 바람에 때로 사기에 걸려들기도 한다. 진정한 비평가를 식별하는 두 가지 중요한 특질이 있다.

첫째, 진정한 비평가는 훌륭하고 살아 있는 글을 쓰고, 자신의 언어와 허물없는 관계에 있으며 그 언어를 남용하지 않는다. 둘째, 그는 자신의 주관성과 개인적 기질을 억누르지 않고 그것을 분명히 서술하고자 하는 욕구와 노력이 있다. 그래서 독자는 미터자를 이용하듯 바로 그러한 주관성을 이용할 수 있게 된다. 다시 말해 독자는 비평가의 주관적 잣대와 기호嗜好를 공유하지 않고도 비평가의 반응으로 쉽게 주관적 가치를 읽어낼 수 있게 된다. 또는 보다 간단히 말하자면 훌륭한 비평가는 개성이 무척 강하고 그것을 스스로 선명히 표현하므로 독자는 자기가 누구와 관계하고 있는지, 자신의 눈에 들어오는 광선이 어떤 종류의 렌즈를 통과하여 들어오는지 정확히 알거나 느낄수 있다. 따라서 어떤 천재적인 비평가가 어떤 천재적인 작가를 평생 거부하고 조롱하거나 공격하는 것이 가능하다. 그럼에도 우리는 그가 작가에게 반응하는 방식으로 작가의 본질에 대한 올바른 표상을 얻을 수 있다.

반면에 빈약한 비평가의 주된 결함은 개성이 별로 없거나 또는 그것을 표현할 줄 모른다는 점이다. 아무리 격렬한 칭찬이나 비난이 담긴 비평이라 해도, 우리가 전혀 알지 못하고, 자신을 서술할 줄 모르며, 우리에게 무용지물이나 다름없는 누군가에 대한 이야기라면 아무 영향력이 없게 된다. 바로 그런 무능한 비평가들은 종종 객관성을 빙자해서 미학이 정밀 학문이라도 되는 양구는 경향이 있다. 실은 그는 자신의 개인적인 직관을 신뢰하지 못하고 균형과 중립이란 가면을 쓰는 것이다. 비평가의 경우 중립이란 거의 언제나 미심쩍은 것으로 하나의 부족, 즉 정신적 체험에서 열정의 부족이다. 비평가는 열정이 있다면 숨기지 말고

곧바로 드러내는 것이 좋다. 자기가 무슨 측량기구나 문화부인 양 굴 것이 아니라 독자적인 개인으로 서야 한다.

삼류 비평가와 삼류 작가의 관계는 가령 서로를 제대로 신뢰하지 않는 사이라 할 수 있다. 비평가는 그 작가를 대단찮게 여기면서도 그 작자가 결국 천재로 입증되지나 않을까 두려워한다. 작가는 비평가가 자기를 이해하지 못한다고 느끼고, 자신의 가치도 자신의 결함도 알아보지 못한다고 느낀다. 그래도 자신을 박살내는 비평가를 만나지 않은 것을 다행으로 생각하며, 비평가와 친분을 유지해서 그로부터 이익을 얻기를 기대한다. 독일에서 평범한 작가와 비평가 간에는 이런 치사하고 좀스런 관계가 만연해 있다. 이런 점에서는 사회주의 언론이나 부르주아 언론이나 서로 다를 바가 없다.

하지만 진정한 작가는 이런 평범한 비평, 이런 아무것도 모르는 문예란 기계와 친분을 유지하는 것을 가장 싫어한다. 그는 이런 비평을 오히려 도발하려 한다. 그는 이런 비평가가 호의적으로 자기 어깨를 두드리기보다는 침을 뱉고 비방하는 것을 훨씬 마음 편히 생각한다. 하지만 진정한 비평가에게는, 설령 그가 공공연히 적대자임을 밝히더라도 언제나 일종의 동료의식 같은 걸 느낀다. 능력 있는 비평가에게 인정받고 진단받는 것은 훌륭한 의사한테 진찰받는 것과 같다. 그것은 돌팔이가 쉼 없이 지껄이는 소리를 들어야 하는 것과는 차원이 다르다! 어쩌면 깜짝 놀랄지도 모르고, 어쩌면 상처를 받을지도 모른다. 하지만 비록 그 진단이 사형선고라 할지라도 그는 자신이 진지한 대우를 받았음을 알게 된다. 그리고 마음속으로 그 사형선고를 완전히 신뢰하는 사람은 아무도 없는 법이다.

작가와 비평가 간의 대화

작 가 ㅣ 내 지론은 독일에서 비평이 어떤 시점에서는 오늘날보다 더 높았다는 겁니다.

비평가 ㅣ 예를 좀 들어보시오!

작 가 ㅣ 좋습니다. 괴테의 『친화력』에 대한 졸거의 글이나 아르님의 『베르톨트』에 대한 빌헬름 그림의 비평을 들 수 있지요. 그것들은 독창적인 비평의 멋진 예들입니다. 그런 비평을 낳은 정신을 오늘날엔 보기 드물지요.

비평가 ㅣ 어떤 정신을 말하는 건데요?

작 가 ㅣ 외경심의 정신이지요. 솔직히 말씀해 보세요. 이 두 편 수준의 비평이 오늘날 독일에서 가능하다고 생각하세요?

작 가 ㅣ 모르겠어요. 시대가 달라졌으니까요. 그럼 반문을 하나 하지요. 『친화력』이나 아르님의 『베르톨트』 같은 수준의 문학작품이 오늘날 독일에서 가능하다고 생각하세요?

작 가 ㅣ 아, 그러니까 당신은 문학의 수준을 비평이 따라간다는 견해군요! 진정한 문학작품이 있으면 진정한 비평도 있을 거라는 말씀이군요. 귀담아 들을 만한 좋은 생각이군요.

비평가 | 네, 제 말이 그런 뜻입니다.

작 가 | 실례지만 졸거와 그림의 글을 읽어보셨는지요?

비평가 | 솔직히 고백하자면 읽어보지 않았습니다.

작 가 | 하지만 『친화력』이나 『베르톨트』는 읽어보셨겠지요?

비평가 | 『친화력』은 물론 읽었지만, 『베르톨트』는 읽지 못했습니다.

작 가 | 그럼에도 『베르톨트』가 오늘날의 독일 문학작품보다 수준이 높다고 생각하세요?

비평가 | 네, 제가 그렇게 생각하는 건 아르님에 대한 존경심 때문입니다. 나아가 그 독일 정신이 당시에 가졌던 문학 창작력에 대한 존경심 때문이지요.

작 가 | 그렇다면 아르님이나 그 시절의 다른 모든 진정한 작가들의 작품을 왜 읽지 않으세요? 당신 자신이 열등하다고 여기는 문학에 왜 평생 종사하시나요? 왜 당신의 독자들에게 "보십시오, 이것이 진정한 문학입니다. 오늘날의 저질 작품을 무시하고, 괴테, 아르님, 노발리스를 읽으세요!"라고 말하지 않나요?

비평가 | 그건 저의 임무가 아닙니다. 내가 그러지 않는 것은 당신이 『친화력』 같은 작품을 쓰지 않는 것과 아마 마찬가지 이유일 겁니다.

작 가 | 재미있는 얘기군요. 하지만 당시에 독일이 그런 작가들을 배출했다는 것을 어떻게 설명하겠어요? 그들의 문학작품

은 수요 없는 공급이었고, 그런 작품을 원하는 사람은 아무도 없었어요. 『친화력』도 『베르톨트』도 동시대인에게 읽히지 않았고, 오늘날에도 많이 읽히진 않지요.

비평가 | 당시의 대중은 문학에 그다지 신경 쓰지 않았고, 오늘날에도 그 점은 마찬가지지요. 독일의 대중은 뭐라 해도 어쩔 수 없어요. 아마 어느 나라든 다 마찬가지겠지요. 괴테의 시대에도 재미있는 통속문학 작품은 많았고, 그런 것들이 읽혔지요. 오늘날에도 마찬가지입니다. 통속문학 작품은 읽히고 평해지고 있지요. 독자도 비평가도 딱히 진지하게 여기지는 않지만, 수요에 부응하고 있지요. 통속문학 작가와 그 비평가의 글을 읽고 대가를 지불하지요. 그런데 그것을 읽고는 곧장 다시 잊어버리지요.

작 가 | 그럼 진정한 문학작품은요?

비평가 | 그런 건 영원을 위해 쓰인 거라고들 여기지요. 그런 시대는 그것에 주의를 기울일 의무감을 못 느끼지요.

작 가 | 당신은 정치가가 되었으면 더 좋았을 텐데요.

비평가 | 맞습니다, 나 역시 그럴 생각이었어요. 외교 정책을 맡았더라면 제일 좋았겠지요. 하지만 내가 편집부에 들어왔을 당시 정치 부문에는 빈자리가 없었고, 내게 줄 수 있는 것이라곤 문예란밖에 없었어요.

소위 말하는 소재 선택

'소재 선택'은 많은 비평가들이 익히 알고 있는, 심지어 일부 비평가에게는 필수 불가결한 어휘이다. 저널리스트인 한에는 평균적인 비평가는 외부로부터 자기에게 억지로 주어져 매일 해결해야 하는 소재에 직면해 있음을 알게 된다. 그는 겉보기에 작가에게 있는 듯 보이는 다름 아닌 창작의 자유를 부러워한다. 게다가 시사 비평가는 거의 전적으로 통속문학 작품, 모방된 작품과만 관계한다. 그런데 능숙한 소설가는 물론 자유가 매우 제한되어 있긴 하더라도 어느 정도 마음대로 또 순전히 합리적인 동기로 소재를 선택할 수 있을지도 모른다.

통속문학의 대가는 예컨대 자신의 작품 무대를 마음대로 선택할 것이다. 그때그때 유행하는 시대 풍조에 따라 새 소설의 배경을 남극이나 이집트로 잡을 것이고, 스포츠나 정치 영역에서 소설을 풀어가거나 자신의 책에서 사회나 도덕, 법의 당면 문제를 논할 것이다. 물론 이러한 민감한 현실 문제의 배후에서는 아무리 닳고 닳은 모방 작가라 해도 내면 깊숙이 불가피하게 확립된 표상에 상응하는 삶의 모습을 풀어놓을 것이다. 그는 어떤 특정 성격이나 상황을 편애해서 그 외의 다른 것에는 무관심해질 수밖에 없을 것이다.

'대단히 통속적인' 문학작품에서도 하나의 영혼, 즉 작가의 영혼이 드러나기는 한다. 단 하나의 인물도 단 하나의 인간적인 상황도 그려내지 못하는 아무리 형편없는 작가라 해도 자신이 전혀 생각지 않은 한 가지만은 놓치지 않는다. 다시 말해 그는 자신의 조잡한 작품에서도 자신의 자아만은 언제나 드러낼 것이다.

그런데 진정한 문학작품에서는 소재의 선택이란 결코 존재하지 않는다. '소재', 즉 어떤 문학작품의 주된 인물과 특징적인 문제는 결코 작가가 선택하는 것이 아니라 엄밀히 말하자면 모든 문학작품의 원래 핵심이고, 작가의 비전이자 정신적 체험이다. 작가는 어떤 비전을 회피할 수도, 삶에 중요한 문제를 회피할 수도 있다. 또 진정으로 체험한 '소재'를 무능력이나 안일함 때문에 내버려둘 수도 있다. 하지만 그는 어떤 소재를 결코 '선택'할 수는 없다. 그는 순전히 합리적이고 순전히 기교적인 고려 때문에 자신이 적합하고 바람직하다고 여기는 어떤 내용에 대해, 이 내용이 실제로 은총에 의해 그의 수중에 들어왔다는 척, 실제로 머리로 짜낸 것이 아니라 영혼 속에서 체험했다는 척 할 수는 없다. 진정한 작가도 드물지 않게 소재를 선택하고 작품을 명령조로 지시하려고 하기도 했다. 그런 시도의 결과는 동료들에게는 언제나 흥미롭고 유익했을지는 몰라도, 문학작품으로서는 사산死産이었다.

보다 간략히 말한다면 누가 진정한 문학작품의 작가에게 "차라리 다른 소재를 선택하는 것이 더 낫지 않았을까요?"라고 묻는다면, 그건 마치 어떤 의사가 폐렴에 걸린 환자에게 "아, 차라리 콧물감기에 걸리기로 결정하는 것이 더 낫지 않았을까요?"라고 말하려는 것과 마찬가지다.

이른바 예술로의 도피

예술가는 삶을 피해 예술로 도피해서는 안 된다는 말이 있다.

그건 대체 무슨 뜻일까? 예술가는 대체 왜 그래서는 안 된다는 말인가?

예술가 입장에서 볼 때 예술이란 삶의 불충분한 면을 보충하고, 실현 불가능한 소망을 허구 속에서 실현하며, 실현 불가능한 요구를 문학작품 속에서 실현하려는 시도가 아니던가? 요컨대 현실의 납득하기 어려운 점을 정신 속에서 승화시키려는 시도가 아니던가?

그런데 왜 위와 같은 어리석은 요구를 항상 예술가에게만 하는 걸까? 왜 정치가나 의사, 복서나 수영 챔피언한테는 자신의 직무나 스포츠의 임무나 충족으로 도피하기에 앞서, 아무쪼록 먼저 자신의 사생활의 어려움을 충분할 만큼 해결하라고 요구하지 않는 걸까?

'삶'이 예술보다 단연코 더 어렵다는 인식이 소인배 비평가들 사이에는 하나의 공리가 된 듯하다.

그런데 우리는 부단히 예술에서 삶으로 너무나 성공적으로 도피하는 너무나 많은 예술가들, 너무나 형편없는 그림을 그리고 너무나 형편없는 글을 쓰지만, 너무나 매력적인 사람이자 너무나 사랑스런 주인, 너무나 훌륭한 가장이자 너무나 고상한 애국자인 너무나 많은 예술가들을 목도할 수 있지 않은가!

아니, 어떤 사람이 벌써 스스로 예술가라고 생각한다면, 자신의 직업의 과제가 놓여 있는 그곳에서 결판을 내고 자신의 임무를 완수하는 것이 더 옳으리라. 작가가 작품을 완성하려면 그 대가로 사생활을 희생시켜야 한다는 견해는 상당한 정당성(오히려 절반의 정당성)이 있을지도 모른다. 작품의 탄생도 그와 마찬가지다. 예술이 과잉이나 행복에서, 만족과 조화에서 탄생한다는 생각은 어리석고 근거 없는 가정이다. 인간의 다른 모든 업적이 오직 곤경에서만, 가혹한 압박 하에서만 생겨나는데 어찌 예술이라고 해서 예외가 되어야 한단 말인가?

이른바 과거로의 도피

오늘날 시사 비평에서 인기 없는 또 다른 '도피'는 이른바 과거로의 도피이다. 어떤 작가가 유행이나 스포츠와 한참 동떨어진 어떤 것을 쓰자마자, 그가 눈앞의 문제에서 인류의 문제로 나아가자마자, 그가 역사의 어느 시공간이나 역사를 초월한 문학적인 초시대성을 추구하자마자 자신의 시대에서 '도피한다'

는 비난을 듣게 된다.

그렇게 보자면 괴테는 우리에게 프랑크푸르트나 바이마르의 시민가정의 문제를 알려주는 대신 『괴츠』나 『이피게니에』로 도피한 셈이다.

얼치기 교양인의 심리학

알다시피 가장 심한 격세유전이야말로 스스로를 근대적이고 진보로 위장하려는 욕구가 가장 강하다. 그리하여 현재의 문학비평에서 정신에 가장 적대적이고 야만적인 부류가 정신분석으로 무장하고 자신을 위장한다.

내가 먼저 프로이트와 그의 업적에 절을 올리는 것이 필요할까? 천재 프로이트에게 세상의 다른 모든 천재도 그의 방법론으로 고찰하는 권리를 인정하는 것이 필요할까? 프로이트의 학설을 두고 아직 논란이 분분하던 시절 내가 그것을 옹호하려고 노력했던 일을 상기시키는 것이 필요할까? 나는 우둔한 비평가와 탈영하는 어문학자들이 프로이트의 기본개념을 남용하는 것을 가소롭게 생각했다. 그렇게 생각한다고 해서 천재적인 프로이트와 그의 심리학적·심리치료적 업적에 대한 공격으로 보지는 말아달라고 내가 특별히 독자에게 부탁이라도 해야 할까?

프로이트 학파의 학설은 예나 지금이나 심리학은 물론이고 신경증 환자의 치유에 혁혁한 성과를 내고 있고, 수년 전부터 거의 어디서나 당연한 인정을 얻어내기에 이르렀다. 그런데 그 학설이 확대되고 대중에게 유포되며 그 방법론과 전문용어가 다른 정신 영역에까지 점점 확산되면서 상당히 역겹고 눈에 거슬리는 부산물이 생겨났다. 프로이트가 꿈과 다른 무의식의 정신세계를 분석하는 데 적용한 방법론으로 문학작품을 연구하는 얼치기 교양인의 사이비 프로이트 심리학과 일종의 딜레탕트 문학비평이 그것이다.

의학적으로도 정신과학적으로도 훈련받지 못한 문인들에 의한 이러한 '연구'의 결과 아무튼 발견이랄 것도 없지만 작가 레나우는 정서불안으로 드러났다. 그뿐만이 아니다. 그들은 레나우 외에 다른 작가들의 최고의 업적에서도 임의의 정서불안 환자들에게서 나타나는 꿈과 환상과의 공통분모를 찾을 수 있다고 주장한다. 그들은 작품을 통해 어느 작가의 콤플렉스와 즐겨하는 상상을 조사하고, 그가 이러 저러한 부류의 신경증 환자에 속한다고 규정한다. 그들은 명작마저도 뮐러 씨의 폐소閉所 공포증이나 마이어 부인의 신경성 위장장애와 같은 원인에서 비롯된 것이라고 설명한다.

이들 문인들은 체계적으로 또 모종의 복수심(재능이 없는 자들의 정신에 대한 복수심)으로 문학작품에 대한 관심을 딴 데로 돌리고, 문학작품을 정신적 상태의 증상으로 격하시킨다. 또 작품 해석에 합리화하고 도덕군자연하는 작가의 전기적 사실을 끌어 들이는 지극히 조잡한 오류를 저지른다. 그리하여 쓰레기 더미를 남겨놓는데, 그 위에는 위대한 문학작품의 내용이 갈기갈기 찢겨 더러워지고 피투성이가 된 채 널브러져 있다. 그리고 이 모든 노력은 괴테나 횔덜린도 그저 한 인간에 불과했으며, 『파우스트』나 『푸른 꽃』도 극히 평범한 본능을 지닌 극히 평범한 영혼의 소유자가 그저 멋들어지게 양식화한 가면에 불과했음을 밝히려는 의도밖에 없는 듯이 보인다.

이들 작품이 이루어낸 온갖 성과에 대해선 한 마디 말도 없고, 인간이 만들어낸 가장 섬세한 것을 보기 흉한 질료로 도로 변모시킨다. 동일한 내용이 신경성 환자 마이어한테서는 신경성 복통을 유발하고, 어떤 다른 사람은 탁월한 예술작품을 만들어내는 진기한 현상에 대해서는 함구한다. 형상화된 것, 유일무이한 것, 가치 있는 것, 만회할 수 없는 것, 이런 현상은 어디서도 보지 못하고, 어디서나 무형의 원재료만 볼 뿐이다.

하지만 우리는 작가에게 재료로 작용하는 체험이 다른 모든 사람들의 체험과 그다지 다르지 않다는 것을 알아내기 위해 그토록 수많은 힘겨운 연구를 할 필요가 없다. 그리고 우리가 너무나 알고 싶어 하는 것, 즉 창조적인 개인의 얼마 안 되는 체험이 세상을 보여주는 드라마가 되고 일상적인 것이 찬란한 빛을 발하는 기적이 되는 놀라운 경이에 대해서는 이야기하지 않고 관심을 기울이지도 않는다. 이는 무엇보다 프로이트에게 죄를 짓는 일이다. 그의 천재성과 세밀함은 단순화를 좋아하는 많은 제자들에게 지금 벌써 눈엣가시가 되고 있다. 문학의 영역으로 탈주한 이들 얼치기 제자들은 프로이트가 직접 정립한 승화 개념을 잊은 지 벌써 오래된다.

그런데 작가에 대한 전기적이고 심리적 분석이 지닌 나름의 가치에 관해 말하자면(아무튼 예술작품의 이해에는 도움이 되지 않더라도 이러한 보조 분야에는 다소 이익이 될 수 있을지 모르므로), 그 가치는 극히 미미하고 극히 불확실하다. 살면서 언젠가 정신분석을 직접 체험해 봤거나 다른 사람에게 실시해 봤거나 또는 신뢰할 수 있는 친구로서 관심을 갖고 함께 체험해본 사람이라면 그것이 얼마나 많은 시간과 노력, 인내를 요하는 일인지 알 것이다. 또 분석자가 찾으려는 최초의 원인들, 억압의 원천들이 얼마나 교활하고 끈질기게 숨으려고 하는지 알 것이다. 분석자는 이러한 억압에 파고들기 위해선 무심결에 새어나오는 영혼의 표현에 참을성 있게 귀 기울이고, 꿈이나 실언 등에 주의 깊게 귀 기울여야 한다는 것도 알고 있다.

어떤 환자가 정신분석가에게 "선생님, 저는 이렇게 앉아 심리치료를 받을 시간도 그럴 기분도 없거든요. 그러나 쓸 수 있는 한 제 꿈과 소망, 상상을 최대한 담은 글을 써보았어요. 일부는 제본된 형태인데, 이 자료를 넘겨드릴 테니 필요한 내용을 부디 판독해 주세요."라고 말한다면 그 의사는 이 순진한 환자에게 실소를 금치 못하리라! 물론 신경증 환자가 그림을 그리거나 글을 쓸 수도 있겠고, 분석가는 그것을 살펴보고 분석에 이용할 수도 있겠다. 하지만 한 인간의 무의식적인 정신세계와 유년기의 정신사를 그런 자료에서 읽어내겠다는 것은 어떤 분석가가 보더라도 극히 순진하고 딜레탕트적인 오만으로 비치리라.

그런데 어설픈 교양을 지닌 문학 해석가들의 행위는 그러한 자료를 가지고 분석을 해낼 수 있다며 무지한 독자들을 속이겠다는 것과 다름없다. 환자는 이미 죽었고, 검증을 두려워할 필요가 없으니 상상의 나래를 펼쳐 멋대로 꾸며내는 것이다. 어떤 노련한 문인이 엉터리로 분석한 이런 작가론을 직접 다시 분석해서, 그런 사이비 심리학자들의 열정을 부채질하는 매우 단순한 충동을 밝혀낸다면 우스꽝스러운 결과가 나올지 모른다.

내 생각에 프로이트 자신은 이런 사이비 제자들의 글을 진지하게 여기지 않을 것이다. 정신분석학파의 어떤 진지한 의사나 연구자도 이런 글과 책자를 읽지 않을 것이다. 아무튼 딜레탕트적인 작업의 결과물인 그런 책자들과 분명히 거리를 두는 게 당연하리라. 정말 고약한 건 근대의 천재들에 대해 이처럼 겉보기에 심층적으로 보이는 폭로나, 예술작품에 대해 이처럼 겉보기에 칼날처럼 예리해 보이는 해석이 팸플릿이나 책으로 나온다는 사실이 아니다. 또 그다지 읽히지는 않지만, 야심적인 작가들이 월계관을 얻을 수 있게 해주는 새로운 문학 장르가 생긴다는 사실이 아니다. 언짢은 점은 이런 딜레탕트 분석을 통해 시사비평이 본연의 임무를 단순화하고, 그럴싸한 학문성으로 포장해서 편한 길을 가려 한다는 사실이다.

나는 내 마음에 들지 않는 어느 작가의 문학작품에서 콤플렉스와 복잡한 신경증의 흔적을 발견하면 그를 세상에 대고 정신질환자로 매도한다. 물론 언젠가는 그러는 게 싫증나게 될 것이다. 언젠가는 '병리적'이란 단어가 지금의 의미를 잃어버릴 날이 올 것이다. 질병과 건강의 영역에서도 상대성이 있음을 발견할 날이 올 것이다. 또 오늘의 질병이 내일의 건강이 될 수 있다는 것과, 건강한 상태라 해서 언제나 건강의 확고부동한 징표가 될 수는 없음을 깨달을 날이 올 것이다.

고귀한 정신과 섬세하고 예민한 감각을 타고난 사람, 과대평가되고 뛰어난 재능을 지닌 사람에게는 선과 악, 미와 추에 대한 오늘날의 관습에 얽매여 산다는 것이 갑갑하고 끔찍한 일일 수 있다. 이러한 단순한 진리 역시 언젠가는 밝혀질 것이다. 그렇게 되면 횔덜린과 니체는 정신질환자에서 다시 천재의 자리로 복귀할 것이고, 결국 아무것도 성취하지고 발전시키지도 못하고 정신분석이 출현하기 이전의 지점에 다시 서 있다는 것이 밝혀질 것이다. 그리고 정신과학을 발전시키려면 정신과학 고유의 방법과 체계를 가지고 추진시킬 결정을 해야 한다는 사실이 밝혀질 것이다.

(1930)

29

어느 젊은 시인에게
띄우는 편지

멋진 편지, 시와 소설을 보내주신 것에 감사드립니다. 귀하의 편지는 믿어달라고 하는데 나는 유감스럽게도 실망을 금할 수 없습니다. 나는 눈병이 나지 않고 또 매일 너무 많은 우편물에 시달리지 않는다 해도 실망을 할 수밖에 없을 겁니다. 귀하께서 내게 바라는 것을 줄 수 없기 때문입니다.

귀하께서는 내게 문학 습작을 보여주며 그것을 읽은 뒤 귀하의 문학적 재능에 대해 평해달라고 청하고 있습니다. 귀하께서는 입에 발린 칭찬이 아닌 엄격한 판단과 솔직한 견해를 부탁하고 있습니다. 귀하께서는 판에 박힌 간단한 공식에 따라 이렇게 묻습니다. '내가 작가인가? 내가 문학작품을 공표하고 가능하면 글쓰기를 직업으로 삼을 권리가 있을 만큼 재능이 있는가?'

질문이 간결하니 답변도 간결하게 하겠습니다. 하지만 그건

가능하지 않습니다. 개인적으로 정확히 알지 못하는 어느 신참자의 습작을 가지고 작가로서의 적성이 있는지 이런저런 결론을 내리기는 불가능할 것 같습니다. 귀하께서 재능이 있는지는 이미 미루어 짐작할 수 있습니다. 그러나 재능은 희귀한 것이 아니고, 세상에는 재능 있는 자들로 넘쳐납니다. 귀하 연배와 교양 수준의 젊은이가 웬만큼 괜찮은 시나 글을 쓸 능력이 없다면 평균 이하의 재능을 지녔다고 봐야겠지요. 나아가서 나는 귀하의 글을 보고 귀하께서 니체를 읽었는지 보들레르를 읽었는지, 현대의 어느 작가의 영향을 받았는지는 대략 알 수 있습니다. 또한 귀하께서 이미 예술과 자연에서 형성된 취향을 소유하고 있는지도 알 수 있습니다. 그렇지만 그런 취향은 문학적 재능과는 조금도 관계가 없습니다. 기껏해야(이것은 특히 귀하의 시에 해당되는 말입니다만) 귀하 체험의 자취를 찾아내서 귀하께서 어떤 성격의 소유자인지 짐작할 수 있습니다. 그 이상은 불가능합니다. 귀하의 습작을 가지고 귀하의 문학적 재능이나 또는 작가생활에 대한 귀하의 희망을 평가해주겠다고 귀하께 약속하는 자는 사기꾼이 아니라면 상당히 경솔한 사람입니다.

알다시피 『파우스트』를 읽은 뒤 괴테를 주목할 만한 작가라고 평하는 것은 어렵지 않습니다. 하지만 그의 초창기 시절과 후기 시절의 시를 모아 한 권의 시집으로 묶는다면, 그 젊은 시인이 겔러트나 모범이 되는 다른 시인들을 열심히 읽었으며,

운율에 소질이 있다는 것 외에는 다른 결론을 내릴 수 없을 겁니다. 그러므로 가장 위대한 작가의 경우조차도 초기 습작은 언제나 정말 독창적이거나 설득력이 있지는 않습니다. 실러의 청년 시절 시에서는 대단히 놀랄 만한 탈선을, 마이어의 청년 시절 시에서는 가끔 재능 부족도 발견할 수 있습니다.

아닙니다, 귀하께서는 젊은이의 재능을 평가하는 문제를 매우 간단히 생각하겠지만, 실은 그렇지 않습니다. 내가 귀하를 직접 잘 알지 못한다면 나는 귀하께서 발전의 어느 단계에 있는지 알지 못합니다. 귀하의 시에 미숙한 요소가 들어 있어, 귀하 자신이 벌써 여섯 달만 지나면 그것을 비웃을지도 모릅니다. 하지만 귀하 내면의 유리한 상황이 발전할 소질이 없는 모종의 재능을 바로 지금 꽃 피우게 할 수도 있습니다. 귀하께서 내게 보낸 시가 귀하께서 평생 쓸 수 있는 시들 중 최상의 시일 수도 있지만, 최악의 시일 수도 있습니다. 스무 살이나 스물다섯의 나이에 정점에 이르렀다가 급히 시들어 버리는 재능이 있고, 또 서른 살이 지나서야, 때로는 훨씬 나중에 가서야 나타나는 재능도 있습니다.

그러므로 귀하께서 혹시 5년이나 10년 후에 작가가 될지는 지금 당신이 쓴 시와는 전혀 무관합니다.

문제는 다른 면에 있습니다. 우리는 잠시 그것을 살펴보고자 합니다.

귀하께서는 왜 굳이 시인이 되려고 합니까? 공명심이나 명예

욕에서 그런다면 분야를 잘못 선택한 것입니다. 다시 말해 오늘날의 독일인은 시인을 대수롭지 않게 여기며, 시인 없이도 그럭저럭 살아갑니다. 그것은 또한 돈벌이의 문제와도 관련이 있습니다. 귀하께서 독일의 가장 유명한 시인이 된다 해도(물론 이때 연극은 제외하고 말입니다) 양말 공장이나 바느질용 바늘 공장의 공장장이나 중역에 비해 여전히 가난뱅이에 지나지 않을 겁니다.

하지만 귀하께서는 어쩌면 시인이 되려는 이상이 있을지도 모릅니다. 귀하께서 속으로 그런 생각을 품는 것은 시인을 독창적인 존재, 마음이 순수하고 감수성이 예민하며 경건한 사람, 섬세한 감각과 정화된 감정을 지닌 사람, 외경심을 지닌 사람, 혼이 담긴 뭔가 고상한 삶의 영위를 갈망하는 사람으로 생각하기 때문입니다. 어쩌면 귀하께서는 시인을 수전노나 난폭한 사람과 반대되는 사람으로 생각할지도 모릅니다. 어쩌면 귀하께서 시인이 되려고 열망하는 것은 시구나 명예 때문이 아니라, 시인이 겉보기에 자유나 고립을 누린다고 생각해서인지도 모릅니다. 하지만 가면을 쓴 위선적인 시인이 되지 않으려면 시인은 높은 정도의 책임감을 가져야 하고, 스스로를 희생해야 합니다.

그렇게 되면 귀하께서는 시를 지음으로써 물론 올바른 길을 걷게 됩니다. 하지만 그런 뒤에는 귀하께서 세월이 흘러 시인이 되건 되지 않건 아무래도 좋습니다. 그도 그럴 것이 당신이 시인에게 있다고 여기는 저 높은 특성, 임무와 목표, 자기 자신에 대한 성실성, 자연에 대한 외경심, 임무에 헌신하겠다는 준비 자세, 그리고 결코 자신에게 만족하지 않는 책임감과 잘 된 문장이나 시구에 대해 불면의 밤으로 대가를 치르는 저 책임감, 이 모든 덕목(우리가 그것을 그렇게 부르려고 한다면)은 결코 진정한 작가의 특질만은 아닙니다. 그것은 자신의 직업과는 무관하게 진정한 인간, 즉 노예가 되지 않고 기계가 되지 않은 인간, 경외심 있고 책임감 있는 인간의 특질이기도 합니다.

그런데 귀하께서 이런 인간형의 이상을 지니고 있고, 기개와 성공, 돈과 권력이 아니라 자신을 기초로 하고 외부에 흔들리지 않는 삶을 목표로 한다면, 귀하께서는 아직 시인이 아니라 해도, 그러면 시인의 형제이자 시인과 비슷한 부류입니다. 그러면 귀하께서 시를 짓는 것에도 심오한 의미가 있습니다.

그도 그럴 것이 시를 짓는 일, 특히 젊은 시절 시를 짓는 일에는 멋진 예술작품을 세상에 내보내고 그로써 인간을 기쁘게 하거나 경고하는 하나의 사회적 기능만 있는 것이 아닙니다. 그것 말고 시를 짓는 일은 시인 자신에게 대체할 수 없는 가치를 의미할 수도 있습니다. 이때 생겨나는 시의 가치나 성공과는 전혀 무관하게 말입니다. 젊은 시절 시를 짓는 일은 당연한 말이지만 젊은이의 개성의 생성과정에 속합니다. 시를 짓는 도정에서 단순히 언어 연습을 할 뿐만 아니라 자기 자신을 보다 깊고 선명히 알게 되는 것, 평균인의 경우보다 개체화의 발전단계를 더 나아가게 하고 더 높이는 것, 일회적인, 전적으로 개인적인 영혼체험을 기록함으로써 자신의 능력과 위험을 더 잘 보고 잘 해석하는 것, 바로 이것이 무엇보다 시를 짓는 일이 젊은 시인에게 주는 의미입니다. 그의 시가 동시대의 사람들에게 어떤 가치를 의미하는지 묻기 전에 말입니다.

'개성'이란 단어는 오늘날 괴테의 시대와는 달리 더 이상 무조건 하나의 이상으로 간주되지 않습니다. 부르주아 측에서뿐만 아니라 프롤레타리아 측에서도 개별적인 개성을 목적 그 자체로서 무조건 인정하지 않습니다. 우리는 천재적인 개인이 아닌 정상적이고 건전하며 유능한 평균인을 키우려 합니다. 그래야 공장이 잘 돌아갑니다. 하지만 고매한 생각을 지닌 개인만 지닐 수 있는 에너지와 책임감, 내적인 순수성이 결여되면, 절대적으로 중요한 전체 대중이 곤경에 시달리고 치명적인 위험에 빠져든다는 사실이 아주 짧은 기간 내에 독일에서 드러났습니다. 정치적 상황, 정당 생활, 의회정치의 끔찍한 변질은 결여된 곳이 어디인지 우리에게 여실히 보여줍니다. 평균에 비해 조금밖에 세분화되지 않은 인간마저 도저히 견디지 못하게 하던 같은 정당이 나중에는 '강한 남자'를 외치고 있습니다.

귀하의 동료가 귀하의 서투른 시작詩作을 약간 조롱하더라도 그냥 가만히 계십시오. 평범한 사람들보다 조금 더 성숙하고, 조금 더 높은 인간성의 단계에 도달하면 귀하에게 도움이 될 것입니다. 얼마 지나면 귀하께서는 자연히 시 짓는 일을 쓸데없는 일로 여길지도 모릅니다. 하지만 평균적 이상과 거짓 평화조약을 맺기 위해서가 아니라, 다른 영역에서 귀하께서 소명의식을 느끼는 더 고상하고 더 가치 있으며 혼이 담긴 종류의 삶을 정복하기 위해서 말입니다.

(1930)

30

책이 지닌 마력

인간이 자연으로부터 거저 얻지 않고 자신의 정신으로 만들어낸 많은 세계들 중 가장 위대한 것은 책의 세계다. 모든 아이는 학교 칠판에 처음으로 철자를 그려 넣고, 처음으로 읽기를 시도하면서 인위적이고 극히 복잡한 어떤 세계에 첫발을 들여놓게 된다. 그 세계의 법칙과 놀이 규칙을 매우 잘 알고 완전히 익히기는 여간 어려운 일이 아니다. 말과 글, 책이 없이는 역사도 없고, 인류라는 개념도 존재하지 않는다. 만약 누군가가 조그만 공간, 즉 집 한 채나 방 한 칸에 인간정신의 역사를 집어넣어 소유하고자 한다면 그것은 오로지 책을 선택하는 형태로만 가능할 것이다.

물론 우리는 역사에 대한 몰두와 역사적인 사고방식이 위험을 초래한다는 사실을 목도했다. 또 지난 수십 년 동안 역사에 맞선 우리 생활감정의 거센 반란을 체험하기도 했다. 하지만 우리는 바로 이러한 반란을 통해, 정신적 유산을 늘 새로이 획득하고 점유하려는 노력을 포기한다고 해서 우리의 삶과 사고가 무죄로 되는 것은 결코 아님을 배울 수 있었다.

어느 민족에게든 말과 글은 신성한 것이자 마력을 지닌 것이다. 글을 쓰는 일뿐만 아니라 이름을 붙이는 일은 원래 마력을 지닌 행위, 즉 정신을 통해 자연을 점유하는 불가사의한 행위이다. 글자는 어디서나 신이 내린 선물로 칭송받았다. 대부분의 민족들의 경우 쓰기와 읽기는 사제 계층에게만 허용된 신성한 비술秘術이었다. 그러므로 어떤 젊은이가 이 엄청난 기술을 익히려고 마음먹었다면 이는 엄청나고 이례적인 일이었다. 그것은 쉽지 않은 일이었고, 소수에게만 허락되었으며, 헌신과 희생을 대가로 치러야만 했다. 우리의 민주적인 문명사회의 시각에서 보면 당시에 정신이란 오늘날보다 더 희귀한 것이었으나, 그런 만큼 보다 고귀하고 신성한 것이기도 했다. 정신은 신의 보호를 받고 있었고, 아무나 함부로 가질 수 있는 것이 아니었다. 힘들여 가야 정신에 이를 수 있었고, 거저 얻을 수 있는 게 아니었다. 계층의 위계가 엄격하고 귀족적인 질서를 지닌 문화에서 온통 문맹인 사회에서 글자의 비밀에 정통해 있다는 것이 어떤 의미인지 오늘날 우리가 제대로 상상이나 할 수 있겠는가! 그것은 훈장이자 권력을 의미했고, 선善 마법과 흑黑 마법을 의미했으며, 하나의 부적이자 마술 지팡이였다.

그런데 이 모든 것은 겉보기에 완전히 달라진 듯하다. 오늘날은 글자와 정신의 세계가 누구에게나 개방되어 있는 것 같다. 그러니까 아무리 벗어나려 해도 억지로 그 세계로 끌려들어간다. 오늘날 읽고 쓸 줄 안다는 것은 숨 쉴 줄 안다는 것이나 기껏해야 승마를 할 줄 안다는 것과 거의 다를 바 없음을 의미하는 것 같다. 오늘날은 글과 책이 특별한 품격, 마법이나 마력을 모조리 빼앗긴 듯하다. 혹시 종교계에선 '신성한', 계시가 담긴 책이라는 개념이 있을지도 모른다. 그러나 아직 유일하게 강력한 실권을 지닌 종교 당국이 평신도 사이에 성서가 유포되어 읽히는 세태에 별다른 가치를 부여하지 않는 것으로 보아, 사실 신성한 책이란 신심 깊은 소수의 유대교도 무리나 몇몇 개신교 종파의 신봉자들에게서나 존재할 듯하다. 물론 공적인 선서를 할 때 선서자가 손을 성서 위에 올려놓는 규정은 아직 남아 있을지도 모른다. 그러나 이런 거동은 한때 불타오르던 세력들의 차디찬 죽은 잔재에 불과하다. 또 그러한 거동은, 선서문 자체가 그렇듯이 오늘날의 평균인에게는 마력을 지닌 구속을 더 이상 담고 있지 않다. 이제 책에는 더 이상 비밀이 담겨 있지 않으며, 누구나 책에 접근할 수 있는 듯이 보인다. 민주적이고 자유주의적인 관점에서 보면 이는 진보이자 당연한 사실이지만, 다른 관점에서 보면 정신의 가치 저하이자 저속화이기도 하다.

그렇다고 진보를 이루어냈다는 즐거운 기분을 망치려는 것은 아니다. 우리는 책을 읽고 글을 쓰는 것이 어떤 특정 계급이나 계층의 특권이 아니란 사실에 기뻐하고자 한다. 또 인쇄술이 발명된 이래로 책이 엄청난 양으로 일반에게 유포되어 일용품이자 사치품이 되었다는 사실, 책이 대량으로 발행되어 값이 싸졌기에 형편이 좋지 않은 사람들도 누구나 최고의 책(이른바 고전)들에도 접근할 수 있게 되었다는 사실에 기뻐하고자 한다. 우리는 또한 '책'이라는 개념 옛날의 존엄을 거의 잃어버렸다고, 최근 들어 영화나 방송의 등장으로 책이 대중에게 가치와 매력을 더욱 상실한 것 같다고 너무 지나치게 슬퍼하려는 것도 아니다. 그럼으로 앞으로 책이 완전히 사라질 것이라고 염려할 필요는 없다. 오히려 그 반대다. 시간이 지날수록 오락적 욕구나 대중 교육의 욕구는 다른 새로운 매체가 담당할 수 있을 것이고, 그럴수록 책은 위엄과 권위를 되찾게 될 것이다. 그도 그럴 것이 지금이야 말할 수 없이 순진하게도 진보에 취해 있지만 글과 책에는 영원한 기능이 있다는 것을 머지않아 깨닫게 될 것이기 때문이다. 말을 통한 표현과 글을 통한 이러한 표현의 전승은 인류가 역사와 자기 자신에 대한 의식을 지속적으로 유지하기 위한 중요한 보조 수단에 불과한 것이 아니라 유일한 수단임이 드러날 것이다.

아직까지는 라디오나 영화 등의 새로운 경쟁 매체들이 책의 기능을 만족할 만큼 장악하지 못한 상태다. 예컨대 문학적인 가치는 없지만 상황과 장면이 풍부하고 긴장감 넘치고 감성을 자극하는 통속소설의 경우, 왜 수많은 사람들이 그런 책을 읽느라 시간과 시력을 낭비하고 있는지 알다가도 모를 일이다. 영화에 의한 일련의 영상이나 라디오에 의한 음성 전달, 또는 앞으로 두 가지가 결합된 형태가 폭 넓게 확산되어야 할 텐데 말이다. 하지만 표면적으로는 아직 이런 역할 분담이 이루어지지 않았지만, 부분적으로 현장의 은밀한 영역에서는 벌써 진작부터 그런 일이 벌어지고 있다. 지금 벌써 이런 저런 '작가'가 책이나 연극을 떠나 영화로 넘어갔다는 이야기가 심심찮게 들린다. 이런 점에서 불가피하고 바람직한 분리가 이미 이루어진 셈이다. '문학 창작'이 영화 제작과 같은 일이라든가, 공통점이 많다는 이야기는 오류이기 때문이다.

내가 이렇게 말한다고 해서 '작가'에게 송가를 불러주고, 작가에 비해 영화 제작자를 더 못하다고 치부하려는 것은 결코 아니다. 그러나 말과 글을 수단으로 묘사나 이야기를 전달하려는 사람은 배우들을 동원해 영화 촬영으로 같은 이야기를 들려주려는 사람과는 완전히 또 원칙적으로 다를 수밖에 없다. 작가가 형편없는 삼류 문사일 수 있고, 영화 제작자가 천재일 수 있다. 그건 중요한 문제가 아니다. 일반 대중은 아직 모르고, 오랜 시간이 흘러서야 알게 될 것에 대해 창작자들 사이에서는 이미 의견이 통일되기 시작했다. 다시 말해 예술적 목표를 달성하기 위해 시도하는 수단의 원칙적인 구분이 그것이다.

물론 이러한 분리가 이루어진 후에도 형편없는 재능으로 능력이 부족한 분야에 마구 뛰어드는 사람이 있는 한 너절한 소설이나 싸구려 영화가 얼마든지 나올 것이다. 그러나 이러한 분리는 개념을 분명히 하고 문학의 짐을 더는 데뿐만 아니라 경쟁 상대들끼리의 부담을 줄이는 데도 크게 기여할 것이다. 가령 사진이 회화(繪畵)에 해를 끼치지 않았듯이, 영화는 문학에 더 이상 해를 끼칠 수 없을 것이다.

하지만 우리의 본래 주제로 되돌아가기로 하자! 나는 앞에서 오늘날 '겉보기에' 책은 마력적인 힘을 상실했고, 오늘날 '겉보기에' 문맹은 보다 드문 현상이 되었다고 말했다. 왜 '겉보기에' 그렇다는 말인가? 오랜 옛날의 마력이 어딘가에 아직 존재한단 말인가? 결국 신성한 책, 악마적인 책, 마력적인 책이 아직 존재한단 말인가? '책이 지닌 마력'이란 개념이 전적으로 과거나 동화에 속하는 것은 아니란 말인가?

말하자면 그런 것이다. 정신의 법칙은 자연의 법칙과 마찬가지로 바뀌는 것이 아니고, 자연의 법칙처럼 '없애버릴' 수 없다. 성직자 계급이나 점성가 계급을 없애거나 그들의 특권을 철폐할 수는 있다. 지금까지 소수의 은밀한 소유물이자 보물이었던 인식이나 시문학을 다수에게 공개할 수 있고, 심지어 그러한 보물을 알도록 다수에게 강요할 수도 있다. 하지만 이 모든 것은 가장 겉 표면에서 벌어지는 일이다. 실제로 정신의 세계에서는 루터가 성서를 번역하고, 구텐베르크[1]가 인쇄술을 발명한 이래로 아무것도 달라진 게 없다. 그 모든 마력은 아직 엄연히 존재한다. 여전히 정신은 위계질서 속에서 소수의 특혜 받은 계층이 누리는 비밀이다. 다만 지금은 그 소수가 익명으로 숨어 있다는 점만 달라졌을 뿐이다. 글과 책이 모든 계급의 공유 재산이 된 지 수백 년이 지났다. 이는 신분에 따른 의복 규정이 철폐된 후 유행이 일반의 공유 재산이 된 것과 마찬가지다. 그러나 유행의 창조는 예나 지금이나 소수의 몫으로 남아 있다. 날씬한 체격에 미적 감각이 뛰어난 아름다운 여인이 입고 있는 옷은 평범한 여인이 입은 같은 옷과 매우 특이하게도 달라 보인다.

게다가 정신이 민주화된 이래로 정신의 영역에서 매우 기묘하고 오도하기 쉬운 변화가 일어났다. 다시 말해 주도권이 사제나 학자의 손에서 더 이상 책임 소재를 밝힐 수 없고, 정당한 합법성도 아무런 권위도 인정받을 수 없는 어딘가 다른 데로 넘어가게 된 것이다. 그도 그럴 것이 정신과 식자층이 그때그때 세론을 주도하는 듯 보이는 것은 그들이 여론을 형성하거나 적어도 그날그날의 화젯거리를 제공하기 때문이다. 그렇다고 이들이 곧 창조적인 계층과 일치하는 것은 아니다.

이야기를 너무 추상적으로 끌어가지 않겠다. 최근의 정신사와 문학사에서 임의의 예를 들어보기로 하자! 예컨대 1870년과 1880년 사이의 책을 많이 읽는 교양 있는 독일인, 가령 법관이나

---

1 Johannes Gutenberg(1398년경~1468). 1445년경 활판 인쇄술을 발명한 독일의 기술자 겸 발명가.

의사, 교수나 책을 좋아하는 일반 시민과 같은 사람을 상상해보자. 다시 말해 그가 무슨 책을 읽었고, 자기 시대와 민족의 창조적인 정신에 대해 무엇을 알고 있었으며, 어디에서 현재와 미래에 참여했는가? 그 당시 비평계와 여론에 의해 바람직하고 읽을 만한 양서로 인정받은 문학작품이 다 어디로 갔는가? 그 중에 남은 것이 거의 전무하다. 도스토옙스키가 글을 쓰는 동안, 니체가 무명의 조롱당하는 괴짜 취급을 받으며 잘 살게 되어 향락에 빠져 있던 독일을 돌아다니는 동안 독일의 독자들은 나이와 지위 고하를 막론하고 가령 슈필하겐[2]이나 마를리트[3], 또는 기껏해야 에마누엘 가이벨[4]의 귀여운 시들을 읽었다. 가이벨의 시집은 어찌나 많이 팔렸던지 그 이후 어떤 서정시인도 그 기록을 깨지 못했다. 대중성과 인기 면에서 그 시집을 능가한 셰펠[5]의 희곡 『제킹겐의 나팔수』도 유명했다.

이런 예는 수백 가지도 늘어놓을 수 있다. 사실 정신이 겉보기에는 민주화된 듯하고, 한 시대의 정신적 보물이 글을 읽을

---

2 Friedrich von Spielhagen(1829~1911). 사회소설을 쓴 독일의 통속소설 작가. 『문제 있는 본성』으로 큰 성공을 거두었다. 그 외에 『밤을 지나 빛을 향해』, 『망치와 모루』, 『해일』 등의 작품이 있다.

3 Eugenie Marlitt(1825~1887). 당대에 큰 인기를 누린 독일의 통속소설 작가. 작품으로 『상업고문관의 집에서』 등이 있다.

4 Franz Emanuel Geibel(1815~1884). 뮌헨 시파의 대표적 시인으로, 우아하고 격조 높은 시풍으로 알려져 있다. 작품에 『신시집』, 『6월의 노래』 등이 있다.

5 Joseph Victor von Scheffel(1826~1886). 사법관 시보 출신의 독일의 시인 겸 소설가. 주요 작품에 『제킹겐의 나팔수』, 역사소설 『에케하르트』 등이 있다. 독일 학생들 사이에 널리 애창되는 노래를 모은 시집 『자! 즐겨 보세』를 썼다.

줄 아는 동시대인 모두에게 속하는 듯 보인다. 그러나 사실상 모든 중요한 일은 은밀히 남몰래 일어난다. 익명으로 숨어서 정신적 상황을 주도하고, 각 세대 별로 권력과 폭발력을 갖춘 자기 수하들을 변장시켜 정당한 권한 없이 지상으로 파견하는 비밀 사제단이나 비밀 공모 조직이 지하 어딘가에 있는 것 같다. 또 이들은 자기들이 가져다준 계몽주의에 기뻐하는 여론이 바로 코앞에서 벌어지는 마법에 대해선 일절 알아채지 못하게 하고 있다.

하지만 훨씬 더 좁고 단순한 범위에서 볼 때 우리는 책의 운명이 얼마나 놀랍고 경이로운지 날마다 관찰할 수 있다. 책은 때로는 지극히 매혹적인 힘을, 때로는 그 선물을 눈에 안 보이게 하는 힘을 지니고 있다. 작가들은 소수의 인정을 받으며 살거나 또는 아무도 알아주는 이 없이 살다가 세상을 떠난다. 우리는 그들의 사후, 때로는 사후 몇 십 년이 지나서야 그들의 작품이 마치 시간을 초월한 듯 갑자기 찬란하게 부활하는 것을 보곤 한다. 니체는 살아생전에 대중의 철저한 외면을 당했지만, 극소수의 정신들에게 진작 소임을 다하고 수십 년이 지난 뒤 펴내는 책마다 불티나게 팔리는 인기 작가의 반열에 올랐다. 또는 횔덜린의 시는 쓰인 지 백년이 지나 느닷없이 대학생들을 도취시키기도 한다. 또는 아득히 먼 고대 중국 지혜의 보고 중 쓰인 지 수천 년이 지난 노자의 책 한 권이 전후 유럽에서 갑자기 발견되어, 어설프게 번역되고 어설프게 읽힌 것도 마찬가지다. 그것은 얼핏 보기에 타잔이나 폭스트롯 춤처럼 한 때의 유행처럼 비치기도 했지만, 우리 정신의 생기 있고 생산적인 층에 지대한 영향을 미쳤다. 이런 여러 가지 일들을 지켜보노라면 참으로 놀랍다는 생각이 든다.

우리는 해마다 수많은 어린이들이 학교에 처음 입학하여 처음 철자를 써보고 처음 문자를 깨우치는 모습을 본다. 그런데 대부분의 어린이들은 읽기 능력을 금세 당연하고 별것 아닌 것으로 여기는 반면, 어떤 아이들은 한 해 두 해가 가고 십 년 이십 년이 지나도록 더욱 매료되고 놀라워하며 학교에서 배운 마법의 열쇠를 사용하는 모습을 번번이 보곤 한다. 오늘날 누구나 읽는 법을 배우긴 하지만 언제나 소수만이 영험한 부적을 수중에 넣었음을 깨닫기 때문이다. 어릴 때 글 읽을 줄 아는 것에 뿌듯해진 아이는 혼자 힘으로 시나 격언을 읽은 뒤 짧은 이야기나 동화를 읽어낸다. 반면에 소명을 받지 못한 이들은 읽기 능력을 이내 신문의 뉴스 면이나 경제면에 시험해 보는 반면, 소수의 사람들은 철자와 단어의 특이한 경이로움에 매료당한 채 살아간다(그들에게는 철자 하나와 단어 하나가 언젠가 하나의 마법이자 마법적 주문이 된 것이다). 이러한 소수가 진정한 독자가 된다. 이들은 어린 시절 독본에서 몇 편의 시와 이야기, 클라우디우스의 시 한 편, 또는 헤벨이나 하우프의 이야기를 발견하고, 웬만큼 읽기 능력을 갖춘 뒤 이런 것들에 등을 돌리는 대신 책의 세계로 계속 파고든다. 그리고 한 걸음 한 걸음 발을 옮기면서 이 세계가 얼마나 넓은지, 또 얼마나 다양하고 즐거운지 깨닫게 되는 것이다!

그들은 처음에는 이 세계가 튤립 화단과 금붕어 연못이 딸린 작고 귀여운 유치원인 줄 알았다. 그런데 그 정원이 공원이 되고 풍경이 되고 대륙이 되고 세계가 되고 낙원이 되며 코트디부아르의 상아 해안이 된다. 늘 새로운 색의 꽃이 피어 있는 정원은 늘 새로운 마력으로 유혹한다. 어제는 정원이나 공원, 원시림으로 보였던 것이 오늘이나 내일은 온갖 민족과 시대의 정신이 깃든 수천 개의 홀과 뜰이 있는 신전으로 생각된다. 언제나 새로운 깨우침을 고대하며, 현상형태의 다성적인 다양함을 통일체로 체험하겠다고 거듭 각오하는 신전 말이다.

책의 이러한 무한한 세계는 진정한 독자에게는 각기 다르게 보이며, 각각의 독자는 그 세계에서 자기 자신을 추구하고 체험하기도 한다. 어떤 이는 어린이 동화와 인디언 책에서부터 셰익스피어나 단테로 나아가고, 또 어떤 이는 별이 총총한 하늘에 대한 첫 학교 작문으로부터 케플러나 아인슈타인에 이르기도 한다. 또 어떤 이는 경건한 어린이 기도문에서부터 성 도마나 성 보나벤투라의 성스럽고 서늘한 성전으로, 또는 탈무드 사상의 숭고한 과장으로, 또는 우파니샤드의 봄날 같은 비유, 하시디즘[6] 신봉자들의 감동적인 지혜, 또는 간결하면서도 너무나 친근하고, 너무나 온순하며 명랑한 고대 중국의 가르침으로 나아간다. 원시림을 가로질러 수천의 길이 수천의 목적지로 나 있다. 그런데 어떤 목적지도 최종적인 목적지는 아니며, 그 배후에는 새로운 광활한 세계가 펼쳐진다.

그러한 진정한 전문가가 책의 세계의 원시림에서 사라지거나 질식할지, 또는 자신의 독서체험이 진정으로 체험이나 삶에 도움 되게 하는 길을 찾을지는 지혜나 행운에 맡겨져 있다. 책의 세계의 마법을 알지 못하는 이들은 그에 대해 마치 음악의 문외한이 음악에 대해 생각하는 것과 비슷하게 생각해서, 독서란 살아가는 데 아무 소용없는 병적이고 위험한 열정이라고 비난하는 경향이 왕왕 있다. 물론 어느 정도는 맞는 말이라 할 수 있다. 아무튼 그러기에 앞서 '삶'을 어떤 의미로 이해해야 할지, 삶을 과연 정신의 반대개념으로 생각해야 할지 먼저 밝히는 게 필요하겠다. 물론 공자에서 괴테에 이르는 대다수의 사상가와 스승들은 놀랍도록 처세에 능한 인물들이었다.

아무튼 책의 세계에는 나름의 위험성이 있으며, 그것은 교육자들에게는 잘 알려진 사실이다. 나는 이러한 위험성이 책의 광활한 세계가 없는 삶의 위험성보다 큰지에 대해서는 지금까지 미처 생각할 겨를이 없었다. 다시 말해 나 자신이 독자고,

---

6 '경건한 자'라는 뜻의 히브리어 'hasid'에서 유래. 18세기 동유럽에서 일어난 유대교의 신비주의적 경향의 신앙 부흥 운동. 19세기가 시작되면서 하시드들의 초기 정신이 크게 타락하여, 이들은 극보수적인 성향을 띠기 시작했고 유대 공동체 내의 어떠한 근대성의 표현도 용납하지 않았다. 제2차 세계대전 동안 수많은 유대인들이 사형당하면서 하시디즘은 큰 타격을 받았다.

어린 시절부터 책에 홀린 사람들 중 하나기 때문이다. 하이스 터바흐의 수도승[7]에게 일어났던 것과 같은 일이 내게 일어난다면, 나는 책의 세계가 더 좁아지는 것을 느끼지 못한 채 그 세계의 신전과 미로, 동굴과 대양을 수백 년 동안이나 돌아다닐 수 있으리라.

그렇다고 책이 세상에 점점 늘어나는 현실을 두고 하는 말은 절대 아니다! 그렇다, 진정한 독자라면 새로운 책이 하나도 나오지 않더라도 기존의 보물을 수십 년 아니 수백 년 동안 붙들고 씨름하며 계속 즐거움을 얻을 수 있을 것이다. 새로운 언어를 배울 때마다 새로운 체험이 늘어나는 것이다. 세상에는 엄청나게 많은 언어가 있으니, 그것은 학교에서 배운 것보다 훨씬 많은 것이다! 스페인어나 이탈리아어가 단 하나 존재하는 것이 아니며, 독일어도 하나만 있는 것이 아니고 흔히 말하듯 세 가지만 있는 것도 아니다. 다시 말해 고고지 독일어, 중고지 독일어 등의 세 가지가 아니라 백 가지나 있다. 각 민족마다 사고방식과 생활감정이 다양한 만큼 많은 스페인어가 있고, 많은 독일어와 영어가 있다. 그러니까 독창적인 사상가와 작가가 많

---

7 하이스터바흐의 한 젊은 수도승이 숲속을 걸으며 "주님께는 하루가 천 년 같고, 천 년이 하루 같습니다."란 구절을 깊이 생각하다가 수도원으로 돌아와 보니, 식당의 자기 자리에 낯선 수도승이 앉아 있었다. 그는 300년 전에 숲속에서 행방불명된 수도승이었다. 젊은 수도승은 깜짝 놀랐고, 그 순간 그의 머리는 백발이 되었다. 그는 죽어가면서 형제들에게 경고했다. "하느님은 장소와 시간을 초월하신 분입니다. 하느님이 감추시는 것을 분명하게 해주는 것은 오직 기적뿐입니다. 그러니 그 문제에 대해 번민하지 마시오. 나의 운명을 보면 알 것이오. 나는 이제 압니다. 그분에게는 하루가 천 년 같다는 것을, 그리고 천 년은 하루와 같다는 것을."

은 것만큼 거의 그만큼 언어도 많은 것이다.

괴테와 같은 시대를 살았지만, 안타깝게도 그의 인정을 제대로 받지 못했던 장 파울은 완전히 다르면서도, 너무나 독일적인 독일어를 썼다. 이 모든 언어는 기본적으로 번역이 불가능하다! 앞선 민족(독일은 이 점에서 완전히 선두에 있다)들이 전체 세계 문학을 번역을 통해 제 것으로 하는 시도는 놀라운 일이고, 개별적으로 훌륭한 결실을 거두기도 했다. 하지만 그럼에도 이러한 시도는 완전히 성공할 수 없을뿐더러 원칙적으로 결코 실현될 수 없기도 하다. 정말로 호메로스의 글처럼 울리는 6운각의 독일어가 아직 쓰이지 않고 있다. 독일어로 번역된 단테의 위대한 시만 해도 지난 백년간 수십 종이 넘는다. 그 중 가장 젊고 문학적으로 가장 중요한 번안자는 중세 언어를 오늘날의 언어로 번역하려는 모든 시도가 불충분함을 깨달았다. 그래서 그는 그래서 그는 오로지 독일적인 단테를 가지려는 목적으로 시적 중세의 독일어를 고안해냈으니, 우리는 그런 노력에 그저 감탄을 금할 수밖에 없다.

하지만 어떤 독자가 새로운 언어를 더 배우지 않더라도, 그러니까 그가 지금까지 몰랐던 새로운 문학을 접하지 않는다 해도, 그는 독서를 끝없이 밀고 나갈 수 있고, 계속 세분화하고 강화하며 향상시킬 수 있다. 어떠한 사상가의 어떤 책, 어떠한 시인의 어떤 시도 거듭 읽을 때마다 새로운 변화된 모습을 보이고, 다르게 파악될 것이며, 다른 울림을 불러일으킬 것이다.

나는 젊은 시절 괴테의 『친화력』을 읽고 단지 부분적으로밖에 이해하지 못했으므로, 그것은 내가 이제 다섯 번째로 읽게 될 『친화력』과는 완전히 다른 책이었다고 할 수 있다!

그런데 이런 독서체험에서 불가사의하고 위대한 점이 이것이다. 다시 말해 우리가 더 세분화해서, 더 민감한 감각으로 더 연관성 있는 독서법을 터득할수록 그만큼 더 모든 사상과 문학을 일회성과 개별성, 좁은 제약성 속에서 볼 수 있게 된다. 나아가 모든 아름다움과 매력도 바로 이런 개별성과 일회성에 근거하고 있다는 것도 알게 된다. 이와 동시에 그럼에도 우리는 여러 민족의 이 모든 수백 수천의 목소리가 동일한 목표를 추구하고, 이름만 다를 뿐 같은 신을 부르고, 동일한 소망을 꿈꾸며, 똑같은 고통에 시달린다는 것을 점점 분명히 깨닫게 된다. 깨달음을 얻은 독자라면 수천 년 동안 생겨난 무수히 많은 언어와 책들로 짜인 천 겹의 직물에서 놀랍도록 숭고하고 초현실적인 모습의 키메라[8]를 볼 수 있으리라. 그것은 수천의 모순되는 특성을 마법의 힘으로 통일시키려는 인간의 모습이다.

(1930)

---

8 그리스 신화에 나오는 머리는 사자이고 몸통은 양이며 꼬리는 뱀 또는 용인 괴수.

31

책 대청소

지난 일주일 동안 번잡한 일에 매달리느라 한시도 제대로 쉬지 못했다. 이사를 앞두고 12년 만에 다시 처음으로 서재를 깨끗이 하고 짐을 꾸릴 준비를 해야 했던 것이다. 하루에 적어도 네다섯 시간씩 힘든 중노동을 해야 했고, 그 바람에 저녁이면 등허리가 쑤시고 머리가 텅 비어져 단순 노동으로 얻은 피로감의 기쁨을 누릴 수 있었다. 다른 사람이라면 이 같은 작업을 보다 단순하고 대충대충 해치울 수 있겠지만, 나는 철저히, 매우 철저히 그 일을 했다. 그도 그럴 것이 이 수천 권의 책은 나의 가장 소중하고 사랑스러운 소유물이기 때문이다. 게다가 나는 젊은 시절, 19세기 말의 지금은 아득히 먼 전설 같은 시절 서점과 고서점에서 책 다루는 법을 배웠다. 그때만 해도 도제로 일하며 옛날의 까다로운 격식을 지켜야 했던 것이다.

이처럼 온종일 일하다 보니 기묘한 상황도 생겼다. 에컨대

한번은 책들을 한 아름씩 북동향의 작은 테라스로 안고 나가 석조 난간 위에 조심스럽게 쌓아놓은 뒤 서너 권씩 먼지를 털고 있을 때였다. 대 8절판의 두껍고 무거운 책 두 권을 양손에 들고 부드럽게 맞부딪치면서 먼지가 날리는 모습을 지켜보고 있었다. 그렇게 아무 생각 없이 기계적으로 먼지를 털다가 문득 정신이 들면서 책 제목을 보게 되었다. 슈펭글러의 『서구의 몰락』이었다. 순간 수많은 추억과 상념이 밀려들었다. 처음으로 든 생각은 이러했다. "내가 여기에 서서 내 교양의 잡동사니가 먼지에 묻힐까 곰팡이가 슬까 노심초사하며, 유명한 몰락의 책에 묻은 먼지를 정성껏 털어내는 내 모습을 나의 아들들과 다른 사람들이 봐야 하는데."

또 1919년에 영국 대학생 몇 명이 나를 찾아왔던 기억도 떠올랐다. 로맹 롤랑의 누이가 루가노에 열었던 방학강좌에 참가했던 학생들이었다. 그 중에 블레이크니라는 예쁘장한 여학생이 있었는데, 그녀가 내게 슈펭글러에 대해 이야기해주었다. 물론 나는 그 전부터 슈펭글러라는 이름을 들어서 알고 있었다. 나는 그 책이 내게 중요할 것 같지만, 지금은 너무 가난해 책을 살 형편이 안 된다고 그 여학생에게 말했다. 그랬더니 그녀가 내게 그 책을 빌려주겠다고 제안하기에(그녀는 인플레가 극심한 독일에서 영국 파운드로 매우 풍요롭게 살고 있었다) 나는 그렇게 해달라고 부탁했다. 그리고 답례로 내 책들 중 초판본 한 권을 그녀에게 선물했다. 그런데 그녀가 그것을 가지고

간 뒤로, 나는 그녀와 슈펭글러 책에 대해 더 이상 아무런 소식도 들을 수 없었다. 그 일은 인플레가 기승을 부리던 시절 빈곤에 쪼들린 작가와의 조그만 거래였다. 그 뒤 나는 몇 달이 지나서야 슈펭글러의 그 책을 구입할 수 있었다. 서문의 자만심과 훈계조의 글에는 화가 치밀었지만 마력의 힘을 지닌 문화에 대해 기술한 장을 읽고는 그만 매료되고 말았다. 그랬던 책을 이제 다시 손에 든 것이다.

아, 전쟁 중과 전쟁 후에 나온 대부분의 책들은 이처럼 빨리 상하고 변색하며 곰팡이가 스는지! 이런 대부분의 책들은 나온지 10년밖에 되지 않았는데 얼마나 특이하게 낡았는지, 얼마나 길고 오랜 세월이 흘러 벌써 얼마나 오랫동안 잊혀버린 기분이 드는지! 누렇게 해진 초라한 종잇장이 느슨하게 된 마분지 제본 띠에 엉성하게 달려 있다. 안쪽을 보나 바깥쪽을 보더라도 책들이 무상하고, 이미 거의 생명이 다한 인상을 준다. 그런데 제목과 표지는 무척 고심하고 크게 소리 지르며, 광신적이고 맹세하는 느낌을 준다. 1920년의 젊은 작가와 사상가들의 책 제목을 보면 불안과 약함이 분명히 드러난다. 그렇지만 나는 당시에는 그런 사실을 깨닫지 못했거나 다만 어쩌다가 알아챘을 뿐이다. 나는 지금은 안타깝게 생각될 수도 있는 이런 책들을 당시에는 열심히 꼼꼼하게 읽고 연구했다.

그 당시 나는 막 4년간의 전쟁에서 돌아와, 이 전쟁을 패배와 파산으로 끝마친 한 민족의 지성들은 분명 할 말이 많을 것이고. 그렇지만 그 체험이 어디선가 형태를 얻어 사상적 결실을 맺을 거라고 생각했다. 그렇지만 전체적으로 볼 때 그 결실이란 빈약하기 짝이 없었다. 물론 나는 그 당시에는 다만 어렴풋이 예감만 했을 뿐, 제대로 인식하지는 못했다. 그도 그럴 것이 나는 자극적인 제목이 붙은 그 책들에서 진정한 인식이나 자성自省은 그다지 발견하지 못한 반면, 정작 다른 것이 나를 매료시켰기 때문이다. 다시 말해 그것은 세상의 몰락과 천년 왕국의 냄새를 풍기는 격앙되고 종말론적이며 자극적인 분위기였다. 게다가 나는 젊은 시절부터 더 이상 책을 읽지 못한 사람처럼 호기심과 지적인 허기를 느끼며 그 책들을 읽었다. 그도 그럴 것이 나 역시 전쟁 기간 동안 내적으로 파멸에까지 이르는 실제 체험을 했으며, 나의 내외적인 삶 역시 거의 파괴되었기 때문이다. 하지만 나는 외국에 있었기에 전쟁 그 자체, 전선과 참호, 방공호 등을 직접 눈으로 보고 겪지는 않았다.

그런데 전쟁 중 잡문을 쓰던 자들의 참기 어려운 요설, 아군의 공세와 영웅적 행위를 글로 써서 밥벌이를 하던 기생충 같은 글쟁이들이 모두 사라진 지금, 민족의 최고 지성이 충격을 받아 낙담하여 깊이 생각하며 심란한 기분으로 전쟁에서 돌아온 지금, 어디선가 진실하고 진정한 음성, 독일의 참된 정신이 들려와야 했다. 그리하여 우리 같은 보통 사람들이 마음을 다잡고 분투노력할 만한 일에 헌신하도록 해주는 형제나 지도자를 어디선가 찾을 수 있어야 했다.

그런데 실상은 그렇지 못했다. 란다우어[1], 그리고 그와 전혀 다른 슈펭글러의 목소리를 제외하고는 그 당시 수많은 메시지들 중 내게 무언가를 제시해주는 것은 아무것도 없었다. 독일 정신 역시 독일 정치와 마찬가지로 완전히 파산한 듯 보였다. 그러니 계속 혼자 지내고, 기다리며, 독일에 대한 믿음을 잃지 않는 수밖에 도리가 없었다. 그랬던 그 시절이 변색하고 파손된 종잇장과 책들 속에서, 공책과 스크랩 속에서 나를 물끄러미 바라보았는데, 그 모습은 기묘하리만치 멀고 비현실적으로 느껴졌다.

그 다음 날들은 이와는 다른 종류의 더욱 잊혀버린, 더욱 낯설어지고 멀어진 책들과 마주치게 되었다. 그것은 전쟁 시절에 내가 직접 발간하고 편집한 인쇄물들이었다. 그것은 프랑스에 억류된 독일 포로들을 위한 책자로, 나는 전쟁 기간 중 그들을 위한 후생업무를 맡고 있었다. 내가 3년간 보름에 한 번 수천 부씩 찍어 프랑스, 영국, 러시아 및 인도로 보냈던 〈독일 전쟁포로를 위한 일요일 전령〉도 모습을 드러냈다. 포로를 위해 발간한 소책자

---

1 Gustav Landauer(1870~1918). 유대계 부르주아 가정에서 출생한 아나키스트 저널리스트. 크로포트킨, 프루동, 톨스토이 등의 영향을 받았으며 비폭력 수동적 저항을 제창하고, 사회 변혁을 위한 건설적 방법으로 협동적 사업의 확산을 겨냥하였다. 1895년에서 1899년까지 아나키스트 잡지 〈사회주의자〉를 편집하였으며, 시민 불복종 때문에 자주 감옥을 드나들었다. 1918년 독일 혁명이 발발했을 때 바바리아 노동자 평의회에 참여하였고, 노동자평의회 공화국을 위한 8만 명의 시위대를 이끌었다. 평의회가 뮌헨을 장악하자 란다우어는 정보 책임자가 되었으나 공화국은 단명하고 란다우어는 체포되어 무참히 살해되었다.

도 나왔다. 전쟁포로를 위한 선물로 인쇄한 그것은 에밀 슈트라우스[2], 토마스 만 형제, 고트프리트 켈러, 슈토름과 나 자신의 단편들을 작고 소박하지만 품위 있게 찍어낸 책자로, 당시 주문이 만 부 이상 밀려들 정도였다. 나는 지금은 보기 드물어진 이 조그만 책자를 아직 모두 소장하고 있다. 전쟁이 한창일 때 정치와 민족을 초월하여 옛 독일 문학 정신으로 무언가를 일깨워보고자 했기에, 그 중의 몇몇은 지금도 애착이 간다.

베른 독일 공사관의 우리 부서에서 발간한 〈독일 포로수용소에서 나온 소식〉이라는 색다른 유인물도 나왔다. 내부용으로만 발간된 그것은 특이하게 냉정하나 기본적으로 끔찍한 기록물이다. 거기에는 적어도 소규모이긴 하지만 의미 같은 어떤 것, 또는 그게 불가능해 보였기에 마음이나 사랑 같은 어떤 것을 전쟁 병기 속으로 불어넣으려 했던 그 시절 우리의 필사적인 노력이 담겨 있다. 나의 첫 전쟁 기고문들도 다시 발견했다. 그 중에는 1916년부터 싱클레어라는 가명으로 쓴 글도 있었다.

내 서재에 이런 종류의 글이 차지하고 있는 칸이 가장 작으니 얼마나 다행인가! 가장 많고 최상인 것은 옛 독일 문학작품들의 자리이다. 현대 문학도 웬만큼 갖추어져 있으며, 이것은

---

2 Emil Strauss(1866~1960). 독일의 소설가. 19세기 사실주의와 연관된 전통적인 작풍이 특징이다. 순박한 민중의 생활감정을 모태로 과오나 시련을 겪으면서 이상주의적으로 노력하는 인간상을 작품에 담았다. 부패한 유럽에 실망하고 2년 동안 브라질로 건너가 그 경험을 바탕으로 교양소설 『거인의 완구(玩具)』를 썼다. 가장 높이 평가되는 작품은 『베일』이며, 단편집으로 『인간의 길』이 있다.

지금도 많이 늘어나고 있는 유일한 자리다. 다시 말해 이번 여름에야 나는 프란츠 카프카의 유고집, 이나 자이델의 새 장편소설, 리처드 휴즈의 놀라운 단편 『자메이카에 부는 폭풍』과 같은 귀중한 책들을 거기에 들여놓았다. 양은 얼마 안 되지만 종류별로 완전히 구비된 다른 자리는 내가 25년 전부터 애지중지하면서 많은 은혜를 입은 동양서적들이다. 그것은 고대 인도의 시나 격언과 말들, 중국의 현인들이다. 이것들 중 가령 여불위, 공자, 장자의 책은 언제든지 손에 집을 수 있게 가까이 두고 있으며, 특히 『역경易經』 같은 경우는 마치 신탁을 묻듯 종종 펼쳐보곤 한다.

이제 수천 권의 책이 모두 말없이 알 수 없게 포장지에 쌓여 서가에 꽂힌 채 놓여 있다. 그것들은 상자에 넣어져 다른 집의 다른 방으로 옮겨지기를 기다리고 있다. 나는 이삿짐을 풀면서 그것들 중 많은 책을 치워버릴 것이다. 그것들은 책장에 꽂아 정리하지 않고 골라낼 것이다.

나는 거의 한 주일 내내 책 정리에 매달렸다. 이런 장서는 큰 짐이다. 현대인은 평생 그런 짐스런 장서를 끌고 다니는 것을 우스꽝스럽게 여길 것이다. 이 같은 사람들은 베르길리우스나 아리오스토의 책은 없어도 그만이라고 여길 테고, 10년 전에 『타잔』을 샀듯이 지금도 비슷한 읽을거리를 찾을 것이다. 그들의 읽을거리에 대한 원칙은 '깊이는 없지만 재미있을 것, 그리고 읽은 뒤 보관할 필요가 없을 것!'이다. 이와 달리 우리의 원칙은 '무가치 한 것은 되도록 우리 장서에 들여놓지 말고 일단 검증된 것을 절대 내놓지 말기!'이다. 그러다 보면 나이 지긋한 애서가가 『서구의 몰락』에 묻은 먼지를 꼼꼼하게 터는 날이 자꾸 돌아올 것이다. 그러면서 사실 엄밀히 따지자면 이 책은 진작 자신의 소임을 다했으니 이제 없어도 무방하지만, 아무튼 그 시대의 얼굴을 만드는 데 일조한 몇 안 되는 그 시대의 책이었다고, 그리고 그런 책이라면 경건한 마음과 외경심을 품고 고이 간직할 필요가 있다고 혼잣말 할 것이다…….

이런 헌책들의 먼지를 터는 우리 모습을 젊은이들이 지켜보지 않는 것이 좋으리라! 또 젊은이들이 자기 자신의 모습을 볼 수 없는 것이 좋다. 그들 자신도 언젠가 머리카락이 성기게 되고 치아가 흔들거릴 때면, 평생 그들을 따라다니고 그들이 신의를 지킨 어떤 것을 되돌아볼 날이 있을 테니.

(1931)

32

소설 한 권을 읽으면서

최근에 장편소설을 한 권 읽었다. 어느 정도 알려진 재능 있는 작가의 작품이었다. 실제로는 내가 그다지 관심이 없는 인물과 사건만을 다루고 있었지만, 깔끔하고 젊은이다운 작품이어서 흥미가 있었고 즐거움을 주었다. 그 작품은 대도시에 살면서 자신의 삶을 되도록 '체험'과 향락, 세인의 화젯거리로 채우는 데 몰두하는 인물들을 다루었다. 그 외에는 다 시시하며, 체험하고 서술할 가치가 없기 때문이리라.

그런 소설들이 많이 있으며, 나도 가끔 그런 소설을 읽는다. 시골에 물러나 살다보니 가끔 동시대인의 삶, 다시 말해 나와 멀리 떨어져 산다고 느껴져 나와 무척 낯설어진 동시대인의 삶을 알고 싶어서이다. 요컨대 향락을 추구하는 대도시인의 삶 말이다. 그들의 열정과 견해는 내게 놀랍고 이국적이며, 불가해한 것의 마법을 지니고 있다. 이런 부류의 삶에 대한 나의 관심은 유럽인이 코끼리나 악어에 대해 보이는 유희적인 차원의 관심일 뿐만 아니라 충분한 근거가 있고 타당성이 있는 관심이기도 하다. 다시 말해 아무리 시골에 틀어박혀 조용히 산다 해도 자신의 삶과 형편이 일정 부분 대도시의 영향을 받는다는 것을 나 역시 모르지 않는다. 또 때로는 얼마나 심하고 얼마나 예민하게 영향을 받는지! 그도 그럴 것이 분망하고 충동에 이끌리며 그래서 종잡을 수 없는 분위기가 판치는 혼란스런 그곳, 전쟁과 평화, 시장과 환시세가 결정되는 그곳에서 그 주체는 인간이 아니라 유행, 증권거래소, 분위기, '거리'이기 때문이다.

대도시인이 '삶'이라 일컫는 것은 거의 전적으로 그러한 층위에서 이루어진다. 대도시인은 삶을 정치 이외에 사업과 사회라 이해하고, 다시 거의 전적으로 그 사회를 화젯거리와 향락의 추구에 바쳐지는 그의 삶의 일부분이라 이해한다. 나는 대도시의 삶을 공유하지 않고 그 삶은 내게 낯설다. 그 대도시는 나의 삶에도 어느 정도 중요한 여러 가지 일을 결정한다. 내 책의 독자들 중 대부분이 대도시인이라는 것을 나 역시 모르는 바 아니다. 물론 그렇다고 나는 대도시인을 위한 글을 쓰는 게 아니고 또 그럴 능력도 없다. 나는 그들을 뚝 떨어진 먼발치에서 알 뿐이고, 그들의 삶의 겉면을 보게 되면서 진지하게 여기는 것이 별로 없기 때문이다. 그것은 내가 나의 돈지갑이나 정부형태를 진지하게 여기지 않는 것과 그다지 다르지 않다고 할 수 있다. 다시 말해 그러니까 별로 관심이 없다는 얘기다.

나는 그것으로 대도시나 대도시를 다루는 소설에 대한 가치판단을 말하려는 게 아니다. 좀 더 진지하고 모범적인 인물을 다룬 작품을 읽는 것이 더 마음이 가고 내게 더 합당할지도 모른다. 그러나 나 자신이 문인이다. 그러니 나는 소재를 '고르는' 작가는 진정한 작가가 아니고, 그런 책은 결코 읽을 가치가 없으며, 그러므로 문학작품의 소재는 결코 가치판단의 대상이 될 수 없다는 사실을 오래 전부터 알고 있다. 세계사의 가장 훌륭한 소재를 가지고 시시한 작품이 나올 수 있고, 잃어버린 바늘이나 눌어붙은 수프 같은 아무것도 아닌 소재를 가지고도 진정한 작품이 나올 수 있다.

그러므로 나는 소재에 대한 특별한 경외심 없이 어떤 작가의 소설을 읽었다. 소재에 대한 경외심은 작가의 몫이지 독자의 일은 아니기 때문이다. 대신 독자는 작품에 대해, 작가의 숙련된 기량에 대해 경외심을 품어야 한다. 또 소재는 고려하지 않고 무엇보다 작품의 질에 따라 평가해야 한다. 나는 언제나 그럴 용의가 있다. 그리고 심지어 사상이나 감정의 내용보다 숙련된 작업의 질을 더 높이 평가하는 쪽으로 점점 기울어진다. 왜냐하면 수십년 동안 글 쓰는 생활을 하면서 사상이나 감정은 쉽게 모방하거나 그럴싸하게 속일 수 있지만, 숙련된 작업의 질은 그렇지 못하다는 것을 체험했기 때문이다. 그래서 나는 다 이해하지는 못하고, 일부는 가볍게 미소를 머금으며 많은 부분은 솔직히 인정하면서, 관심과 동료로서의 존중심을 갖고 그 소설을 읽었다.

그 책의 주인공은 젊은 문인이다. 하지만 그는 친구들과 향락적인 생활을 하고, 게다가 그에 대한 연모로 그의 수입원이 되는 여자들에게 헌신적으로 대할 수밖에 없다 보니 정작 자신의 본업은 소홀히 하고 있다. 작가는 대도시와 사회, 언론의 선정주의적 보도 행태에 대해 큰 반감을 느낀다. 그는 온갖 각박함과 잔인함, 온갖 착취와 전쟁의 뿌리가 그런 데 있다고 예감한다. 하지만 그의 주인공은 이런 세계에 어떤 형태로든 등을 돌릴 만큼 강하지 못하고, 여행을 하거나 향락과 연애 대상을 계속 바꿈으로써 제자리를 맴돌며 그 세계를 회피할 뿐이다.

그러니까 그게 소재다. 따라서 특히 식당이나 기차 칸, 호텔을 필연적으로 묘사할 수밖에 없게 되고, 저녁식사 등의 계산서 액수를 기술하게 된다. 이러한 일도 나름대로 흥미로울 수 있겠다. 하지만 나는 어느 대목에서 당혹한 느낌이 들었다. 주인공이 베를린에 와서 호텔에 숙박한다. 그것도 11호실에 말이다. 나는 그 대목을 읽으면서(작가의 동료로서 한 줄 한 줄마다 숙련된 기법에 관심을 갖고 배우려는 마음에서) 이런 생각이 들었다. "그가 이처럼 객실 번호까지 굳이 밝히는 이유는 뭘까?" 나는 11이라는 숫자에 어떤 의미가 있으리라, 어쩌면 심지어 근사하고 매력적인 깜짝 놀랄 만한 의미가 있을지 모른다고 굳게 믿으며 기다린다. 하지만 난 실망하고 만다. 두세 쪽 뒤에 주인공이 자기 방으로 돌아오는데 이제는 느닷없이 12호실이 아닌가!

앞으로 돌아가 다시 읽어봐도 내 기억이 틀린 게 아니었다. 앞에서는 11호실이인데 뒤에 가서는 12호실이라고 되어 있다. 그건 무슨 장난도 농담도 아니고, 무슨 매력이나 비밀이 숨겨져 있는 것도 아니고, 단순히 부주의에 지나지 않았다. 정확을 기하지 않고 날림으로 엉성하게 작업한 것이다.

그는 자기 작품을 다시 세심하게 검토하지 않았다. 분명 교정쇄를 읽지 않았거나 아니면 앞에서 어떤 숫자를 썼는지 신경 쓰지 않고 대충대충 읽은 게 분명했다. 자질구레한 것은 중요하지 않으니까, 문학이 무슨 학생용 걸상도 아닌데 사고의 오류나 오기誤記를 굳이 따질 일은 아니니까, 인생은 짧고 대도시의 삶은 힘들며, 젊은 작가에게 글 쓸 시간을 충분히 내줄 수 없으니까. 모두 인정한다. 그리고 무책임하게 써대는 신문의 선정성, 대도시의 삶을 지배하는 천박함과 무관심에 대한 작가의 반감에는 여전히 경의를 표하는 바다!

하지만 숫자 '12'가 나오면서부터 갑자기 작가는 나의 전폭적인 신뢰를 잃어버렸고, 돌연 그는 나의 불신의 대상이 되어야 했다. 갑자기 나는 아주 꼼꼼히 읽기 시작했고, 숫자 '12'와 같은 실수를 다른 데서도 다시 발견할 수 있었다. 기억을 더듬어 보니 어저께만 해도 아무 의심 없이 읽었던 다른 대목에서도 그런 실수를 찾아낼 수 있었다. 그러자 별안간 책 전체가 내적인 무게와 책임감, 진정성과 실체를 잃어버리게 되었다. 모두 그 멍청한 숫자 12 때문이다. 갑자기 이 근사한 책은 대도시인이 대도시인을 위해, 그 날 그 순간을 위해 쓴 것이라는 느낌이 들었다. 그에게는 그 문제가 그리 심각한 것이 아니었다. 그러므로 그에게는 대도시인의 무정함과 천박함에 대한 고민도 그리 심각한 것이 아니고, 저널리즘 작가의 어떤 근사한 착상에 지나지 않은 것이다.

그런 생각을 골똘히 하다 보니 비슷한 어떤 독서 체험이 떠올랐다. 벌써 몇 년 전에 있었던 일이다. 벌써 이름이 알려진 어떤 젊은 작가가 평을 해달라며 내게 소설 한 권을 보내왔다. 프랑스 대혁명을 배경으로 한 소설이었다. 묘사된 때는 특히 심한 가뭄과 더위가 기승을 부리는 여름이었다. 땅이 쩍쩍 갈라지고 농작물은 말라붙어 농부들은 절망에 빠졌다. 푸른 줄기라곤 눈을 씻고 봐도 찾아보기 힘들었다. 그런데 몇 쪽 뒤에 가니 남자 주인공인지 여자 주인공인지 같은 여름에 같은 땅을 거니는데, 풍요로운 들판에 활짝 피어 있는 꽃들을 보고 원기를 회복하는 것이 아닌가! 나는 이런 건망증과 날림 일이 책 전체를 망쳐버렸다고 그 작가에게 편지 썼다.

그런데 그는 이런 문제에 대해서는 논의하려 하지 않았다. 그러기에는 인생이 너무 짧았고, 그는 역시 급히 해치워야 하는 다른 일에 진작부터 착수하고 있었다. 그는 내가 자잘한 데 신경 쓰는 훈장님이며, 예술작품에서는 그런 자잘한 것보다는 다른 것이 더 중요하다고 답장을 보내왔을 뿐이었다. 다행히도 모든 젊은 작가가 그렇게 생각하지는 않는다. 나는 편지를 보낸 게 후회스러웠고, 그 이후로는 다시는 그런 편지를 보내지 않았다. 그러나 예술작품에서, 그것도 하필이면 예술작품에서 진리, 성실성, 우아함, 깔끔함이 중요하지 않다니! 오늘날에도 자잘한 것을 우아하고 극도로 깔끔하며 세심하게 묘사할 줄 알고, 곡예사의 우아하고 숙련된 기예가 엄격한 훈련과 성실성의 덕택이듯 우아한 유희 정신을 갖춘 젊은 작가들이 있다는 것은 얼마나 다행스런 일인지!

아무튼 난 예술가의 윤리를 따지는 트집쟁이이자 유행에 뒤진 돈키호테일지도 모른다. 모든 책의 90%는 날림으로 무책임하게 쓰이고 읽히며, 나의 트집을 포함해서 글이 인쇄된 모든 종이가 내일모레면 종이 휴지가 될 것을 몰라서 하는 소리냐고? 그런데 그렇게 사소한 것을 왜 그리 진지하게 여기냐고? 그 날 그 날을 위해 근사하는 글을 쓰는 작가에게 마치 영원을 위해 쓰기라도 하는 것처럼 읽으면서 부당한 일을 하느냐고?

하지만 나는 이 문제에 대한 나의 견해를 더 이상 바꿀 수 없다. 큰일은 진지하게 여기고 작은 일은 하찮게 여기는 걸 당연시하는 풍조는 몰락의 시작이다. 인류를 존중한다면서 자신이 부리는 하인을 들볶는 것, 조국이나 교회, 당은 신성하게 받들면서 하루의 일은 형편없이 날림으로 하는 데서 모든 타락이 시작된다. 이를 막는 교육 수단은 하나밖에 없다. 즉 스스로에 대해서든 타인에 대해서든 신조나 세계관, 애국심 같은 소위 심각하고 신성한 것은 모두 제쳐두고, 반면 사소하고 매우 하찮은 일, 현재 맡은 일에 성심성의를 다하라는 것이다. 가령 자전거나 가스레인지의 수리를 맡길 때 기술자에게 요구하는 것은 인류애도 독일의 위대성에 대한 믿음도 아닌 꼼꼼한 일처리일 것이다. 기술자는 오로지 그 일처리에 따라 평가받으며, 또 그러는 것이 지당하다.

그렇다면 정신의 영역은 왜 달라져야 한단 말인가? 예술작품이라고 불린다 해서 그 일은 정확하지 않고 비양심적이라도 괜찮단 말인가? 신조가 멋지다고 해서 '사소한' 숙련성의 실수는 왜 눈감아줘야 한단 말인가? 아니다, 우리는 오히려 이 창끝을 돌려 똑같은 식으로 공격하고자 한다. 그렇잖아도 거창한 거동이나 신조, 또는 강령은 뒤집어 생각하면 우리를 깜짝 놀라게 하는 창끝처럼 보이지만, 찬찬히 뜯어보면 그냥 종이호랑이에 불과한 경우가 허다하다.

(1933)

33
세계 위기와 책

어떤 설문에 대한 답변

물론 널리 보급되었으면 하는 좋고 멋진 책이 많이 있긴 하다. 하지만 그 영향으로 상태의 개선이나 미래의 보다 우호적인 형성이 기대될 수 있는 책은 없다. 우리의 세계가 처하고 있는 위기는 실제로는 그렇지 않을지라도 몰락과 매우 유사하게 보일까봐 우려된다. 위기가 진행되는 과정에 다른 많은 멋지고 사랑받는 사물들 외에 무수히 많은 책들도 영원히 사라질 것이다. 어제만 해도 신성했던 것이 오늘은 아직 일부의 지식인에 의해 존경받고 미래를 약속하다가 내일모레면 완전히 훼손되어 잊혀버릴 것이다 ? 파괴할 수 없고 온갖 새로운 형성을 위한 효모를 의미하는 나머지만 제외하고. 그 나머지는 인간이 존재하는 한 결코 몰락하지 않을 것이다. 그것은 인간이 소유하는 유일하게 '영원한 것'이다.

인류의 이러한 최고의 소유물은 다양한 형태와 언어로 기록되어 있다. 성서, 고대 중국의 신성한 책들, 인도의 베단타와 많은 다른 책과 장서는 지금까지 인식된 몇 안 되는 것이 형상을 얻은 그릇들이다. 이러한 형상은 명료하지 않고, 이 책들은 영원하지 않지만, 지금까지 우리 역사의 정신적 유산을 담고 있다. 다른 모든 문학은 그것들로부터 나왔고, 만약 그것들이 없었더라면 존재하지 않으리라. 예컨대 단테와 오늘에까지 이르는 전체 기독교 문학작품은 신약성서의 영향을 받은 것이다. 이 전체 문학이 몰락하더라도, 신약성서가 보존된다면 거기로부터 번번이 새로운 유사한 문학이 생겨날 수 있을 것이다. 인류의 몇 안 되는 '신성한 책들'만이 그러한 생식력을 갖고 있고, 그것들만이 수천 년 세월과 세계 위기를 살아남을 것이다. 이때 위안이 되는 것은 그 책들의 보급이 결코 중요한 문제가 아니란 사실이다. 이런 저런 신성한 책을 소유하고 더욱이 감동받은 사람이 굳이 수십만이나 수백만까지 될 필요는 없고, 몇 명만 있어도 족하다.

(1937)

34

즐겨 읽는 책

"무슨 책을 가장 즐겨 읽습니까?" 수도 없이 받아본 질문이다.

세계 문학을 사랑하는 사람으로 답하기 곤란한 질문이다. 나는 수천 권의 책을 읽었고, 그 중 어떤 책은 여러 번 읽었다. 하지만 나의 소장 도서 중에서, 또 관심이나 흥미를 갖고 읽는 도서의 범위에서 특정 문학이나 사조, 작가를 배제하는 것에는 원칙적으로 반대한다. 하지만 충분히 할 수 있는 질문이고, 어느 정도는 답변도 가능하다. 뭐든지 가리지 않고 잘 먹는 사람이 있어서, 흑빵에서 노루 고기에 이르기까지, 당근에서 송어에 이르기까지 아무것도 물리치지 않더라도 특별히 좋아하는 요리가 서너 가지 쯤은 있을 수 있다. 음악을 생각할 때마다 무엇보다 바흐나 헨델, 글루크를 떠올리는 사람이라 하더라도 슈베르트나 스트라빈스키를 즐겨 들을 수도 있다. 나 역시 자세히 살펴보면 시대와 장르, 어조에 따라 다른 것보다 더 가슴에 와 닿고 더 마음에 드는 문학작품이 있다. 예컨대 그리스 작가 중에는 비극작가들보다는 호메로스가 더 가슴에 와 닿고, 투키디데스보다는 헤로도토스가 더 마음에 든다. 또한 고백하건대 격정적인 작가에 대한 나의 관계는 어딘지 좀 부자연스럽고 왠지 읽기가 힘들다. 나는 기본적으로 그런 작가를 좋아하지 않는다. 이들을 대단히 존경하긴 하지만, 단테든 헤벨이든, 실러든 슈테판 게오르게든, 의무감에서 존경하는 측면도 없지 않다.

세계 문학의 영역 중 내가 살면서 가장 빈번히 들여다봤고, 어쩌면 가장 잘 알고 있다고 할 수 있는 것은 1750년에서 1850년 사이의 백년, 즉 괴테가 중심이자 정점을 이룬 시절, 오늘날 너무 멀리 떨어져 있는 것 같아 흡사 전설처럼 된 시절의 독일 문학이다. 나는 여행을 떠나 아주 먼 과거와 먼 외국으로 돌아다니다가도 이젠 흥분도 실망도 무덤덤하게 받아들이는 이 영역, 즉 저 시인들, 서간 작가와 전기 작가들에게로 번번이 되돌아온다. 이들은 모두 훌륭한 인문주의자들이면서도, 거의 모두 흙냄새와 민속적인 체취를 지니고 있다. 물론 그런 책들은 특히 직접 내게 말을 건다. 그 책들에서는 풍경, 민족성과 언어가 내게 친숙하고, 어려서부터 고향처럼 느껴진다. 나는 이런 책을 읽으면서 특별한 행복을 즐기고, 더없이 섬세한 뉘앙스, 매우 은밀한 암시, 매우 나직한 울림도 알아듣는다.

그런 책을 읽다가 번역으로 읽을 수밖에 없는 책, 이런 유기적이고 진정한 토착 언어나 음악성을 지니지 않은 책으로 돌아오면 매번 어떤 충격이랄까 조그만 통증 같은 걸 맛보게 된다. 무엇보다 나는 남서지방의 독일어인 알레만어나 슈바벤어를 접하면 당연히 행복감을 느끼고, 헤벨이나 뫼리케라는 이름만 들어도 그와 마찬가지이다. 그러나 나의 경우에는 청년 괴테에서부터 슈티프터에 이르기까지, 『하인리히 슈틸링의 청년 시대』부터 이머만과 드로스테-휠스호프에 이르기까지 축복받은 시기의 거의 모든 독일 작가나 스위스 작가들의 작품을 읽을 때도 행복감이 꽃피어난다. 그런데 오늘날에는 공공 도서관이건 개인 서재건 이런 훌륭하고 사랑스러운 책들 제대로 갖춘 곳이 얼마 없다니, 내게는 끔찍한 우리 시대의 징후가 말할 수 없이 마음에 걸리고 추하다는 느낌이 든다.

하지만 문학에서도 피와 향토, 모국어가 전부는 아니다. 그런 걸 넘어서 인류가 있고, 더없이 멀고 낯선 곳에서 고향을 발견할 가능성, 얼핏 보아 굳게 닫혀 있어 접근하기 어려운 것을 사랑하고 그것과 친숙해질 놀랍고도 즐거운 가능성이 늘 존재한다. 그러한 사실은 내 인생의 전반부에 인도 정신과, 그런 뒤에는 중국 정신과의 만남을 통해 입증되었다. 인도에 이르는 길은 나의 경우 적어도 미리 예정되어 있었다. 나의 부모와 조부모님께서 인도에 사셨기에, 인도의 여러 언어를 배우셨고, 인도의 정신을 약간 맛보셨다. 그러나 중국에는 놀라운 문학과 중국 특유의 인간성과 인간정신이 있었다. 그런 것들은 내게 소중하고 사랑스러울 뿐만 아니라 그걸 훨씬 넘어서서 나의 정신적 피난처이자 제2의 고향이 될 정도였다. 나는 서른 살이 될 때까지 그렇게 될 줄은 꿈에도 예감하지 못했다. 하지만 그러다가 뜻하지 않은 일이 일어났다. 그때까지 중국 문학이라 해봐야 뤼케르트가 번안한 『시경詩經』밖에 몰랐던 내가 리하르트 빌헬름 등의 번역을 통해 중국 문학에 대해 조금씩 알게 되었다. 그것은 나의 삶에 불가결한 요소가 된 것은 바로 지혜와 선善이라는 도교의 이상이었다. 한 마디도 중국어를 할 줄 모르고, 중국에 가본 적이 없었던 내게 2천 5백 년의 세월을 뛰어넘어 중국 고대 문학에서 내 자신의 예감을 확인받고, 어떤 정신적인 분위기와 고향을 발견하는 행운이 주어진 것이다. 이전엔 그런 것을 출생과 언어로 내게 할당된 세계 속에서만 소유할 수 있었다.

장자, 열자와 맹자가 이야기하는 중국의 스승과 현인은 격정가와는 반대였다. 그들은 놀랄 만치 소박했고, 민중이나 일상과 가까웠다. 그들은 어떤 것에도 속지 않았고, 자발적으로 은둔하고 자족하며 살았다. 이들이 스스로를 표현하는 방식에 우리는 번번이 놀라움과 기쁨을 얻을 수 있을 뿐이다. 노자의 위대한 맞수인 공자는 체계를 세우는 자이며 도덕주의자요, 법치주의자이며 윤리의 수호자이다. 그는 고대의 현인들 중 그나마 유일하게 격식을 차리는 자이다. 그는 예컨대 때로 이런 모습으로 특징지어지기도 한다. "그는 안 되는 줄 알면서도 그 일을 행하는 자가 아니던가?"

이는 내가 다른 어떤 문학에서도 유사한 예를 알지 못하는 평정심과 유머이며 소박함이다. 나는 다른 몇몇 경우에, 즉 세상사를 관찰할 때나 세계를 단 몇 년, 몇 십 년 만에 제패하여 완벽하게 만들겠다고 생각하는 자들의 발언을 들을 때도 가끔 그 구절을 생각하곤 한다. 그들은 위인 공자처럼 행동하지만, 그들의 행위 이면에는 '그것은 안 된다'는 공자의 앎이 결여되어 있다.

또한 중국 문학만큼 심취해 자양분을 얻지는 않았지만 일본 문학도 빼놓을 수 없다. 예나 지금이나 우리는 일본을 독일처럼 전쟁을 일으킨 나라로만 알고 있다. 일본에는 수백 년 동안 상당히 웅대한 동시에 위트 있는 어떤 것, 깊은 통찰을 담고 있으면서도 단호한 어떤 것, 다시 말해 선禪 사상 같은 실제 삶을 지향하는 투박한 문학 세계가 존재한다. 선 사상의 발전에는 인도와 중국의 불교가 한몫 거들기는 했지만, 일본에서 비로소 활짝 꽃필 수 있었다. 나는 선을 한 민족이 지금껏 얻은 최고의 자산 중 하나로 간주한다. 그것은 부처와 노자의 지위에 버금가는 지혜와 실천을 담고 있다.

그리고 그 사이에 한동안 긴 공백기가 있었지만, 일본의 서정시도 나를 매료시켰다. 무엇보다 나는 극도의 단순성과 간결성을 추구하는 일본 시에 매료되었다. 일본 시를 막 읽은 다음 독일 현대 시를 읽어서는 안 된다. 우리의 현대 시가 말도 안 되게 부풀어져 있고 거드름을 피운다고 생각될 테니 말이다. 일본인은 17자로 이루어진 놀랄 만한 시, 하이쿠俳句[1]를 만들어냈다. 그들은 예술이란 긴장을 늦춤으로서가 아니라 그 반대에 의해 얻어질 수 있음을 언제나 알고 있었다. 언젠가 어느 일본 시인이 두 줄의 시를 쓴 적이 있었다. 아직 눈 덮인 숲에 매화 나무 몇 가지가 꽃을 활짝 피웠다는 내용인 것이다! 그는 그 시를 어떤 전문가에게 보여주었다. 그랬더니 그 전문가는 "매화 나무 한 가지로도 충분했을 텐데"라고 말했다고 한다. 그는 전문가의 지적이 옳으며, 자신은 진정한 단순미에 도달하려면 아직 한참 멀었음을 깨달았다. 그는 친구의 충고를 따랐고, 그의 시는 오늘날에도 잊히지 않고 있다.

조그만 우리나라에서 책이 너무 많이 출판되고 있음을 웃음 거리로 삼는 이야기가 가끔 들린다. 하지만 조금 더 젊고 아직 기운이 있다면 나는 오로지 책을 만들고 펴내는 일만 할지도 모른다. 정신적 삶의 지속을 위한 이 작업은 전쟁을 치른 나라 들이 완전히 회복될 때까지 미룰 일도, 단기간의 호황산업으로 마구 벌일 일도 아니다. 이런 일은 양심적으로 할 필요가 있다. 세계 문학은 전쟁과 그 결과 이상으로 성급하게 엉망으로 만들 어지는 신간 서적으로 인해 위험에 처해 있다.

(1945)

---

1 일본의 시 형식 가운데 하나. 3행 17음절로 구성되었으며 각 행은 5·7·5음절로 구성되어 있다. 하이쿠는 도쿠가와 시대(1603~1867)에 단카와 더불어 유행하기 시작했는데 이 시대에 거장 마쓰오 바쇼가 이 시 형식을 매우 세련되고 의식 있는 예술로 승화시켰다.

35

노벨 문학상 수상에
즈음한 글

여러분의 경사스런 모임에 진심으로 삼가 인사를 전하면서 무엇보다 제가 직접 시상식에 참가하여 감사의 말씀을 드릴 수 없는 것에 대해 유감을 표명하고자 합니다. 저는 늘 건강이 좋지 못했습니다. 저의 모든 작품이 폐기되고 저 또한 자꾸만 무거운 의무를 짊어져야 했던 1933년 이래로 저는 고된 일로 완전히 건강을 해치고 말았습니다. 그렇지만 저는 정신적으로 좌절하지 않았고, 노벨 재단의 토대가 되는 사상을 통해 여러분 모두와 무엇보다 결속되어 있다고 느끼고 있습니다. 그것은 정신과 정신의 책임감이 민족을 초월하는 성격과 국제성을 띠고 있으며, 전쟁과 파괴가 아닌 평화와 화해에 봉사해야 한다는 사상입니다. 제게 수여된 이 상이 문화에 대한 독일의 문화에 대한 기여와 독일어를 인정하는 것을 의미한다는 점에서 저는 모든 민족의 정신적 협력을 다시 시작하려는 선의와 화해의 몸짓을 보고 있습니다.

하지만 인류 전체를 정신적으로 획일화하기 위해 민족의 특성을 없애는 것이 결코 저의 이상은 아닙니다. 오, 아닙니다, 우리의 사랑스런 지구에 다양성과 차이, 구별은 반드시 있어야 합니다. 수많은 인종과 민족, 수많은 언어, 많은 종류의 성향과 세계관이 있다는 것은 근사한 일입니다. 저는 전쟁과 정복, 합병을 증오하고 철저히 반대합니다. 그 이유는 무엇보다도 인류의 문화에서 역사적으로 형성된 많은 것, 즉 무척 개성적인 것과 큰 차이를 이루는 것이 이러한 어둠의 힘에 희생되기 때문이기도 합니다. 저는 '위대한 단순화'에 반대하며, 질과 완벽성, 모방할 수 없는 것을 사랑합니다. 그러므로 저는 여러분의 초대에 감사하는 손님이자 동료로서 여러분의 나라 스웨덴, 스웨덴의 언어와 문화, 그 풍부하고 자랑스러운 역사, 자연스런 특성을 유지하고 키우려는 투지를 높이 평가합니다.

저는 스웨덴에 가본 적은 한 번도 없습니다. 그러나 이미 수십 년 동안 여러분의 나라로부터 호의와 우정을 여러 차례 받았습니다. 최초의 선물은 아마 40년 전에 받았을 겁니다. 그것은 셀마 라게를뢰프가 헌정한 『예수의 전설』의 초판본이었습니다. 세월이 흐르면서 저는 저를 깜짝 놀라게 한 이번의 선물에 이르기까지 여러분의 나라와 여러 번 소중한 선물을 주고받았습니다. 그 선물에 진심으로 감사를 표하는 바입니다.

(1946)

36

일본의 어느 젊은 동료에게
보내는 편지

친애하는 동료에게!

귀하께서 1월에 쓴 긴 편지를 벚꽃이 필 무렵에야 받아보았습니다. 그것은 사실상 침묵의 세월을 보낸 뒤 일본에서 제게 최초로 온 안부 인사였습니다. 여러 가지 징후로 보아 귀하의 말처럼 그 안부 인사와 외침의 말이 극심한 충격을 받은 세계, 얼핏 보기에 다시 혼돈에 빠진 세계에서 왔다는 것을 알 수 있었습니다. 귀하께서는 제가 사는 나라, 부러워할 만한 '평화의 섬'인 스위스에 아직 파괴되지 않은 정신의 세계, 가치와 힘의 공인되고 타당한 위계질서가 있다고 추측하고 그것을 찾으려 하고 있습니다. 여러 가지 면에서 귀하의 견해는 옳습니다. 파괴된 대도시의 폐허들 사이에서 쓰인 귀하의 열정적인 편지는 신념과 두려움으로 가득 차 있습니다. 그곳에서는 종이와 봉투를 구하는 일마저 어려웠을 테지요. 시골의 어느 친절한 여자

집배원에 의해 그 편지는 파괴되지 않은 집과 마을이 있는 조용한 이곳에 도착할 수 있었습니다. 이곳에서는 벚꽃이 초록색 계곡을 뒤덮었고, 하루 종일 뻐꾸기 소리가 들립니다.

귀하의 편지는 젊은이가 노인에게 쓴 것이기에 편지의 정신에서 혼돈이 아닌 어떤 질서와 건강함을 느낄 수 있습니다. 하지만 물론 그것은 정신적인 삶에서 신앙과 좋은 전통이 어느 정도 보존된 서양의 질서와 안정성과는 다릅니다. 오히려 거기선 개개인이라는 섬과 같은 존재가 느껴지는데, 이곳에선 혼돈의 와중에서도 전통을 잘 지켜나가고 있습니다. 그러한 개개인, 정신적으로 품위 있게 교육받은 그러한 늙은이가 이곳에는 많이 있습니다. 그들은 또한 대체로 무시되고 조롱받거나 박해받지 않고 그 반대로 높은 평가를 받고 있습니다. 사람들은 그들이 있다는 사실에 기뻐하며, 가치의 혼란 속에서 그들을 지켜주고 있습니다. 마치 특별 보호 구역을 정해 멸종하는 동물들을 세심하게 보호하듯 말입니다. 심지어 때로는 이들의 존재에 자긍심을 느끼고, 순전히 서양의 유산으로서 자랑스럽게 생각하기도 합니다. 향상하려고 노력하는 러시아나 미국은 자랑할 수 없는 유산이지요. 하지만 우리 같은 늙은 작가, 사상가나 종교인은 더 이상 서양 세계의 심장도 머리도 아니고, 멸종해가는 종족의 잔재일 뿐입니다. 우리를 진지하게 여기는 이는 기껏해야 우리 자신밖에 없으며, 우리를 이을 후진이 없습니다.

그럼 이제 귀하의 편지에 대해 얘기해 보겠습니다. 귀하께서는 제가 보기에 불필요한 것 같은 걱정을 하고 있습니다. 귀하께서는 일본의 동료 대학생이 나를 영웅이나 진리의 순교자로 보지 않고 남독일 출신의 감상적인 대단찮은 시인으로 보는 것에 약간 흥분하고 있습니다. 양쪽의 견해는 옳기도 하고 그르기도 합니다. 이런 표현 문제를 가지고 진지하게 논의하는 것은 아무 도움이 되지 않습니다. 또한 저에 대한 동료 대학생들의 판단을 교정하려는 것 역시 부질없는 일입니다. 그들이 판단이 옳건 그르건 그런 판단으로 아무에게도 해를 끼치지 않기 때문입니다. 반면은 젊은 동료인 귀하께서 저를 판단하고 평가하는 방식은 교정과 제어를 요합니다. 그런 판단은 해를 끼칠 수 있기 때문입니다. 귀하께서는 특히 감수성이 예민한 시기에 좋아하는 책 몇 권을 손에 넣고, 고마워하며 높이 평가하고 심지어 과대평가하는 젊은 독자에 불과한 것은 아닙니다. 독자라면 누구나 그럴 권리가 있으며, 책을 마음대로 숭배나 경멸의 대상으로 삼을 수도 있습니다. 그런 일은 아무런 해도 끼치지 않습니다.

하지만 귀하께서는 열광한 젊은 독자인 것만 아니라 제게 썼듯이 저의 젊은 동료이기도 합니다. 이제 막 작가의 길에 들어선 문인이자 아름다운 것과 진리를 사랑하는 젊은이입니다. 그리고 인류에게 빛과 진리를 가져다주는 것을 소임으로 느낍니다. 제 생각에 순진한 독자에게 허용된 일이 글을 쓰기 시작한 문인, 책을 쓰고 내는 문인에게도 허용되는 것은 아닙니다. 다시 말해 작가는 자기에게 감명을 준 책이나 저자를 무비판적으로 숭배하거나 자신의 모범으로 삼아서는 안 됩니다. 제 책에 대한 귀하의 사랑은 분명 죄악이 아니지만, 거기에는 비판과 절제가 결여되어 있습니다. 그러한 무비판적인 사랑은 당신과 같은 문인에게 그다지 도움이 될 수 없을 것입니다. 귀하께서는 저를 스스로 되고 싶고 닮고 싶으며, 추구할 만한 가치가 있는 모범으로 간주합니다. 다시 말해 귀하께서는 저를 진리의 투사, 영웅이자 횃불 드는 사람, 신에 열광한 빛을 가져다주는 사람, 아니 거의 빛 자체로 생각하고 있습니다. 그런데 곧 알게 되겠지만 그것은 도를 넘은 행위이자 소년 같은 이상화일 뿐만 아니라 원칙적인 오류이자 실수입니다. 책이 그다지 중요하지 않은 순진한 독자라면 자기 마음대로 저자를 상상해도 되겠지요. 그런 것은 우리에게 아무래도 상관없습니다. 평생 조그만 집 하나도 짓지 않을 사람이 건축에 대해 판단하고 말참견을 하는 것과 같기 때문입니다. 그것은 그냥 스치는 바람이고 쓸데없는 잡담일 뿐입니다. 하지만 자신의 작가에 열정적으로 빠진 젊은 문필가, 이상주의에 물들고 필경 무의식적으로 명예심도 가득 차 있어 책과 문학에 대해 원칙적으로 잘못된 생각을 하고 있는 문필가는 해롭고 위험할 수 있으며, 그 자신도 해를 입을 수 있습니다. 제가 귀하의 사랑스럽고 감동적인 편지에 우정 어린 그림엽서로 답장하지 않고 이런 식으로 글을 쓰는 것은 바로 그 때문입니다. 귀하께서는 미래의 문인으로서 미래의 독자뿐만 아니라 귀하 자신에게도 책임이 있습니다.

귀하께서는 그때그때 좋아하는 작가를 영웅이자 빛의 전달자로 여기며, 그렇게 되려고 합니다. 하지만 그런 영웅은 제 마음에 들지 않는 인물입니다. 그 인물은 제게 너무나 멋지고 너무나 공허하며 너무나 격정적입니다. 다시 말해 그 인물은 제가 볼 때 귀하 자신의 동양적인 토양에서 성장할 수 있기에는 너무나 서구적입니다. 귀하를 깨닫고 눈뜨게 해준 작가는 빛도 횃불 드는 자도 아닙니다. 작가는 기껏해야 독자에게 빛을 통과시켜 주는 창문일 뿐입니다. 그의 공로는 영웅정신, 고상한 의욕이나 이상적인 계획과는 조금도 관계없습니다. 그의 공로는 단지 그가 창문이라는 점, 빛을 방해하거나 차단하지 않는다는 점에 있을 뿐입니다. 작가가 매우 고귀한 사람이나 인류의 은인이 되려는 열렬한 소망을 지니고 있다면 바로 이러한 소망이 그를 망쳐버리거나 빛의 통과를 막을 가능성이 많습니다. 그를 움직이고 이끄는 것은 거만함이나 겸손해지려는 힘든 노력이 아니라 오로지 빛에 대한 사랑, 현실에 대해 열려 있는 자세, 참된 것을 통과시키는 능력입니다.

귀하에게 굳이 이런 것을 상기시킬 필요는 없겠지요. 그도 그럴 것이 귀하께서는 미개인이나 교육을 잘못 받은 사람이 아니라 선禪 불교의 신봉자이기 때문입니다. 그러므로 귀하께서는 소수의 다른 사람들처럼 빛을 받아들이고 진리에 의연하도록 인간을 교육시키는, 정신의 훈련을 통한 믿음과 예감을 갖고 있습니다. 이런 태도가 귀하께서 현재 매력을 느끼는 우리

서양의 모든 책보다 귀하를 더욱 발전시켜줄 것입니다. 저는 선을 무척 존경하며, 귀하의 다소 유럽식으로 조명된 이상보다 훨씬 존경하고 있습니다. 저보다 더 잘 알고 있듯이, 선禪은 정신과 마음을 다스리는 극히 놀랄 만한 훈련입니다. 여기 서양에는 그것과 비교할 만한 전통이 거의 없고, 그나마 우리에게 보존된 것은 더욱 없습니다.

우리 둘, 곧 젊은 일본인인 귀하와 늙은 유럽인인 저는 서로를 다소 경이로운 시선으로 바라보고 있습니다. 각자 상대방에 대한 호감을 느끼고 있습니다. 각자 또한 상대방이 지니고 있는 이국적인 매력에 약간 끌리고 있습니다. 각자 자신으로서는 결코 도달할 수 없는 어떤 것을 상대방이 지니고 있다고 추측하면서 말입니다. 저는 자신 있게 말하건대 귀하의 선이 그릇된 이상주의뿐만 아니라 이국취미로부터 보호해줄 거라고 믿고 있습니다. 마찬가지로 고대 그리스나 로마, 기독교 정신의 훌륭한 가르침은 가령 제가 우리의 정신적 상황에 대해 절망하여 저의 지금까지의 버팀목을 포기하고 인도나 다른 요가 체계의 품속으로 뛰어드는 것을 막아줄 것입니다. 때로 저 역시 그런 유혹을 느끼는 것을 부인할 수 없기 때문입니다. 하지만 제가 받은 유럽의 교육은 아무리 매력적이라 해도 아시아의 가르침 중 이해되지 않거나 반쯤만 이해되는 부분은 신뢰하지 않도록 하고, 실제로 제가 이해한 것만 따르도록 가르치고 있습니다. 그리고 바로 이것은 제자신의 정신적 고향의 가르침이나 경험과 매우 유사합니다.

귀하에게 친숙한 선의 형태로 있는 불교는 평생 동안 귀하의 안내자이자 버팀목으로 남아 있을 것입니다. 불교는 귀하의 세계에 갑자기 들이닥친 혼돈 속에서 파멸하지 않도록 귀하를 도와줄 겁니다. 하지만 불교는 귀하의 문학적인 계획과 언젠가 갈등을 빚을지도 모릅니다. 훌륭한 종교 교육을 받은 자에게 문학은 위험한 직업입니다. 문인은 빛의 존재를 믿어야 하고, 명백한 경험을 통해 빛에 대해 알아야 하며, 빛을 향해 자주 되도록 활짝 창문을 열고 있어야 합니다. 하지만 스스로를 빛의 전달자나 혹은 빛으로 간주해서는 안 됩니다. 그렇게 되면 조그만 창문은 닫히게 됩니다. 그리고 우리에게 결코 의지하지 않는 빛은 다른 길을 갈 겁니다.

(며칠 뒤에 쓴 추신)

이 편지의 원본뿐만 아니라 귀하께 보낸 작은 인쇄물 소포도 허용되지 않는 우편물이라 해서 방금 우체국으로부터 되돌아왔습니다. 오늘날 세상은 참 알다가도 모르겠습니다. 전쟁에 패하고 승전국에 점령된 나라의 주민인 귀하께서는 스무 장 가까이 되는 편지를 제게 보낼 수 있었습니다. 하지만 작은 중립국에 사는 저는 귀하께 답장을 보낼 수 없었습니다. 하지만 이 답장 편지가 언젠가 신문을 통해 귀하께 도달할지도 모르겠습니다.

(1947)

37

애송시

어린 시절 나는 노래를 원래적이고 완전한 형태로만 알았다. 가사와 음악, 시구와 멜로디는 내게 하나였다. 그런데 너무나 놀랄 만하고 즐겁게 해주는 노래가 있었다. "뻐꾹, 뻐꾹, 숲에서 뻐꾸기 노래 소리 들린다"나 "너무나 아름다운 초원에서"는 부를 때마다 매혹적이었다. 하지만 너무나 자주 불리고, 가사와 음이 완전히 하나가 됐던 가장 아름답고 절대적으로 완벽한 노래는 발트호른[1]에서 나오는 노래였다. 그것은 이렇게 시작한다.

발트호른의 감미로운 음은
덤불과 숲에서
얼마나 사랑스럽게 울리는가……

---

1 핀이 없는 소용돌이 깔때기 모양의 취주 악기.

그리고 첫 번째 행은 너무나 음이 감미로워서 노래 부를 때마다 당연히 되풀이해야 했다. 나 혼자 있어 주위에 내 소리를 엿듣는 사람이 없을 때 나는 그 감미로운 음을 여러 번 되풀이하곤 했다.

얼마 후에 나는 찬송가책을 뒤적이면서 멜로디와는 무관하게 문학적인 것이 나의 신비로운 체험이 되었던 몇 줄의 가사나 시구를 가끔 발견했다. 마티아스 클라우디우스의 저녁 노래 중에서 "하얀 안개 놀랍구나"는 전율을 일으켰다. 같은 노래에서 다음 시구가 마음을 훈훈하게 하는 평화로움과 자비를 발산했다.

세계는 너무나 고요하고
어스름 속에 덮여 있다
너무나 아늑하고 사랑스럽게

시인의 이런 시구를 혼자 읊조리면 그것이 너무 짧고 덧없게 여겨져 유감스러웠다. 사람들은 시구를 늘려주고, 가장 아름다운 말에 비교적 오래 머무르게 해주는 멜로디에 다시 고마워했다.

하지만 음악적인 것과는 완전히 무관하게 장중한 말로 내게 엄숙하고 신성하게 생각되었던 다른 찬송가의 시작은 이러했다.

영원의 아침 광채

끝이 없는 빛에서 나오는 빛……

첫 번째의 위대하고 영원히 효과적인 노래는 횔덜린의 것이었다. 그의 시가 예기치 않게 우리의 독본에 실리게 된 것이었다. 거기에 그 시는 외롭게 적혀 있었고, 그것과 필적할 만한 것이 없었다. 그 시는 아름다운 것이 주는 온갖 수수께끼 같은 우울함에 휩싸여 있었기에 거의 참을 수 없이 아름다웠다.

그곳의 놀라워하는 여자, 사람들 틈의 낯선 여자는
산정에서 슬프고도 화려하게 빛나고 있다.

나는 『뉘른베르크 기행』에서 이러한 체험에 관해 얘기했다.
당시 열한 살이었을 때 나는 노래하는 시구보다 말하고 읽는 시구를 더 사랑하기 시작했다. 그럼에도 나중에 어떤 시나 시구가 내게 소중하게 생각될 때마다 마법은 음악적인 제약을 받았다. 특히 나는 아름답고 풍부하며 깜짝 놀라게 하는 운韻에 저항력이 없었다. 두 가지 예가 이런 조그만 고백을 마무리할 지도 모른다.

브렌타노

사랑이 떠나간 이후부터

난 이제 무어인의 아이다.
붉고 기쁜 뺨은
어둡고 외로워 보인다.

레나우

셋째가 곤히 잠자고 있다
나무에 심벌즈를 기대 놓고,
악기 위로는 바람이 솔솔 불고
머리 위로는 꿈이 지나간다.

(1952)

38

'빵'이란 단어에 대하여

우리 작가들은 언어에 종속되어 있다. 언어는 우리의 도구지만, 지금까지 어느 누구도 그것에 숙달하는 데 성공하지 못했다. 적어도 나에 관해서는 이렇게 말할 수 있다. 나는 70년 이상 전에 초등학교에 입학한 이래로 독일어를 익히고 그것에 숙달하기 위해 무엇보다 끈질기게 지속적으로 노력해왔다. 그 점에서 나는 언어에 매혹되어 반은 불안한 심정으로 반은 행복한 기분으로 알파벳의 미로에 들어선 여전히 놀라워하는 초보자로 생각된다. 알파벳의 미로에서는 몇 안 되는 철자를 가지고 단어와 문장, 책, 전체 우주의 문자에 의한 모사를 만들어낼 수 있다.

언어의 근간이자 최초의 요소는 단어들이다. 단어와 교류해보면 우리는 어떤 단어가 오래된 것일수록 생명력이 강하고 주술력이 있음을 곧 발견한다. 에덴동산에서 아담이 나무와 꽃을 불렀던 이름은 공로가 많은 린네가 훗날 그것에 붙인 이름과는 다른 더 심오한 힘을 지니고 있다.

우리의 언어는 모두 꽤 오래 되었지만, 그 어휘는 끊임없이 변하고 있는 중이다. 단어들은 병들 수 있고 죽을 수 있으며, 영원히 사라질 수도 있다. 어떤 언어든 날마다 새 단어가 옛 단어에 덧붙여진다. 그러나 모든 발전도 이러한 성장과 같은 속성을 지니고 있다. 다시 말해 우리는 인생의 새로운 일, 새로운 상황, 새로운 기능과 욕구를 위해 명칭을 생각해내는 언어의 능력에 경탄하며 놀라워할 수 있다. 그러나 우리는 좀 더 자세히 들여다보면 백 개의 새로워 보이는 단어들 중에서 아흔아홉 개는 옛 단어의 기계적인 조합에 불과하며, 즉 결코 실제적이고 진정한 단어가 아니라 단지 명칭과 임시변통에 불과함을 금방 알아채게 된다. 최근 2백 년 동안 독일어에서 늘어난 어휘 수는 엄청나고 놀랄 만하다. 그러나 무게와 표현력, 언어적 핵심, 아름다움과 진정한 금 함유량 면에서는 가련할 정도로 빈약하다. 겉으로 보이는 이러한 풍요로움은 일종의 인플레이션 같은 속임수다.

아무 신문의 아무 페이지나 살펴보면 얼마 전까지만 해도 없었던 수많은 어휘를 발견하게 된다. 우리는 그것이 과연 내일모레까지 존재할지는 알지 못한다. 아무렇게나 신문에서 떼어낸 그런 단어들로는 자회사, 배당금 지급, 채산성 변동, 실존주의 같은 게 있다. 그것들은 길고 복잡하며 까다로운 어휘들이지만 모두 한 차원이 부족하다는 동일한 결점을 지니고 있다. 그것들은 특징을 묘사하지만 진실함을 맹세하지는 않는다. 그것은 아래로부터, 땅과 대중에게서 나오지 않고 위로부터, 편집실과 사무실, 관청에서 나온다.

하지만 진정하고 귀중하며 옹골찬 단어들은 아버지, 어머니, 조상, 땅, 나무, 산, 계곡이다. 오랜 세월 성장해온 그 단어들은 완전한 가치가 있다. 교수나 연방의회는 물론이고 목동도 그런 모든 단어를 이해한다. 그런 모든 단어는 우리의 지성뿐만 아니라 우리의 감성에도 말을 건다. 모두 추억과 상상, 연상의 구름을 일으키고, 모두 무언가 영원한 것, 없어서는 안 되는 것, 없는 것으로 여겨서는 안 되는 것을 의미한다.

빵이라는 단어도 이런 훌륭하고 의미심장한 단어에 속한다. 그 단어를 말하고 그것에 내포되어 있는 것을 자신의 내부에 들여보내기만 하면 영혼과 신체의 모든 생활력이 깨어나 실행된다. 위, 구강, 코, 혀, 치아, 손이 함께 작용한다. 영혼 속에서는 백 개의 추억이 눈을 뜨고, 고향집의 식당이 불현듯 생각난다.

유년시절의 친숙하고 다정한 형상들이 주위에 앉아 있다. 아버지나 어머니가 큰 빵을 여러 조각으로 자르고, 그것을 받는 아이의 나이나 허기에 따라 크기나 두께를 측정해서 나누어준다. 잔에서는 따스한 아침 우유 냄새가 난다. 또는 이른 아침이나 한밤중에 빵집에서 났던 냄새의 추억이 우리를 심하게 자극하며 우리 마음에 엄습하기도 한다. 따스하고 양분이 많은 빵이 우리를 자극하기도 위로해주기도 한다. 또 허기를 일깨우며 반쯤 그 허기를 반쯤 달래주기도 한다. 식탁을 차리는 늙은 하녀 모습이 다시 보인다. 둥근 두꺼운 나무 접시를 식탁보 위에 놓고 빵을 접시에 담는다. 커다란 빵 덩어리는 은은한 빛을 내고 있고, 밀가루는 광택 없이 뿌옇게 보인다. 하녀는 그 옆에 커다란 나이프를 놓는다. 그리고 전체 세계사를 되돌아보며 빵이 중요한 역할을 하는 천 개의 장면과 그림을 계속 떠올려보자. 작가의 말들이 모습을 드러내고, 성서의 많은 말들이 나타난다. 어디서나 빵은 일상의 소박한 의미 외에 최후의 만찬 때 예수의 비유에 이르기까지 보다 고귀한 의미를 지니기도 한다. 우리는 연상과 추억을 더 이상 마음대로 지배하지 못할 것이다. 그런 연상과 추억들은 위대한 화가들의 백 개의 그림이 되어, 인간적인 감사함과 경건함의 모든 영역으로부터 세바스찬 바흐의 〈마태 수난곡〉의 신비한 음에까지 넘쳐흐른다. "집어 들고 먹으라, 그것이 나의 육신이노라."

이러한 사소한 고찰 대신에 빵이란 단어에 대해 책 한 권을 쓸 수도 있다.

언어의 창조자이자 수호자인 대중은 빵을 위해 사랑스러움과 감사함의 표현을 발견했다. 다시 일련의 연상을 불러일으키기 위해서는 그 중 두 가지만 언급하면 된다. 대중은 '사랑스런 빵'에 대해 말하며, 이탈리아인과 테신인은 어떤 사람을 정말로 좋다고 말하며 칭찬하려고 할 때 그를 "빵처럼 좋다(buono come il pane.)"고 말한다.

(1954)

39
말

어느 문학잡지가 앞으로는 화보 잡지를 겸하겠다고 하니 반갑고 즐거운 소식이다. 우리는 그 잡지를 환영하고 앞으로 오래 살아남기를 바란다.

독일어와 그 언어 예술은 색다른 종류의 실존을 갖고 있다. 독일어는 어휘, 문법 형식, 예술적 표현 가능성이란 면에서 세계에서 가장 고상한 몇몇 언어들 옆에서 당당하게 한 자리를 차지하고 있고, 자긍심이나 겸손, 유용성이나 고집이란 면에서 단단히 한 몫하고 있다. 또 최고 등급의 작가나 사상가에 의해 검증받고 발전했으며, 풍성해졌고 세련되게 변했다. 하지만 독일어는 러시아어나 영어, 대부분의 라틴어계 언어와는 달리 애호가나 비평가, 전문가나 향유자 대중의 지원을 받지 못하고 있다. 대중과 영향력이 큰 계층은 독일어에 호의적이지 않다. 독일어 장려와 예찬, 독일어의 다양하고 섬세한 영향 가능성은 소수의 교양 계층에 한정되어 있다. 게다가 교양 계층은 언제나 대중의 가장 소중한 일부분일 필요는 없다. 독일어를 쓰는 나라들에서 사람들은 독일어를 할 줄 몰라도, 즉 자국어에 대한 진정하고 자연스러우며 즐거운, 자기 자신에 대한 확실한 관계가 없어도 시장과 장관뿐만 아니라 교사나 교수, 문필가가 될 수 있다. 그러므로 저 소수 계층의 일원인 우리에게는 그럴수록 우리에게 허용된 모든 은신처와 우리에게 허락된 모든 버팀목이 더욱 필요하고 바람직하다.

소수 계층의 후원을 받는 이 잡지에 대한 판단은 훗날 모종의 시험 기간을 합격한 뒤에야 가능할 것이다. 그 잡지를 직접 보기 전에 지금 벌써 내 마음에 드는 것은 무엇보다 '말'이라는 명칭이다. 그것으로 그 잡지는 독일어에서 가장 오래되고 존경할 만한, 가장 진정하고 의미심장한 말 중의 하나를 잡지명으로 삼고 있다. 그도 그럴 것이 말이란 가치, 내용과 무게, 연륜, 의미와 힘에서 다른 어느 것과도 같지 않기 때문이다. 훌륭하고 강력하며, 뿌리가 깊은 건강한 말이 있다. 또 새롭고 검증되지 않은, 미심쩍고 김빠진 말, 유행과 함께 생겨났다가 사라지는 말이 있다. 새로운 잡지의 명칭이 되는 말에 대해 그림의 사전은 75개 이상의 난欄을 할애하고 있다. 말이란 단어는 원시시대 이래로 모든 게르만어, 스칸디나비아어, 앵글로색슨어에도 있으며, 우리 언어의 대부분의 다른 단어들보다 더 많은 뜻을 갖고 있다. 심지어 말에는 복수형이 두 개 있다. 그 의미

는 신성한 영역에서부터("태초에 말이 있었다im Anfang war das Wort"),
언어의 나중 단계에서 자기 자신을 묘사하고 비판하고 비꼬며
비난하는 다른 끝에까지("단순한 말bloße Worte", "공허한 미사여구
Wortgeklingel", "자구에 얽매이는 사람Wortklauber" 등) 이르고 있다.

그러므로 우리는 이 아름다운 잡지명을 의무를 지우는 약속
으로서 "약속하다sein Wort geben" "약속을 지키다sein Wort halten" "지
킬 약속이 있다im Wort bleiben"와 같은 관용구처럼 파악하려고 한
다. 그로써 우리에게 많은 일, 무엇보다 말과 언어를 신성함과
진지함에서부터 유희와 농담에 이르기까지 진지하게 여기는
일이 약속된다.

(1960)

40

글쓰기와 글씨

꿈을 꾸었다. 나는 온통 낙서투성이인 학생용 걸상에 앉아 있었고, 모르는 선생님 한 분이 내게 작문을 하라며 제목을 말씀해주셨다. 제목은 이러했다.

글쓰기와 글씨

나는 앉아서 곰곰 생각했다. 그리고 학생이 글짓기를 할 때 따르도록 되어 있는 몇 가지 규칙, 즉 도입, 구성, 목차 같은 것을 떠올려 보았다. 그런 뒤 나무 펜대를 잡고 꽤 오랫동안 공책에 글을 썼던 것 같다. 그렇지만 깨어나면서 뭐라고 썼는지 기억이 가물가물하더니 그 이후로 다시는 떠오르지 않았다. 꿈 중에서 남은 것이라곤 루네 문자 낙서투성이의 가장자리가 갈라진 학생용 걸상, 선이 그어진 공책, 선생님의 지시밖에 없었다. 그리고 선생님의 말씀에 따르려 했던 것이 잠에서 깬 지금도 재미있게 느껴졌다. 그래서 나는 이런 글을 썼다.

글쓰기와 글씨

꿈에 본 선생님이 안 계시니, 그의 지적을 더 이상 겁낼 필요가 없다. 그러니 힘든 글쓰기 숙제를 위한 계획을 세우지 않는다. 또 균형 잡힌 단락으로 나누지 않고, 글이 어떤 형식을 취하게 될지 우연에 맡긴다. 나는 그냥 이미지와 생각, 느낌이 떠오르기를 기다리며, 되는 대로 놓아둔다. 그리고 나, 호모 루덴스는 될 대로 되라는 심정으로 몇몇 친구들과 담소를 나눈다.

'쓰다schreiben'는 단어에서 나는 맨 먼저 그림 그리기나 스케치, 철자나 상형문자를 끼적이는 일, 문학, 편지나 일기, 계산서, 인도게르만어의 합리적인 언어나 동아시아의 그림 모양의 언어 같은 인간적인 행위, 다소나마 정신적인 행위를 떠올릴 뿐이다. 이에 관해서는 언젠가 젊은 요제프 크네히트[1]가 시[2] 한 편을 쓴 적이 있다.

'글씨Schriften'라는 단어는 이와는 좀 다르다. 이 말에서는 붓과 펜, 잉크와 종이, 양피지, 편지나 책뿐만 아니라 다른 종류

---

1 헤세의 『유리알 유희』에 나오는 주인공 이름.

의 흔적과 표시, 무엇보다 자연의 '글씨'가 떠오른다. 그러니까 인간적인 것과 무관하게 정신이나 의지의 개입 없이 생겨나지만 우리의 정신에 크고 작은 힘들의 존재에 대해 알려주는, 우리가 '읽을' 수 있고 언제나 새로이 학문과 예술의 대상이 되는 그림과 형태들까지 떠오르는 것이다.

어린 소년이 학교에서 철자와 단어를 쓴다면 그는 그 일을 자발적으로 하는 것이 아니다. 또한 그는 자신의 글쓰기에 대해 아무와도 무슨 말을 하려고 하지 않는다. 게다가 자신의 글을 넘볼 수 없지만 막강한 힘을 지닌 어떤 이상과 비슷해지려고 노력한다. 다시 말해 그 이상은 선생님이 칠판에 써 놓은 아름답고 나무랄 데 없으며 정확하고 모범적인 철자들이다. 선생님은 이해할 수 없고 끔찍하면서도 깊은 감탄을 자아내는 완벽함으로 그 철자들에 요술을 부린 듯하다. 이런 것이 '규범'이라 불린다. 도덕적이고 미학적이며, 사색적이고 정치적인 종류의 다른 수많은 규범이 있다. 우리의 삶과 양심은 그런 규범들을 준수하고 무시하는

---

2   문자

우린 가끔 펜을 잡고
하얀 종이에 기호를 적는다.
이러저런 것을 뜻하는 기호는 누구나 알고 있다.
나름의 규칙을 지닌 놀이니까.
허나 미개인이나 외계인이 호기심에
그 종이, 꼬불꼬불한 루네 문자를
살펴보려는 듯 눈앞으로 가져가면
세계에 대한 낯선 이미지가,
낯선 마법의 이미지가 화랑에 보이리라.

것 사이에서 노닐며 싸운다. 규범의 무시는 간혹 우리를 무척 기쁘게 해주기도 하고 성공을 의미할 수도 있다. 하지만 규범의 준수는 아무리 애쓰며 고생할지라도 언제나 칠판에 쓰인 이상적인 모범에 힘겹고 조심스럽게 접근해가는 것일 뿐이다. 소년의 글씨는 그 자신을 실망시킬 것이고, 아무리 잘 써봤자 선생님도 결코 완전히 만족시킬 수는 없을 것이다.

그러나 바로 그 학생이 남몰래 자신의 날 무딘 조그만 주머니칼로 갈라진 낡은 나무걸상에 자기 이름을 새기거나 긁어 넣으려고 한다면 ― 이는 이미 몇 주 전부터 감쪽같이 몰두하고 있는 지루하지만 멋진 일이다 ― 이것은 완전히 다른 행위이다. 그것은 자발적으로 하는 즐거운 일이며, 은밀하고 금지된 일이다. 규칙을 지킬 필요도, 선생님의 지적을 두려워할 필요도 없다. 전달할 무슨 말, 무언가 진실하고 중요한 말도 있다. 다시 말해 소년의 존재와 의지를 알리고 영원히 간직하기 위한 것이다. 게다가 그것은 하나의 투쟁이다. 그것이 성공한다면 승리이자 승리의 기쁨이다. 나무는 단단하며, 더 단단한 섬유질을 지니고 있다. 나무는 칼에 저항하며 힘겹게 맞선다. 그런데 칼은 이상적인 도구가 아니다. 칼날은 벌써 흔들거리고, 칼끝은 나무를 갈라지게 하며, 칼자국은 더 이상 선명하게 나지 않는다. 인내와 대담함을 요하는 이 일을 선생님에게 들키지 않는 것도 대단히 힘들다. 또 칼로 자르고 찌르며 긁어내는 소리가 자기 귀에도 들리지 않게 조심해야 한다. 이러한 끈질긴 투쟁 끝에 얻은 결과는 종이 공책에 줄줄이 쓰인 보기 싫은 철자들과는 완전히 다를 것이다. 백 번도 넘게 자꾸 살펴보면서, 그것을 기쁨과 만족, 자부심의 원천으로 삼을 것이다. 그것은 오래도록 남아, 다음 세대의 프리드리히와 에밀에게 전해져, 그들에게 추측하고 곰곰 생각할 계기를 마련해주고, 자기도 비슷한 일을 도모해보고 싶다는 욕구를 불러일으킬 것이다.

나는 세월이 흐르면서 많은 필적을 알게 되었다. 나는 필적 전문가는 아니다. 그렇지만 편지나 원고에 쓰인 필체를 보면 대체로 무언가 짚이고 생각나는 바가 있었다. 거기에는 자신의 경험에 따라 즉각 알아챌 수 있는 유형과 범주가 있다. 심지어 편지 겉봉에 적힌 주소만 봐도 그럴 때도 있다. 예컨대 초등학교 학생들의 필체가 그렇듯이, 구걸 편지의 필체에도 아주 명백한 유사성과 공통점이 있다. 급박한 곤경에 빠져 평생에 한 번 애원하는 사람들의 필체는 구걸 편지를 쓰는 게 지속적인 습관이 된, 그러니까 직업이 된 이들의 그것과는 완전히 다르다. 내가 그것을 잘못 생각하는 경우는 거의 없다. 아, 중증 장애인, 반#맹인, 신체 마비자, 베개 위의 체온 곡선이 위험수치를 보이는 중환자들이 쓴 삐뚤삐뚤한 몇 줄의 글씨! 때로는 편지의 내용보다 떨리고 흔들거리거나 또는 비틀거리는 몇 줄의 글씨 자체가 더 강력하고 분명히, 더 가슴을 옥죄며 말을 건네기도 한다. 또 그 반대의 경우도 있다. 나이가 아주 많은 분인데도 온전하고 굳건하며, 힘차고 명랑한 필체로 써 보낸 편지들은 얼마나 흐뭇하고 안심시키며 내게 말을 건네는지 모른다! 이런 종류의 편지가 오는 경우는 매우 드물다. 그러나 아흔 살 된 노인에게서 그런 편지가 올 때도 있다.

내게 중요하거나 마음에 들었던 많은 글씨들 중 가장 색다르고, 세상 어느 누구의 것과도 달랐던 글씨는 알프레드 쿠빈[3]의 것이었다. 그것은 읽기 어려운 만큼 멋지기도 했다. 그러한 어떤 편지지는 촘촘하고 활기찬, 그래픽 면에서 극히 흥미로운 획들의 망으로 덮여 있었다. 그것은 어느 전도유망한 천재적인 삽화가가 마구 갈겨놓은 것 같았다. 나는 그 당시 쿠빈의 편지에서 모든 줄을 다 해독할 수 있었다고 생각하지 않는다. 내 아내 역시 그러는 데 성공하지 못했다. 우리는 편지 내용의 3분의 2나 4분의 3 정도만 읽을 수 있어도 만족했다. 나는 그런 편지지를 볼 때마다 현악 4중주의 여러 악절을 생각하지 않을 수 없었다. 그런 악절에서는 여러 소절에 걸쳐 네 파트 모두 힘차게, 도취된 듯 마구 뒤섞여 켜대다가, 다시 악보의 윤곽과 중심 테마가 분명해진다.

멋지고 기분 좋은 많은 필체들이 내게 친근하게 소중하게 되었다. 그 중 한스 카로사의 괴테적이고 고전적인 필체, 토마스

---

3 Alfred Kubin(1877~1959). 체코 출신의 소설가 겸 표현주의 화가. 처음에는 주로 유화를 그렸으나 그 이후에는 펜과 잉크를 가지고 소묘를 그렸으며 이와 함께 수채화와 동판화에도 많은 관심을 가지고 있었다. 그의 작품은 어둡고 몽환적이며 기괴한 상징적인 환상을 표현한 특징을 갖고 있다. 그는 포, 호프만, 도스토옙스키, 카프카 등의 소설을 삽화로 그리기를 즐겨했다. 종말의 환상을 그린 소설 『다른 면』이 있다.

만의 작고 유려하며 빈틈없는 필체, 친구 주어캄프의 아름답고 세심하며 가냘픈 필체, 그리고 리하르트 벤츠의 읽기가 아주 쉽지는 않지만 개성이 강한 필체만 언급하도록 하겠다. 물론 이것들보다 더 중요하고 소중한 것은 내 부모님의 필체다. 나는 어머니처럼 새가 날아가듯 힘들이지 않고, 너무나 편안하게, 물 흐르듯 달음질치면서도 그토록 균형 잡히고 알아보기 쉽게 글을 쓰는 사람을 여지껏 본 적이 없었다. 그 일은 어머니에게 어렵지 않았고, 펜이 저절로 내달리는 것 같았다. 어머니의 글씨는 쓰는 사람이나 읽는 사람에게 즐거움을 안겨주었다. 아버지의 글씨체는 아버지의 그것만 못했다. 아버지는 라틴어 애호가였으므로 로마체로 쓰셨다. 아버지의 필체는 진중해서 날아가거나 깡충 뛰는 법도, 샘물이나 시냇물처럼 흐르는 법도 없었다. 단어들은 정확한 간격으로 서로 떨어져 있었고, 필체에서 곰곰 생각하거나 단어 선택을 하느라 잠시 멈춘 흔적이 느껴졌다. 나는 아버지가 이름을 쓰시던 방식을 이미 어릴 때부터 모범으로 삼았다.

필적 감정가들은 필체 해석을 위해 놀라운 기법을 고안해냈고, 거의 정확한 수준까지 완벽하게 만들었다. 나는 이 기법을 연구하거나 익힌 적은 없지만, 간혹 난처한 많은 경우 그 기법이 입증되는 것을 보았다. 이와 아울러 필적 감정가들의 인격은 어떤지 몰라도 인간 영혼을 통찰하는 능력은 공적을 인정받을 만한 수준에 있다는 것을 알게 되었다. 그것 말고도 인쇄되거나, 나무나 판지 또는 금속에 새겨지거나 에나멜 판에 영구 유죄 판결을 받은 철자와 숫자들을 해석하는 것은 그다지 힘들지 않다. 관공서의 알림문, 금지 표지판, 철도 차량에 새겨진 에나멜 숫자판의 철자나 숫자들은 놀랄 만치 너무 핏기 없고, 너무 조잡하다. 그것들에서는 애정도 생기도, 유희도 상상력도 책임감도 찾아볼 수 없다. 또한 함석이나 도자기에 복제되어 돌아다니며 염치없이 그것을 만든 이의 심리를 누설하는 것을 보면 괴로운 심정이다.

내가 그 철자나 숫자를 핏기 없다고 칭한 것은 그런 보기 흉한 글씨를 바라보면 언제나 유명한 책에 나오는 글귀가 떠오르기 때문이다. 젊은 시절에 읽은 그 글귀는 당시에 나를 완전히 사로잡아 매료시켰다. 원문이 확실히 기억나진 않지만 아마 이런 글이었던 것 같다. "나는 모든 글 중에서 자신의 피로 쓴 글을 가장 많이 사랑한다."[4] 나는 관공서의 허깨비 같은 철자를 대할 때마다 저 고독한 고뇌자의 멋진 글귀에 언제나 새삼 공감하곤 했다. 하지만 이것도 잠시뿐이었다. 이 글귀, 그리고 그 글귀에 대한 젊은 날의 경탄은 평화롭고 비영웅적인 시대에 생겨난 것이었다. 그 시대의 미와 귀족에 대한 개념은 당시의 사

---

4 니체의 『차라투스트라는 이렇게 말했다』의 「읽기와 쓰기에 대하여」에 나오는 글. "나는 모든 글 중에서 자신의 피로 쓴 것만 사랑한다. 피로 써라. 그러면 그대는 피가 정신임을 알게 될 것이다. [……] 피와 잠언으로 글을 쓰는 자는 읽히기를 바라는 것이 아니라 암송되기를 바란다. 산에서 산으로 갈 때 가장 가까운 길은 봉우리에서 봉우리로 가는 것이다. 하지만 그러려면 다리가 길어야 한다. 잠언은 봉우리가 되어야 한다. 그리고 몸집이 크고 키가 껑충 큰 자라야 잠언을 알아들을 수 있다."

람들에게서보다 몇 십 년 후의 사람들에게 더욱 분명해졌다. 그런 뒤 우리는 피의 찬미가 정신의 모욕이 될 수도 있다는 것, 피에 대해 수사학적으로 열광하는 자들은 대개 그들 자신의 피가 아닌 다른 사람들의 피를 의미한다는 것을 배워야 했다.

하지만 인간만 글을 쓰는 게 아니다. 손 없이도, 펜이나 붓, 종이나 양피지 없이도 글이 쓰일 수 있다. 바람과 바다, 강과 시냇물도 글을 쓴다. 동물들도 글을 쓰며, 어디선가 대지가 이 맛살을 찌푸려 강물의 길을 막고, 산이나 도시 하나를 날려버릴 때는 대지도 글을 쓴다. 하지만 겉보기에 맹목적인 힘의 작용으로 이루어진 모든 것을 글로, 그러므로 객관화된 정신으로 바라보려 하고, 또 그럴 능력이 있는 것은 인간정신뿐이다. 뢰리케가 묘사한 새의 귀여운 종종걸음에서부터 나일 강이나 아마존 강의 흐름, 무한히 더디게 자신의 형태를 바꾸어가는 부동의 빙하에 이르기까지 자연에서 일어나는 갖가지 일이 우리에게는 쓰인 글이나 표현으로, 시나 서사시, 드라마로 느껴질지도 모른다. 그것이 바로 경건한 자, 어린이와 시인의 방식이고, 슈티프터[5]가 말했듯이 '부드러운 법칙'의 종복從僕인 진정한 학자의 방식이기도 하다.

그들은 폭력적이고 지배자적인 사람들처럼 자연을 이용하려고 하지 않는다. 또한 그들은 겁에 질려 그들의 거대한 힘을 숭배하지도 않는다. 그들은 지켜보고 인식하고 놀라워하고 이해하며 사랑하고자 한다. 시인이 송가에서 태양이나 알프스를 칭송하는 것이나, 곤충학자가 현미경으로 매우 작은 흰 무늬 나비 날개 위의 수정처럼 투명한 선들이 만들어내는 그물 조직을 관찰하는 것은 언제나 자연과 정신을 형제로 묶으려는 동일한 욕구이자 시도이다. 의식하건 의식하지 않건 그 이면에는 언제나 어떤 신념, 어떤 신앙 같은 것이 있다. 다시 말해 전체 세상이 하나의 정신, 하나의 신, 우리의 것과 비슷한 하나의 뇌에 의해 움직이고 조종된다는 가정이다. 부드러운 법칙의 종복들은 현상계를 그러한 정신의 글씨이자 표명으로 관찰함으로써 현상계와 친근해지고 그것을 사랑하게 된다. 이 세계정신을 자신의 형상대로 만들어진 것으로 생각하든 또는 그 반대로 생각하든 무관하게 말이다.

칭송 받을지어다, 자연의 놀라운 글씨여! 순진무구한 아이들 놀이처럼 형언할 수 없이 아름답구나. 순진무구한 파괴와 살인 속에서도 형언할 수 없고 이해할 수 없이 아름답고 위대하구나! 화가의 어떤 붓인들 높다랗게 물결치는 풀밭이나 귀리 밭

---

5 Adalbert Stifter(1805~1868). 오스트리아의 작가. 고전적인 순수함을 갖춘 그의 소설은 소박한 생활의 작은 미덕을 높이 찬양하는 내용으로 되어 있다. 『콘도르』, 『야생화』, 『증조부의 가방』이 여기에 속한다. 『브리기타』에서 처음으로 주요 작품에서 보이는 기본구조가 등장한다. 그는 풍경과 인간의 내적 통합이 소설의 형태를 결정해야 한다고 생각했다. 『다채로운 돌』의 서문에서 그는 '부드러움의 법칙'이라는 자신의 신조를 설명했다. 한 젊은이의 성장과 배움을 묘사하는 걸작 『늦여름』은 슈티프터 자신이 사랑한 풍경을 배경으로 잔잔하고 햇살을 듬뿍 받은 아름다움과 절제된 이상주의를 표현하고 있다. 서사시 『비티코』는 정의롭고 평화로운 질서를 위해 투쟁하는 인간의 모습을 나타내기 위한 상징으로서 중세 보헤미아의 역사를 사용한다.

을 애무하고 쓰다듬으며 잡아당기거나 또는 비둘기 깃털 색의 조각구름과 노닐며, 조각구름은 마치 원무를 추듯 떠돌게 하고, 빛은 수 초간 지속되는 조그만 무지개 속의 입김처럼 엷어진 가장자리를 불타오르게 하는 여름날의 바람처럼 그토록 장난스럽고 사랑스러우며, 풍부한 감성으로 섬세하게 화폭을 어루만질 수 있겠는가. 매력과 부드러운 애수를 담은 이런 징표들은 실체는 없으나 모든 존재의 확인인 마야[6]의 베일로서, 온갖 행복과 아름다움의 무상함과 덧없음을 우리에게 얼마나 절절이 말해주는지!

필적 감정가가 인문주의자, 구두쇠, 낭비가, 저돌적인 사람, 장애자의 필적을 읽고 해석하듯, 목동과 사냥꾼은 여우와 담비, 토끼의 자취를 읽고 이해한다. 그리고 그 종과 가계를 알아내고, 건강 상태가 양호해서 네 발로 자유롭게 돌아다니는지, 다치거나 나이가 많아 제대로 달리지 못하는지, 한가롭게 어슬렁거리는지 또는 급히 달아났는지 밝혀낸다.

인간의 손은 묘비, 기념비나 기념패에 이름과 헌사, 세기나 연도의 숫자를 끌로 세심하게 새겨 넣는다. 이들이 전하는 메시지는 자식과 손자, 증손자에까지 이르고, 때로는 훨씬 더 멀리까지 이른다. 단단한 돌은 서서히 빗물에 씻기고, 새와 달팽

---

6 고대 인도에서, 환영과 허위로 충만한 물질계를 뜻하던 베단타학파의 용어. 마야는 원래 마술의 힘을 나타내는 것으로서 인간으로 하여금 환상을 믿게 하는 신의 힘을 가리킨다. 그 후 마야는 현상세계가 진짜라는 우주적인 환상을 생성하는 강력한 힘이 되었다.

이, 멀리서 날아온 먼지의 흔적과 자국이 서서히 층층이 쌓이며 글씨의 윤곽을 흐릿하게 한다. 그런 것은 깊이 새겨진 루네 문자에 들러붙고, 매끄럽고 명료한 형태를 완화하여, 인간의 작품이 자연의 작품으로 넘어가게 해준다. 결국 녹조와 이끼가 그것들을 뒤덮어 아름다운 불멸의 작품에 부드럽고 완만한 죽음을 준비한다.

한때 모범적으로 신심 깊은 나라였던 일본에서는 수천의 숲과 골짜기마다 예술가들이 만든 수많은 조각품에 곰팡이가 슬고 있다. 잔잔하게 미소 짓는 아름다운 불상들, 자비로운 아름다운 관음상들, 경외감을 자아내는 멋진 선승들이 깊은 잠에 빠진 상태에서 온갖 비바람을 맞으며 형태를 잃고 있다. 수천 년 된 불상의 얼굴에는 이끼와 풀, 꽃과 헝클어진 덤불로 수백 년 된 수염과 고수머리가 자라고 있다. 여기서 한때 기도하고 꽃을 바쳤던 이들의 신심 깊은 어느 후손이 그런 모습을 담아 우리 시대에 놀라운 그림책을 펴냈다. 나는 일본과 많은 교류를 나누었지만 이것보다 더 멋진 선물을 받은 적이 없었다.

모든 글을 잠시 후든 오랜 시간이 지난 후든, 수천 년이 지나서든 몇 분 지나서든 소멸하고 만다. 세계정신은 모든 글과 그 모든 글의 소멸을 읽으며 웃음 짓는다. 그것들 중 몇 개나마 읽고 그 의미를 헤아린다면 우리로서는 좋은 일이다. 어떤 글에도 없지만 그럼에도 그 속에 내재해 있는 그 의미는 언제나 동일한 것이다. 나는 내 글에서 그 의미를 음미했으며, 그것을 약간 명료하게 하거나 또한 은폐하기도 했다. 내가 아무것도 새로운 것을 말하지 않았고, 또 새로운 것을 말하려 하지도 않았다. 많은 현인과 시인이 이미 여러 번 그런 말을 했다. 그때마다 약간 달라서, 매번 약간 더 명랑하거나 더 비탄에 젖을 때도, 약간 더 쓰디쓰거나 더 달콤할 때도 있었다. 어휘를 다르게 선택할 수 있고, 복문을 다르게 구성하거나 배치할 수도 있다. 팔레트 위의 색상을 다르게 배열해 사용할 수 있고, 딱딱한 연필을 쓰거나 부드러운 연필을 쓸 수도 있다. 하지만 말하고자 하는 바는 언제나 하나일 뿐이다. 다시 말해 옛날 것, 가끔 말하고 시도한 것, 영원한 것이다. 모든 쇄신은 흥미롭다. 언어와 예술 속의 모든 혁신은 흥미진진하고, 예술가들의 온갖 유희는 매혹적이다. 이때 그들이 말하고자 하는 것, 말할 가치가 있으나 결코 완전히 말할 수 없는 것은 영원히 하나로 남아 있다.

(1960)

326

헤르만 헤세 연보

1877년 7월 2일 독일 남부의 뷔르템베르크 주의 작은 도시 칼프Calw에서 개신교 선교사인 요하네스 헤세Johannes Hesse(1842~1916)와 마리아 군데르트Marie Gundert(1847~1902) 사이에서 태어남. 아버지는 발틱계 독일인이고, 어머니는 슈바벤 스위스 혈통이었음. 인도에서 선교사로 활동하던 아버지는 건강상의 문제로 귀국하여 고향에서 헤르만 군데르트 목사의 기독교 서적 출판 사업을 돕다가 그의 딸과 결혼하였음. 헤세의 어머니 마리 군데르트는 첫 남편인 찰스 아이젠버그Charles Isenberg는 영국 출신의 선교사였는데 그가 세상을 떠나자 32살의 나이에 요하네스 헤세와 재혼하였음. 그녀는 첫 남편과의 사이에 두 아들이 있었고, 두 번째 결혼으로 아델레, 헤르만, 파울, 게르트루트, 마룰라, 한스를 낳음.

1881년 부친이 스위스 바젤로 이주. 그곳에서 부친은 바젤 선교학원에서 교사로 근무함.

1882년 부친이 스위스 시민권을 취득함(그 전에는 러시아 국적이었음).

1886년 가족이 다시 고향 칼프로 돌아왔고, 헤르만은 그곳에서 라틴어 학교 2학년에 들어감.

1890년 괴핑엔의 라틴어 학교에 입학하여 뷔르템베르크 주 시험에 대비. 시험 자격 취득을 위해 헤르만 헤세의 부모는 스위스 시민권을 경신하고, 헤세에게 1890년 11월 뷔르템베르크 주정부로부터 혼자 시민권을 취득하게 함.

1891년 7월에 뷔르템베르크 주 시험에 합격. 그 해 9월에 케플러, 횔덜린을 배출한 유명한 마울브론 수도원 학교에 입학하여 7개월 간 다님.

1892년 3월 7일 마울브론 신학교에서 도망침. 작가가 되기 위해, 혹은 전혀 아무것도 되지 않기 위해 자유로운 생활을 하려고 함. 바트 볼에 있는 크리스토프 블룸하르트의 감화원에서 치료받음(4월에서 5월까지). 6월에 짝사랑으로 인한 자살 시도. 슈테텐에서 신경과 병원에 입원(6월부터 8월까지). 9월에 슈투트가르트 근교의 바트 칸슈타트 김나지움에 들어가 9개월간 다님.

1893년 하이네의 시만 읽음. 10월에 에스링엔에서 서점 직원으로 근무하다가 3일 만에 달아남. 그 후 아버지의 조수로 일함.

1894년 1895 고향 칼프의 페로트 탑시계 공장에서 15개월 동안 견습공 생활. 브라질로 이주할 계획을 세움.

1895~98년 튀빙엔의 헤켄하우어 서점 점원으로 일함.

1895년 루트비히 핑크와 사귐.

1896년 최초의 시 「독일의 시인의 고향*Das deutsche Dichterheim*」 발간.

1899년 소설을 쓰기 시작함. 습작소설 『고슴도치*Schweinigel*』를 썼으나 원고를 분실함. 처녀 시집 『낭만적인 노래*Romantishe Lieder*』, 『한 밤중 뒤의 한 시간*Eine Stunde hinter Mitternacht*』 발간.

1899~1903년 스위스 바젤에 있는 라이히 서점(1899년 9월부터 1901년 1월까지)과 바텐빌 고서점(1901년 8월부터 1903년 초까지)에서 근무.

1900년 『헤르만 라우셔의 유작집*Hinterlassene Schriften und Gedichte von Hermann Lauscher*』 바젤의 라이히 서점에서 간행.

1901년 최초로 이탈리아 여행(3월에서 5월까지). 피렌체, 제노아, 라베나, 피사, 베네치아 등지를 돌아봄.

1902년 모친 사망. 베를린의 그로테 출판사에서 시집 『시들*Gedichte*』 출간. 이 시집은 출간 직전 사망한 그의 어머니에게 헌정됨.

1903년 서적 관계 일로 두 번째 이탈리아 여행을 하여 피렌체와 베네치아를 둘러봄. 서점 점원 생활을 청산하고 집필에만 몰두함. 그 후 베를린 피셔 출판사로부터 작품 집필을 의뢰받고 소설『페터 카멘친트 Peter Camenzind』를 탈고함.

1904년 소설『페터 카멘친트』를 피셔 서점에서 출판하여 신진 작가의 지위를 확보함. 8월에 아홉 살 연상인 마리아 베르누이Maria Bernoulli와 결혼. 9월에 보덴 호 근교의 가이엔호펜 마을에 있는 농가로 이사하고 작가생활을 시작함. 소설『보카치오Boccaccio』,『아시시의 프란체스코Franz von Assisi』출간.

1904~12년 자유 작가 생활을 하며 〈짐플리치시무스Simplicissimus〉, 〈라인렌더Rheinländer〉, 〈노이에 룬트샤우Neue Rundschau〉지의 동인으로 활동.

1905년 첫 아들 브루노Bruno 출생. 오스트리아의 문학상 바우어른펠트 Bauernfeld 상 수상.

1906년 소설『수레바퀴 밑에Unterm Rad』를 피셔 출판사에서 출간. 빌헬름 2세의 권위에 노골적으로 도전하는 진보적인 주간지 〈3월März〉창간에 참여하여 1912년까지 공동 편집자로 활동함.

1907년 중단편집『이 세상에서Diesseits』출간.

1908년 중단편집『이웃 사람들Nachbarn』출간.

1909년 차남 하이너Heiner 출생. 취리히, 독일, 오스트리아로 강연 여행.

1910년 뮌헨의 랑엔Langen 출판사에서 소설『게르트루트Gertrud』출간.

1911년 시집『도상에서Unterwegs』출간. 3남 마르틴Martin이 출생하였고, 친구인 화가 한스 쉬투르체네거와 함께 3개월 간 인도 여행. 가정생활의 파탄을 타개하기 위해 연말에 귀국함.

1912년 단편소설집『우회로Umwege』출간. 가족들과 함께 스위스의 베른 교외에 있는 죽은 화가 친구 벨티(Albert Welti)의 집으로 이사.

1913년 인도 여행 경험을 바탕으로 피셔 출판사에서『인도에서. 인도 여행으로부터의 스케치Aus Indien. Aufzeichnungen von einer indischen Reise』출간.

1914년 결혼 문제를 주제로 한 장편소설『로스할데Roshalde』출간. 스위스

국적을 신청했으나 거부당함. 7월에 제1차 대전이 일어나 자원했지만 시력 때문에 복무 불능 판정을 받음. 베른의 '독일 전쟁포로 후원회'에서 일하며 전쟁포로와 억류자들을 위한 〈독일 억류자 신문Deutsche Interniertenzeitung〉의 공동 발행인, 〈독일 전쟁포로를 위한 책Bücherei für deutsche Kriegsgefangene〉, 〈독일 전쟁포로를 위한 일요일 전령Sonntagsbote für deutsche Kriegsgefangene〉의 발행인. 전쟁 중에 전쟁을 비판하는 글을 신문에 발표하여 독일 국민의 반감을 샀으며, 또한 독일 저널리즘에서도 배척당함. 자신의 출판사를 만들어 1918년에서 1919년까지 스물두 권의 소책자를 펴냄.

1914~1919 수많은 정치적 논문, 경고 호소문, 공개서한 등을 독일, 스위스, 오스트리아 신문 잡지들에 발표.

1915년 소설 『크눌프. 크눌프 삶의 세 가지 이야기Knulp. Drei Geschichten aus dem Leben Knulps』, 시집 『고독한 자의 음악Musik des Einsamen』, 단편집 『길가에서Am Weg』 출간.

1916년 3월 부친 요하네스 헤세 사망. 부인 마리아의 정신병이 악화되고 막내아들 마르틴이 중병에 걸리자 자신도 심한 신경쇠약에 시달리게 되어, 루체른 근처 존마트(Sonnmatt)의 요양소에서 심리학자 C. G. 융의 제자인 랑 박사로부터 정신 요법 치료를 수십 회 받음. 『청춘은 아름다워라Schön ist die Jugend』 출간.

1919년 『데미안. 어떤 청춘의 이야기Demian. Die Geschichte einer Jugend』를 '에밀 싱클레어'라는 이름으로 발표하여 호평을 받았으며, 신인으로 오해되어 폰타네 상이 수여되었으나 이를 사양하고 9판부터 저자의 이름을 헤세로 밝힘. 이 외에 『작은 정원Kleiner Garten』, 『동화Märchen』 출간. 『차라투스트라의 귀환. 어느 독일인이 독일 젊은이들에게 보내는 한 마디 말Zarathustras Wiederkehr. Ein Wort an die deutsche Jugend von einem Deutschen』 익명 출간 후 이듬해 베를린에서 실명 출간. 4월에 베른을 떠나 가족과 떨어져 테신 주의 중심도시 루가노 근교의 어느 농가와 조렌고의 어느 숙소에 잠시 머무르다가, 5월 11일 몬타뇰라로 이사해 카사 카무치[1]에서 1931년까지 거주. 본격적으로 수채화를 그리기 시작.

1919~23년 잡지 〈비보스 보코Vivos voco〉의 동인 발행자로 활동.

1920년 수채화의 시문집 『방랑Wanderung』, 색채 소묘를 곁들인 열 편의 시 『화가의 시Gedichte des Malers』, 『혼돈을 들여다봄Blick ins Chaos』이라는 제목으로 도스토옙스키에 대한 에세이 출간. 단편집 『클링조어의 마지막 여름Klingsors letzter Sommer』 출간. 후고 발Hugo Ball 부부와 가깝게 지냄.

1921년 『시선집Ausgewählte Gedichte』 출간. 창작의 위기. C.G. 융의 정신분석을 받음. 『테신에서 그린 수채화 11점Elf Aquarelle aus dem Tessin』 출간.

1922년 소설 『싯다르타Siddhartha』 출간.

1923년 산문집 『싱클레어의 비망록Sinclairs Notizbuch』 간행. 9월 4년 전부터 별거 중이던 부인 베르누이와 이혼.

1924년 스위스 여류작가 리자 벵어의 딸인 루트 벵어Ruth Wenger와 결혼. 스위스 국적 재취득.

1925년 소설 『요양객Kurgast』 발표. 가을 남독일 강연 여행. 뮌헨에서 토마스 만을 방문.

1926년 독일 프로이센 예술원 문학분과 국제위원으로 선출됨. 감상과 기행문집 『그림책Bilderbuch』 출간.

1927년 소설 『황야의 늑대Steppenwolf』, 산문집 『뉘른베르크의 기행Nürnberger Reise』 출간. 후고 발 출판사에 의해 헤세의 50회 생일 기념으로 그의 자서전이 출간됨. 결혼생활의 실패로 두 번째 부인 루트 벵어의 요청으로 합의 이혼.

1928년 산문집 『관찰Betrachtungen』, 『위기. 일기 한 토막Krise. Ein Stück Tagebuch』 출간. 빈 실러 재단의 메이스트릭Mejstrik 상 수상.

1929년 시집 『밤의 위안Trost in der Nacht』, 『세계 문학 총서Eine Bibliothek der

---

1 사냥을 위해 지은 신 바로크식 성으로 궁전 모습의 건물.

Weltliteratur』 출간.

1930년 장편소설 『나르치스와 골트문트*Narziß und Goldmund*』 출간. 프로이 센 예술원 탈퇴.

1931년 프랑스 귀화인으로 체르노비츠의 아우슬랜더 가 출신인 예술사가 이자 역사학자인 니논 돌빈Ninon Dolbin과 결혼. 친구인 한스 보드머 가 임대해준 몬타뇰라의 카사 로사(일명 카사 헤세)로 이사해서 평 생 그곳에서 거주. 산문집 『내면으로 가는 길*Weg nach innen*』 출간. 장편소설 『유리알 유희*Glasperlenspiel*』 집필 시작.

1932년 산문집 『동방순례*Die Morgenlandfahrt*』 간행.

1933년 소설 『작은 세계*Kleine Welt*』 출간.

1934년 시선집 『생명의 나무에서*Vom Baum des Lebens*』 출간. 동생 한스 자살. 문학 계간지 〈노이에 룬트샤우Neue Rundschau〉에 『유리알 유희』 발 표 시작.

1935년 『우화집*Fabulierbuch*』 간행. 동생 한스 자살.

1936년 스위스 최고 권위의 문학상인 '고트프리트 켈러 문학상' 수상. 시집 『정원에서 보낸 시간*Stunden im Garten*』 출간.

1937년 산문집 『기념첩*Gedenkblätter*』, 시집 『신시집*Neue Gedichte*』, 『다리를 저 는 소년*Der lahme Knabe*』 간행.

1939년 제2차 세계대전 발발. 나치스의 탄압으로 헤세의 작품들은 몰수되 고 출판이 금지되어 『수레바퀴 밑에』, 『황야의 늑대』, 『관찰』, 『나 르치스와 골트문트』가 더 이상 인쇄되지 못함. 히틀러 집권 기간인 1933~1945년 사이 독일에는 총 20권의 헤세 저서가 나와 있었는 데 12년 동안 총 481권의 문고본밖에 팔리지 않음. 그래서 전집은 스위스 프레츠 & 바스무트 출판사에서 펴냄.

1942년 『시집*Gedichte*』이 스위스 취리히에서 출간됨.

1943년 장편소설 『유리알 유희』를 2권으로 발표.

1945년 시선집 『꽃 핀 가지*Der Blütenzweig*』, 미완성 소설 『베르톨트*Berthold*』, 새로운 단편과 동화를 모은 『꿈길*Traumfährte*』 출간. 제2차 세계대전이 끝난 후 규칙적으로 실스 마리아에서 여름을 보냄.

1946년 헤세의 작품이 다시 독일에서 나오기 시작함. 프랑크푸르트 시의 괴테상 수상. 노벨 문학상 수상. 정치적 평론집 『전쟁과 평화. 1914년 이래로 전쟁과 정치에 대한 고찰*Krieg und Frieden. Betrachtungen zu Krieg und Politik seit dem Jahr 1914*』 출간.

1947년 베른 대학에서 명예 문학박사 학위를 받음. 고향 칼프 시의 명예시민이 됨.

1950년 빌헬름 라베 상 수상.

1951년 『후기 산문*Späte Prosa*』과 『서간집*Briefe*』 출간.

1952년 독일과 스위스에서 헤세 75년 탄생 기념행사. 75회 생일 기념으로 주어캄프 출판사에서 『헤세 문학 전집*Gesammelte Dichtungen*』 전6권을 출간.

1954년 산문집 『픽토르의 변신*Piktors Verwandlungen*』 출간. 롤랑과 주고받은 편지를 모은 『헤르만 헤세와 로맹 롤랑의 서한집*Briefwechsel. Hermann Hesse-Romain Rolland*』 간행.

1955년 후기 산문 『마법으로 악령을 부름*Beschwörungen*』 출간. 독일출판협회의 평화상 수상.

1956년 바덴 뷔르템베르크 지방의 '독일예술후원회'에 의해 '헤르만 헤세 상' 제정.

1957년 탄생 80회 기념사업으로 이미 간행된 『헤세 문학 전집』 6권을 증보하여 『헤세 전집*Gesammelte Schriften*』 7권으로 출간.

1962년 몬타뇰라의 명예시민이 됨. 바이블러가 쓴 헤세 전기 『헤르만 헤세. 한 편의 전기』 나옴. 85세로 8월 9일 몬타뇰라에서 뇌출혈로 세상을 떠남. 이틀 후 성 아본디오 묘지에 안장됨.

1966년 9월 헤세의 부인 니논 돌빈 71세로 사망함.

언어

태양은 우리에게 빛으로 말하고,
꽃은 향기와 색깔로 말하고,
대기는 구름과 눈과 비로 말하지.
사물들의 침묵을 깨고 싶고,
말과 거동, 색채와 음향으로
존재의 비밀을 표현하고 싶은
충족될 수 없는 욕망이
세상의 신성한 곳에 살고 있어.
말과 계시와 정신을 얻으려고
세상은 애쓰고, 사람의 입술로
영원한 경험을 표현하지.
모든 삶은 언어를 그리워하고,
말과 숫자, 색채, 선과 음으로
우리의 공허한 노력을 서약하며
점점 더 높이 의미의 옥좌를 짓고 있어.

붉고 푸른 꽃 색깔로
늘 시작만 하고 결코 끝나지 않는
창조의 건축물은
시인의 언어로 내부를 향하지.

언어와 음이 어울리는 곳,

노래가 울리고, 예술이 펼쳐지는 곳에서

세상과 모든 존재의 의미가

매번 새로 형상화되지.

온갖 노래와 온갖 책

온갖 형상은 하나의 폭로이고,

삶의 통일을 이룩하려는

수천 번의 시도가 새로이 행해진다.

이러한 통일 속으로 들어가도록

문학과 음악이 그대를 유혹하고,

창조의 다양성을 이해하는 데는

거울을 단 한 번만 보는 것으로 족해.

우리에게 혼란스럽게 여겨지는 것이

시에서는 명백하고 간단해진다.

꽃은 웃고, 구름은 비를 뿌리며

세상에는 의미가 있고, 침묵하는 것은 말하는 법.

『시집』